陳映真全集

14

1993

1994

人間

目次

向閹嘴師道別 1

顯考王公諱炎府君，慟於中華民國八十二年一月三十一日（農曆一月九日）下午三點三十分壽終正寢，距生於光緒辛丑年十二月十五日，享年九十三歲。未亡人陳粉茸率……等隨侍在側……謹擇於民國八十二年二月二十六日……星期五上午七時假喪宅設奠，舉行家祭，九時告別式後安葬於觀音山……

訃告裡沒有半句關於這位台灣人民的偉大偶戲藝術家褒揚、歌頌之辭；沒有附上任何揄揚這位傑出民間藝術家平生事蹟的傳略；更沒有組成由政治和文化官僚，以及學界、文化、文藝界知名人士組成的治喪委員會。在王炎師傅清癯靈明的小塊遺照下，羅列著八、九十個子孫的姓名。枝繁葉茂，在紅色的訃告襯托下，令人感到某種草根的、超越和蔑視了虛偽的頌禱、諛辭和繁文縟節的，屬於王炎師傅的強大的力量。

一九八五年冬天，我第一次隨《人間》雜誌的攝影記者，到台北市景化街拜見了王炎老師傅。他有一個在冬天的冷冽中發出紅光的大獅子鼻，一張寬大的嘴巴。他的聲音帶著半生浪遊江湖的藝術家獨有的沙啞和宏亮。而這沙啞與宏亮，說出了多少王朝的興衰，帝王將軍、忠烈佞奸的滄桑流轉，佳人才子的嗔痴迷妄，風靡了多少布袋戲棚下的台灣勤勞的民眾。

然而，一九八五年的當時，以誇大的造型、目不暇給的聲光機關布景，怪力亂神、荒蔓不成章法的劇情，穿插流行時調的「唱腔」為特色的「金光戲」風靡一時。王炎師傅一代所熟諳的北管布袋戲正急速地頹落。我們曾跟著王炎老師傅到一條陰森小巷去操演鎮煞驅鬼的傀儡兕戲，十分感性地認識到傳統北管布袋戲的衰敗。另外一個印象生動的記憶是，老王炎急於要將他那一籠布袋戲偶賣給識貨的人家，要我們代為尋覓買主。

就如同鬧熱的北管布袋戲取代了斯文的南管布袋戲，金光戲的出現以及其迅速的消萎，或者是無從挽回的趨勢。有人懷著善良的鄉愁，收集雕鏤精緻的布袋戲棚和成籠的布袋戲偶，為私人的昂貴的收藏增添奇貨，有人把老師傅和戲班請到國家級舞台，剝離了布袋戲的草根環境和觀眾，強行舞台化和觀光化，以天曉得的標準挑選個把老布袋戲師傅當作「國家級藝人」供起來，養起來。但不論如何，無非是為布袋戲藝術做殮屍尸祭的工作。

在民眾藝術不斷在市場化機制中或者荒廢、或者商品化的趨勢中，真正賦活傳統民眾、民族藝術的道路，需要一個有意識的民族藝術復興運動。一九八〇年代中期以降，韓國傳統的Madang gutt，即農民劇場，在韓國大專院校學園的學生團體中廣泛展開研究、學習和創新，和當時的社會、政治與文化生活緊密結合，推陳創新，展開了韓國傳統農民劇場的新史頁。而這一運動背後的韓國社會性質論、韓國社會變革論，以及韓國文藝理論，尤其百家爭鳴，有十分豐盛的收穫。

沒有對藝術的精英主義抱持批判意識的民眾藝術論，沒有針對藝術的新殖民主義抱持批判意識的民族藝術論，王炎師傅和他的成籠戲尪仔，是注定要頹落的。當然，對於以邱坤良教授為首的一些年輕的台灣傳統民眾藝術的研究者，例如江武昌、林茂賢和其他一些人，我們尤其有一份感謝之心。

當總統府的音樂廳充滿著紳士淑女和西方的歌劇與室內樂演奏，讓我們在二月二十六日上午九時，到台北市景化街十七號，向這位可敬的、台灣民眾的藝術家道別吧！

約作於一九九三年二月

本文按剪報校訂

1 本文按剪報校訂，出處、日期不詳。依據文中言及王炎先生離世與告別式日期，推定約作於一九九三年二月。

最好的燔祭

《證言2·28》代序

近幾年來，在台灣進行著有計畫、有組織地把一九四七年的二月事件（「二二八事件」）和台灣獨立運動聯繫起來的大量輿論和「學術」工作。

然而，歷史地看來，二二八事變中的「兩個戰線」，即台北和各地方「處委會」的政治鬥爭，以及以台中地區為焦點的武裝鬥爭中所遺留下來的大量文件、政治檄文、口號和至今倖存者的證言和見證，都清楚說明這不幸的事變和事變潰挫以後由廖文毅在日本東京麥帥的盟軍總部翼護下開始發展的台灣獨立運動，其實是毫無關係的。

最早把毫無關聯的二二八事變和台灣獨立運動硬生生地牽扯在一起的，恐怕竟而是國民黨陳儀當局。基調上是台灣民眾反法西斯獨裁、反內戰、反殘酷掠奪的民主化鬥爭的二月事件，在遭到血腥鎮壓之後，陳儀國民黨當局隨即將事變定性為因「奸（共）黨陰謀」、「台民受日本奴化教育過重」，從而陰謀獨立於祖國之外的叛亂行為。

一九九三年二月

五〇年代以後在東京、六〇年代末起在北美、八〇年代起在島內的台灣獨立運動，把國民黨對二月事件的汙辱性的栽誣，當作光榮的黃袍，往自己的身上披著不放，至今尤烈。

但是不論是帽子或者是黃袍，畢竟都是虛構的東西。四十年來，一方面是屠夫用盡心思湮滅和誣衊這一段悲傷的歷史；另一方面是一些和這個悲劇的歷史毫無直接行動、組織和事實上的關係的人們，卻忙著把那無聲的、悲愴的血漬往自己的西裝上塗抹，當作光榮的勳章，炫耀世人……卻使事實上美國曾經利用二月事變分裂中國民族的歷史事實，巧妙地隱遁，使美國至今得以裝著一副事不干己的姿態，逃避了歷史的偵訊。

據蘇新在〈王添燈先生事略〉（本書頁四〇）中說，當時台北美國新聞處的喬治·柯爾（George Kerr）曾經專門下了請帖，請王添燈和幾個台北士紳喝茶相敘。王到會後，發現是一個談論台灣獨立的「茶會」，愛國主義者王添燈遂拂袖而去。目前滯居大陸的蔡子民也做這證言：喬治·柯爾在二二八事變中對台灣人說，如果台灣人需要武器，只要說一聲，美國可以立刻從馬尼拉運來……（〈三位台灣新聞工作者的回憶〉，本書頁九三）

據美國紐約聖約翰大學梁敬錞教授和台灣王曉波所蒐集的材料和所做的研究，這位「柯喬治」先生也在二月事件後找了廖文毅、廖文奎昆仲，到上海找魏德邁將軍，遞上一份《處理台灣問題意見書》，力說中國無能落後，沒有能力和資格治理台灣，呼籲美國協助台民「暫時脫離中國」，交聯合國託管三個月後進行「公民投票」達成獨立。同年，台北美新處處長卡特羅（Robert J. Catlo）向當時「台灣參政員聯誼會」講話，宣傳美國「台灣地位未定」論點，鼓勵台民向盟軍總部投訴受國民黨苛政之苦，表明美國可以協助台灣脫離中國，而如果台民願意接受美國託管，可以提出託管條件……

事實上，自一九四七年以後，美蘇在全球範圍內的冷戰對抗正在逐年增強。尤其在一九四八年國共內戰形式逆轉，美國白宮、國防部、軍部（國家安全會議和參謀首長聯席會議）和駐台北美國情報單位進行密集的作業，深入探討使台灣成為美國武裝封鎖中國大陸的遠東反共戰略基地的具體問題。一九四八年，即二月事件的次年，已經解密文件顯示，新任台北美新處處長康查理（R. P. Connium）在一次在台美國情報人會議中訓令不再在台灣推銷聯合國託管論，原因是「台灣人排外性強，不肯接受」，說台灣人雖然「反蔣」，「但不肯接受外國人統治」，今後「宜利用反蔣情緒，煽動台灣獨立」……

看來當時台灣人民的民族氣節似乎遠比目前要崇高而堅定的。康查理的訓令，說明美國在台灣促銷的民族分裂主義遭到重大挫折。一九四八年徐蚌會戰後，中國大陸內戰局勢又有重大的逆轉。解密後，美國外交文件顯示，一直到一九四九年，美國國家安全會議與參謀首長聯席會議密切商議「扶助台灣自主分子，發動台灣獨立，以切合美國利益」，並伺機倒蔣，「支持台灣人政治領袖，利用其自主運動」，鞏固美國在台灣的戰略利益。六月，著名的肯楠提出《台灣問題意見書》，具體提出台灣地位未定，在美國占領下舉行「公民投票」，與東南亞國家會商「共同派軍占領台灣」，更換「台灣政府」……

一九五〇年，著名的台灣作家楊逵發表了使他投獄十二年之久的《和平宣言》。宣言的全文已在兩年前重見天日於台灣。宣言的開頭，竟是呼籲人民「協力消滅台灣獨立和聯合國託管台灣論」。陳儀接收體制的超經濟掠奪，在短短十六個月後，激起台灣市民的反抗。而在殘酷武裝鎮壓之後的第三年，絕大部分台灣民眾仍然堅決反對帝國主義的民族分裂運動，究其原因，畢竟是五十年日本殖民地支配留下來的深刻的教育，挫折了美國所煽動的陰謀吧。

二二八事變當然不是美國「陰謀策動」的產物。但是為了逐漸成形中的兩極對峙的世界——太平洋冷戰構造，眼看中國大陸的赤化已無法避免，早自一九四六年，美國就有占據台灣，包圍社會主義中國大陸的戰略計畫。這個計畫的核心，就是塑造一個親美、反共，與中國長期甚至永久分裂的台灣，這樣一個戰略構想下，美國力圖利用一九四七年的二月蜂起事件達成其目的，是極為自然的事。

然而，當韓戰在一九五〇年六月爆發，美國迅速、明白地選擇了在二二八事變中殺戮台人的國民黨政權，而至少在表面上「放棄」了支持「台灣人政治領袖」的「自主」、「獨立」運動。這除了是因為當年艾奇遜國務卿預見並促進中蘇共可能的反目，而放棄公然、直接占領台灣，扶贊一個獨立的台灣人國家的政策，避免美國的帝國主義對台占領激發中共的反帝民族主義而倒向蘇聯，但是一九四六年以來美國在美新處幹員柯喬治、卡特羅、康查理之流努力兜售各式各樣「託管」、「自決」、「獨立」論卻遭到台灣民眾橫眉冷目以對，恐怕才是一個重要因素。也就從一九五〇年開始，在美國協助台灣進行土地改革、農村復興、對台灣進行各項巨額軍、經援助和合作計畫的同時，美國事實上默認並支持國民黨從五〇年到五四年的、範圍廣泛、徹底、凶殘的政治肅清運動、殺害了三、四千個真實和冤假的「匪諜」，長期囚禁了同樣數目的「赤色」分子。而其中有大部分的人，正是參與了一九四七年二月事件而倖活的民主戰士，成為被撕裂成兩半的民族母親遺腹的死嬰！

親歷了二二八事變的台灣中共地下黨人的證言，也說明了二二八事變絕不是共黨策動的蜂起，原因是當時的黨人在人數、組織、和實力上尚極幼小。台灣二月蜂起的次年四月三日，左翼力量遠遠比同時期的台灣者強大的韓國，在濟州島上掀起了反對美軍占領軍政當局分裂韓國的革命。美國主帥的盟軍總部，會同李承晚軍警，展開了殘酷的武裝鎮壓，屠殺了濟州島七萬韓國農民，是為著名的「四三事件」。如果台灣的二月蜂起真是強大的左翼所策動和領導，二二八事變的結束，就不能不以更大的修羅地獄的血湖屍山去換取吧。

當然，一九四七年的二月事件，和一九五〇年至一九五四年的全面政治肅清，以及因這兩次武力鎮壓而形成的戰後台灣四十年反共權威主義體制，在台灣人的心靈中留下深刻的傷痕，並且在海峽分斷、極端反共意識形態支配、外來勢力的支持和鼓勵，和中共在經濟、政治上幾次劇烈的波折和起落，逐漸在部分台灣人的苦悶中滋長了分離主義的情緒。

時至今日，長達四十年的世界冷戰結構，正在快速崩解。冷戰時代所湮埋的悲慘歷史，終於要從逐步浮現的屍骸，發出沉痛、淒厲的指控。時代錯誤地要死抱著冷戰價值，企圖繼續湮滅和歪曲歷史，夢想在美國重新回到太平洋軍事占領和干涉海峽條件下，使中國民族分裂固定化……的勾當，是註定要失敗的。正確、嚴肅、科學地解明二二八事變的真相，從中記取深刻教訓，以避免重複這歷史的悲劇，真正地從民眾的視座正確地把握歷史的事實，並且脫卻冷戰的邏輯，從冷戰的國際關係和地緣政治的網絡中去究明悲劇的核心，重建民族的團結、和平與主體性，才是安息因二二八事變和政治肅清而犧牲的無數英靈最好的燔祭。

我所敬重的朋友葉芸芸以長年大量、認真的工作，走訪了目前散居中國大陸的二二八事件親歷者，蒐集了珍貴的證言和見證，並陸續刊於已經廢刊的、在北美普受尊重的華文綜合雜誌《台灣與世界》。如今再經相當的增補，交由人間出版社刊行，使小出版社倍感榮光。

為了閱讀的方便，出版社依文章的性質分成三個部分：

「證言篇」的部分，主要是事變親歷而倖存者的回憶和證言。其中有親歷者自己寫的文章，也有葉芸芸和她的同事所做的訪談紀錄。證言者絕大部分是台灣籍新聞和文化工作者，其中也有當時「地下黨」的黨人。時移勢易，他們有了較好的條件和客觀環境披露被湮沒近半個世紀的、他們所親歷其事的歷史細節和內情。

「見證篇」部分，主要是親身目睹和經歷了二月蜂起的、當時在台從事新聞、文教工作的大陸籍人士的回憶和紀錄。

最後一個部分是「研究篇」。是一九八七年三月《台灣與世界》雜誌社主辦、《台灣思潮》雜誌社、「台灣民主運動支援會」協同主辦的一次關於二二八事變的學術研討會的主要論文，收有像許登源所寫〈二二八前夕的台灣經濟〉這樣難於一見的深刻論文三篇。有多篇同樣發表在這個研討會的文章，因其性質，分別編入「證言篇」和「見證篇」。這是應該向作者和讀者特別聲明的。

人間出版社和讀者們一樣深深地感謝葉芸芸和她的同事們所付出的寶貴時間、心血和精神。沒有他們的誠摯、深情而又嚴正的工作，這一本珍貴的史料就無法結集成形。旅日台灣史學家戴國煇先生不但在本書的形成過程中貢獻了他極為寶貴的指導與協助，他的序文也為本書增添了力量和鼓勵。這都值得我們和讀者深致謝忱的。

一九九三年二月

初刊一九九三年二月人間出版社《證言2・28》(葉芸芸編寫)

現在是重大反省時刻！

陳映真總評國共兩黨、民進黨及台獨[1]

現在全球經濟面臨一個大轉變，資本運動的中心由歐洲而北美洲而亞洲；在這霸權興衰運動下，中共、國民黨、民進黨，甚至是台獨運動，都面臨關鍵性的變革，須要全面反省。代表舊中國四大家族的國民黨從台灣政治社會舞台上消失，國民黨與民進黨之間的差異愈來愈小；而大陸快速的資本積累，對於中國和世界無產階級運動造成什麼影響，正是我深刻思考與觀察的。

新的國家機關的形成

國民黨在台統治的外在的基礎來自美國的扶植。一九五〇年，韓戰爆發，世界兩大陣營的對立浮上檯面，台灣成了資本主義體系圍堵共產主義蔓延的前線，因此，四九年被迫撤退台灣的國民黨，因台灣的反共軍事戰略地位符合美國的利益，以軍經援助，使它成為一個高度個人獨裁的「國家」（state）。

恰恰是在這個以反共、國家安全為言的獨裁權力下，壓制著勞工、學生運動及反抗運動，使得資本肆無忌憚地完成了累積而自成格局，這也是亞洲四小龍發展的共同模式：「獨裁下的成長」。

經濟上，五〇年代的官僚資本，以及美國與國民黨刻意培植的財團所形成的兩大資本體系獨占台灣市場；直到六五年，才有提著〇〇七手提箱到世界各地找生意的中小企業資本大量出現。一直到八〇年中期前，前兩大資本一直都是國民黨的權力基礎。中小企業在市場及貸款等各項條件未得到優遇，對國民黨有一定的反對情緒。

這些中小企業資本累積過程，是依靠外向美日循環完成累積和擴大再生產，所以感情上對外資是統一面大於矛盾，不像第三世界的民族資本帶有國家反美反帝和民族主義的個性。所以，這就能說明以中小企業資本為基礎的黨外運動，或是八〇年代出現的台獨運動，帶著反蔣、反共–反中國和親美的特質。

資本累積到某種程度，就會開始要求自由化、合理化，專制就成了桎梏，八〇年代中期，韓國和台灣都不約而同地進行了民主化。

歷史選擇蔣經國做自己的掘墓人。舊中國隨蔣氏家族的消失、萬年國會的瓦解而告終。一個如實反應台灣人資本力量的權力體系登上舞台。代表台籍資產階級利益的台灣化「國民黨」和「中華民國」誕生。

現在，朝野雙方的共同點愈來愈明顯。國民黨、民進黨、台獨運動之間，表面上爭得很厲害，但其爭執不是像英國保守黨和工黨之爭，也不是日本自民黨、社會黨、共產黨的矛盾，而較像美國的共和黨和民主黨，沒有基本的差異，比方對美國的親善態度就很一致，雙方都很親美；都自認是太平洋的反共前哨、戰略位置很重要；購買武器的態度是一致的，只是價格多寡有不同意見；重新進入聯合國一事，兩黨也一致，彼此還互相借用口號標語；獨立的政治實體、更大的外交空間、到「命運共同體」、「生命共同體」論等等，其實都是一樣的。

未來整個立法院，所謂國民黨、民進黨或台獨間的差距會愈來愈小，按照各種利益間又團結又鬥爭不同議題所組合成的一個個政團會出現，外省-本省，所謂中國人、台灣人，黨內黨外的假相破滅。社會和階級矛盾將以其本來面目說明台灣社會的矛盾。

當前的台灣是一個新殖民地社會，特質是：(一)政治上有一定形式上的獨立；(二)經濟、文化、意識形態，甚至軍事上，都是從屬美日；第三世界有很多這類國家，菲律賓、南韓都是如此。

意識形態上就更不用說了。我們從一九五〇年開始大量、有計畫地、一邊倒地受美國高等教育影響。朝野雙方愈來愈多美製的PhD，占領台灣的大眾傳播、政治、經濟。沒有一個社會像台灣這樣一面倒得這麼嚴重，本地自己培養的知識分子完全沒有發言權。譬如，波灣戰爭中，美國的勝利就是我們的勝利，美國總統出現在電視上的鏡頭，比李登輝還多。

台灣很早便成為美國偵察大陸的重要據點，這個本質從來沒人講，台灣是唯一知識分子不說「Yankee Go Home」的地方，全世界很少像台灣一樣，受決定於美國，所以一直從殷海光、雷震到今日所有反對運動都有同樣的限制性：反蔣（獨裁）、反共（並在其延長線上反中國）、親美、沒有進步性格。

台灣朝野在知識思想上長期右傾，甚而偏於一派，沒有批判分析能力。台灣應該有較大的視野，國際視野，我們的口袋裡有很多錢，但台灣資本主義在品質上是非常落後的。國民黨和黨外的世界地圖中，美國和台灣都特別大，其他地區都看不見。

像香港一九九七的問題，對我們好像都不存在。長期以來我們對韓戰、越戰，都習慣用美國「自由世界」反對共產主義的眼光去理解，不像其他國家知識分子，有深入的爭論，台灣的自由派卻安然自適。GATT是甚麼，相信到現在還很多人搞不清，好像只要入關，台灣就有地位。台灣為什麼會變成這樣，好像離開台灣一吋的地方就沒有興趣。要是在別的社會，像香港九七問題，一定引發在法學上、社會科學上許多各式各樣的討論，台灣好像這些問題都不存在。

有出息的反對者應該拿出像樣的東西

台灣戰後四十年除了賺錢以外，文化、知識生產力都很低。台灣經驗是什麼？台灣資本主義發展史分為幾個階段？有那些內因外因？有那些問題？都沒有人做深刻研究，今天的台灣經濟論很多是外國人做的。現在我們的大學沒有台灣戰後資本主義發展史的課，「解嚴」後，學術上應該產生完全跟過去不同的論述。台灣已經愈來愈沒有藉口說思想知識的落後是國民黨的責任。戒嚴時代的結束，應該是另一個全新論述時代的開端，但台灣不是這樣，台灣只是順著右翼、保守、反共的東西在增長。

即使要建立一個「獨立的國家」，也要在知識、哲學，甚至文學、藝術上產生新的東西，真正有出息的反對者應該做功課，拿出像樣的東西來。像很多歐洲國家獨立之前，他們的哲學、音樂都出來了，不是只喊些口號就能建立一個國家。

過去常有人說外省人欺負本省人，這在政治上是對的，但在經濟上並不對。實際上台灣人總資本早已超過外省者太多，這在社會學上有一定的意義。過去台灣的資產階級的實力完全沒有機會反映到政治上。從蔣介石到蔣經國已逐漸在黨中央委員會增加台籍人數，雖然也可以說只是花瓶，但也是一種量變。這次國民黨的十四全，台灣人肯定會首次在中央委員會中超過外省人，台灣社會今後會更如實地代表台灣資產階級跟國家之間的關係。台灣人不但要全面接掌政權、黨、政府、軍隊、特情，也要全面接收龐大的「國營」資本主義體系為其權力及支配基礎。

朱高正幫郝，王作榮幫李，台灣沒有省籍問題

李登輝政權的重要性，便是這歷史、經濟的變化所賦予，而不是他個人的什麼雄才大略。民進黨、台獨運動只能演一演龍套的角色。過去國民黨就等於外省人獨占集團，現在很難再畫上等號，愈來愈多台籍人士會進入權力中心，這是必然趨勢，屆時反對黨或台獨人士怎麼辦？如何研究post蔣（後蔣時代）的國民黨和國家機關的本質，這是當前十分重要的問題。

今後台灣形成了一個劃歷史性、與過去不同的風貌。這次政爭過後，省籍的鬥爭將停止（其實政爭期間的省籍問題也幾乎沒有了，例如朱高正聲援郝柏村攻打李登輝，王作榮聲援李登輝批判舊國民黨餘黨），非主流若好自為之的話，就可以在國民黨內形成一個小派系，如果不好自為之就只能消滅了，就是觀音菩薩也救不了人。

今後的台灣政治中，財團的政治影響將快速增加，一切資產階級的政治莫不如此，這是必然現象。此次，政爭之所以那麼劇烈，說明台灣的財團在政治上還比較幼稚，若在日本，根本

就是幾個財團派閥聚會，形成決議後就解決了。但台灣財界長久以來不敢碰政治，獨善其身，現在好不容易要碰，搞得比較粗野，自己上場，被民眾在臉上畫上「金權」打下陣來。

中小企業的性質也發生本質性改變，因為他們逐漸把資本移向中國大陸，在循環中完成積累與擴大再生產。資本有資本的邏輯和選擇，不是政府可以左右得了的。純粹從理論上推演，隨著資本性格的改變，逐漸會影響階級的性格，如果說一九六五年是台灣中小企業登上經濟舞台的時期，七〇年就是他們登上政治舞台，成為支持反蔣、反共、親美的黨外運動的階級力量。如此推演，若未來立法院出現一個主張台灣與中國統一的「中國遊說團體」，也不足為奇。歷史上的國家統一運動，向來與資本要求市場統一有關。

無論是台獨運動或黨外運動或李登輝的獨台運動，一個聲稱要以中華民國之名維持目前狀況，一個要建立台灣共和國。但是，以馬克思的政治學來說，國家（state）的功能就是促進和保護資本再生產與累積，這是國家的任務，至於採取什麼形式，只是手段問題。但這裡頭有一個最大的矛盾：經過重組以後的台灣，上層建築法政體系和意識形態方面，從跟大陸維持分裂的現狀，到政治上完全獨立，總之是與大陸離心的傾向；但台灣經濟基礎的要求，卻必須，而且只能要到大陸循環才有前途。這就形成馬克思所說經濟基礎跟上層建築的矛盾，這樣的國家是不可能存在的，一定要解決這個問題。

統獨已經不夠用了；國共兩黨都變了！

一種解決方式是獨立，由國與國之間來聯繫，這在邏輯上是可能的，但台灣必須是很強大的帝國，就像以色列對阿拉伯世界一樣。台灣沒有這個可能，今日中國不像阿拉伯那樣弱和分散，世界輿論強烈看好中國未來的經濟、政治的發展。邱永漢也看到這一點。台灣如果要變成一個獨立國家，文化、工業生產力、軍事力量都要比中國強，讓全中國在政治、軍事、文化和經濟依附台灣，理論上只有這樣台灣才能獨立。如果不是這樣，由外力把中國的領土分離出去的帝國主義干涉問題，是中國最敏感的地方，共產黨是在外力壓迫下形成的政權，在主權問題上，我自己、中共和中國人民，一定浴血抵抗絕不讓步。

未來，無論是李登輝的政權，或民進黨執政後的政權，都必須面對這些新問題。

實際上，如果今天台灣和大陸間不是同民族內的經濟分工的話，那帝國主義不是大陸，恰恰是台灣。台灣的資本流向大陸，去榨取那裡的低工資、吸取剩餘，是台灣的剩餘資本向大陸輸出；如果是民族內部的分工，那就不一樣了，是中國民族經濟內部的地區分工。財富是那邊湧向台灣，今天台灣資本主義又能繼續發展，老實說，沒有大陸早就完了，因為台灣產業並沒有升級。

今後的情況恐怕是一個理論上、認識上大重建的時代，過去的統獨已經不夠用了，外省、本省人的分野也已虛構化，這是一種咒語，不會講台灣話就該死，這是一種壓迫，台灣人就算是一個「民族」都不應對別的民族這樣，何況台灣本來就是一個移民的社會。

台灣這波政治鬥爭，對台灣各個政治勢力是一個重大反省時刻。我們的社會科學應趕上來，去解釋這個現象。我在大陸也跟一些朋友說，那個你們熟悉的、打過仗、喝過酒的國民黨消失了、蒸發了、沒有了，現在是一個完全跟你們沒有任何歷史淵源的「國民黨」。過去台灣「國家」和階級之間十分不合理的關係，已經改變了，台灣國民黨或中國國民黨的問題，應該從這個觀點來看。

中共所做的事情是沒有人做過的，我去大陸的感覺很複雜，他像一鍋水在開，沸沸揚揚，蒸蒸日上。看到很好的部分，也有不好的地方，譬如教授也被迫出來搞企業搞得不三不四，也看到新生資本主義初期社會所產生的傳奇性人物。

大陸現在自由化得多，私下還是有人罵共產黨、罵官倒，但黨機器仍然是有強大的指揮力，我常對他們開玩笑說，你們這是「有中國特色的社會主義」？還是「有中國特色的資本主義」？如果他們是官員就笑，如果不是官員就說，根本就是資本主義，或說資本主義有什麼不好？事實上，中國也在改變，怎樣科學地認識新中國的過去、現在和未來，也是一個嚴肅的課題。口號與意識形態一樣不管用了。

初刊一九九三年三月《財訊》第一三二期

1 本篇由作者口述，曾嬿卿整理。

陳映真自剖「統一情結」

陳映真：我又要提筆上陣了！[1]

一九五〇年這個年分，對世界、中國與台灣都是重要的一年。五〇年，台灣和大陸因美國干涉中國革命，軍事上封鎖台灣海峽，政治上意識形態的分裂，造成民族分斷，兩岸人民絕對分隔。

馬列主義一旦變成官學，便應下野！

我的民族統一論不全是從大中華民族、五千年文化、炎黃子孫……這些角度出發。我是從歷史、社會的角度來思考。其實我對台獨論接觸得很早，史明的《四百年史》我在六〇年代就看了日文版，因為我非常關心他們的理論，雖然我的想法和他們不一樣。我想他們一定有什麼樣的道理，可惜他們的理論一直都無法滿足我，說服我。我總覺得台獨應該成長。

我看左派社會科學的東西比較早，是在大學時代開始的，以左派的批判知識為基礎，後來找台獨論來看，對那些立論，感情上是同情的，但理智上難以同意。

我對自己的期許是在知識上要解決兩個問題，一是對台灣要怎麼認識？台灣的社會史應分成幾個階段，台灣社會的構成是什麼？二是新中國的社會本質是什麼？我們對這麼重要的對象（不論它是否為敵人）完全不了解，解嚴後台灣沒有學者真正研究大陸，這是很可惜的事；但大陸的台灣研究卻年有進展，連我都很震驚。中國統一論，應該在台灣社會論和大陸社會論的基礎上。

中共現在搞「有中國特色的社會主義」，將來會不會變成一個資本主義社會？至少在理論上不是沒有可能的，則我個人是反對的。

另外，我認為對台灣人民、對我來說，兩岸統一問題，是克服帝國主義對包括台灣在內的中國革命的干涉問題。一九五〇年展開的白色恐怖，有美國默許，殺了成千上萬的台灣人共產黨員。

民族統一後內部的問題，我比較傾向在過去的社會主義基礎上，繼續維持某一種社會主義。但可能有另一種趨勢，就像國民黨把三民主義掛在嘴上，實際搞資本主義一樣，「改革開放」若中國往壞的方向發展，階級會逐漸分化，童工、汙染……等所有我在台灣反對的問題，都會再度發生，那樣的話，我還是一個反對者，甚至不惜犧牲生命去反對。

但我相信，在那個《馬列全集》可以一套一套賣的社會裡，共產主義的根苗不會就此消失。現在大陸上一些真正主張馬克思的人似乎都比較「衰」，我曾半玩笑地鼓勵他們說，馬克思主義本來就應該下野，一旦馬克思主義變成官學或國家宗教，是一定會腐敗的；你們搞了幾十年馬克思主義，不知道什麼叫剝削，現在是非常好的時期，把馬克思主義的書帶到深圳去，從第一章翻起，那絕對是生動活潑的知識。馬克思主義本來就應站在被壓迫、被侮辱者的一邊，是跟被壓迫者在一起的哲學。

我是緩統，台獨才是「急統派」

我所謂的統一是：台灣是中國的領土，不容許在帝國主義外力的干涉下分離出來。我的統一論是：(一)我反對海峽兩岸的任何一方，把自己的體系、制度、價值標準強加於對方；(二)雙方要進行雙向、對等、自由的開放交流。在某一程度上，可同意國民黨在這個問題上相對的保守態度，因為它比較小嘛。但不同意它目前這種反共拒和，處處被動的政策；(三)開放雙方全面對等交流後，兩岸人民和當局才能建立深刻的相互理解、相互信賴感，和一些重要共識。只有到這個階段，雙方談具體的統一方案才有可能、才有結果。所以目前我從不談如何統一，沒這個基礎，談也是白談。

政權代表著很大的資源，十分敏感，歷史上很少僅僅用談判或協約方式解決。現成有德國統一經驗。但德國經驗不在宣布統一的那一刻，而是統一後幾十年的整個過程；「蘇東波」垮了，重點也不是垮了的那一刻，而是垮了之後的各自發展。共產主義、共產黨重新吸引著蘇聯和東歐人民，這就是颳「蘇東波」颱風時看不到的發展。

我這樣哪裡是「急統派」，台獨才是急統派、武力統一派。我是緩和統一。

我近幾年很少寫東西，主要搞台灣社會史，搞思想。現在決心要寫了，仍然想寫小說，也想搞在台灣還未有具公認的代表性作品出現的報導文學這個文類，過去《人間》雜誌已有起步，也有一些不錯的作品。

我想把五〇年代發生的事寫出來，現在時局改變，那些倖活下來的老人較肯說。我並不是要高舉當時共產黨的鬥爭多偉大，而是想寫出那樣的年代，在嚴酷的歷史條件下，台灣的黨人怎樣做出他的選擇，人怎樣面對命運，人怎樣掙扎，人做過什麼樣的夢，而這個夢現在也許被人拋卻了。有很多東西是我們這個時代不熟悉的。我寫〈山路〉、〈鈴璫花〉，有人說他讀後哭了，我奇怪他們怎麼能理解那樣的時代。我是在牢裡親身碰見那個時代的人，加上我的感情思想寫出來的，這就是文學力量吧。

初刊一九九三年三月《財訊》第一三二期

1 本篇由作者口述，曾嬿卿整理。

飲恨與慰藉 1

轉眼間，菲林物故竟已一年。

他是個很令人懷念的朋友。這一點很像唐文標。他們有許多相異的地方，但細細地想，也有不少共同的地方。他們都懷抱著難於挫萎的理想，充滿了對於生活，對於人的關懷和熱情。他們都熱愛朋友，把很多時間、物質、精神毫不吝惜地散給朋友。他們熱愛工作，尤其對於改變生活，為更多的人創造幸福和公平的工作，充滿了不知道疲倦的熱意。此外，他們都才華橫溢。是他的朋友，不分老少，都深信天假年壽，他在知識或者創作上必有一番成就。

這樣的人，在終於接受他必須早早離開這個世界時，如何能沒有錐心的遺憾。每次想起菲林，最不忍於心的，是他臨去時的一份悵怨。

如果菲林經過那生死的掙扎，有機會倖活下來，他會怎樣去看他的前半生，從而更加惕勵，也從而更好地工作和生活呢？

從這樣的設想出發，作為他的朋友，是更好地繼承他的願望，接替他去生活和工作的法門，也未可知。

那麼首先是一個怎樣的認識當前的歷史，當前的社會的問題。

是菲林的朋友，都知道他像是充滿了電能的電池那樣充滿著工作、改造的熱情。他要拍片子。他想寫小說。他要投身到工人黨的黨建工作。他要幫忙把《人間》雜誌編好。他準備了套幻燈片，要把一套認識和改變歷史與生活的知識介紹給年輕的朋友們……

忽然間，他走了。也忽然間，我們發現到他所有的工作和我們的一樣片段，一樣零細、散亂，沒有方向，沒有交集。

現在想來，菲林應該先把他的「幻燈講座」搞得更深刻、更系統，讓朋友們首先把台灣戰後資本主義的性質和構造搞清楚。把當面台灣社會的經濟基礎與上部構造的結合體的本質，即它的一般規律和特殊性格弄明白；把相應於台灣社會的物的矛盾之人的矛盾，即階級構成及其矛盾弄清楚，從而找出揚棄這矛盾，使生活和社會向上、向前發展的變策運動的性質、戰略與方向，出落得更明確、活潑、有力量。

沒有這基礎理論，「左」派朋友們就不能不只顧吊書袋子，找不到一致的認識，工作找不到焦點，於是手就不免於片段、散亂；不免於方向喪失，找不到實踐的交集，連吵嘴也無法吵到一塊，吵出理論的積累。前進的青年們於是精疲力盡、憤怒、頹廢，時而顧盼自雄，時而憤世頹唐……

我想，菲林有機會再起於九泉，他一定先做好這件事。則他的電影、他的小說、他的黨建……一定思想明確、步伐有力，達成激動人心的收穫。

去年，當朋友們在電圖紀念他，看他的片子，一方面看到故人影像工作的遺作，內心激動和懷思迴蕩不已，一方面卻有一份震動靈魂的省思。

是菲林的朋友都會同意，以菲林的才氣，他留下來的，遠遠不應該只是這些生澀粗疏的習作。

作為一個進步的文藝工作者，形象地思考和表現歷史、社會和生活的典型，形象地思考和表現這典型歷史和生活中的典型的人，是他專心致志的工作和鬥爭。菲林應該更專注，以更大的勞動，拍出思想比較深刻、藝術上比較好的紀錄片、劇情片，寫出詩歌、小說或者雜文。只有這樣，菲林的創作和思想，才能在他生前逝後，都發揮出激起千萬人的共鳴，讓千萬人的思想為之飛躍，迎向幸福與公平的生活的作用。

把具體的創作、學習、黨建、辦雜誌……做得紮實、有創意、認真、完善……如果菲林能再起於九泉，我想他一定會這樣勸勉他的朋友們。

如果朋友們沒有認識到這些想必是菲林的飲恨，一旦死神乍然來訪，在我們的身後，依然不免於留下一樣或不一樣的片段、零細、散亂、方向和交集喪失的工作……。

如果我們能從這飲恨中學習，對於菲林的英靈，有什麼慰藉比這更大呢？

初刊一九九三年四月《島嶼邊緣》第七期

---

1 本篇與初刊一九九二年六月十七日《中時晚報・時代副刊》第十五版的〈人類，生生不息——紀念王介安（菲林）〉，合為一篇收入一九九三年六月一日克寧出版社《一曲未完電影夢：王菲林紀念文集》（簡媜等主編），題為〈飲恨與慰藉〉。本篇為書版〈飲恨與慰藉〉的後半部。

喜悅與敬意

一九八九年秋休刊的《人間》雜誌，受到至今不息的懷念和關懷。一直到今天，不斷地有人問我：「《人間》有復刊的一日嗎？」，「聽說您正在計畫《人間》復刊，可是真的嗎？」每一個星期、每一個月，幾乎都有雜誌發行，當然也有雜誌創刊。但我想，像《人間》那樣，在休刊後還受到長時間懷念、關心的雜誌，怕是絕無僅有。《人間》竟而成了膾炙人口的傳說(legend)了。

今天廣受關切的社會問題如雛妓、核電公害、生態環境、台灣少數民族、兒童虐待、兒童人權、傳播民主、學運、工運、二二八歷史真相、五〇年代白色恐怖歷史、報導文學、紀錄攝影……無不是一九八五年到八九年的《人間》，以深刻的文章、精美的圖片提出。《人間》敏銳、遠矚的問題意識，和高度審美和形象的表現，受到越來越多人的讚歎。

不僅僅獨裁者憎恨真實，即使「民主」時代下瘋狂謳歌著青春、幸福和官能之樂的傳播工業，也厭惡真實。《人間》在森嚴的思想檢察和媒介的官能崇拜潮流下，深入了勞動和生活的現場，以這現場中的人物為中心，呈現了雄辯而無從妥協的真實，並且形象地表現了這些真實，震動了人們的靈魂，開闊了人們的思想。

八〇年代中後，台灣和整個亞洲進入了一個激變的時代。深刻、錯綜的挑戰、矛盾變化，要求及時、深入、縱深的解答。甜美、膚淺和表面的報導和新聞，已無法滿足人們要求洞識真實的飢渴。歷史呼喚著一種具有大量調查研究材料，有準確掌握了歷史流向的思想洞識，又有優美的審美和形象的表現形式的紀實、報告作品——包括文字和影像的作品。

正在此時，著名的雲門文化講座推出了「人間關懷，關懷人間」系列演講，理論和具體實踐並重地介紹「另一種」(alternative)傳播和文類(genre)，十分有意義。對於人與生活的執念、寄望和關懷，不僅是《人間》的指導思維，也是一切報告文學和紀錄攝影的靈魂。我以喜悅和敬意迎接講座的開鑼。

初刊一九九三年五月六日《中國時報・人間副刊》第二十七版

尋找台灣的方向盤[1]

編按：

語云：天下滔滔，不如一士諤諤。台灣社會自跨入九〇年代以來，在商業化、多元化的浪潮下，傳統意義的「知識分子」之退位已成定局。另方面，由於統獨爭議到金權政治氾濫，「政治連續劇」天天上演，文化人的聲音退居邊緣，變成無足輕重之勢。本刊有鑑於此，特安排一系列的對談，希望能抉精發微，凝聚思考，重建文化人的社區。敬請讀者拭目以待。

台灣值得珍惜與憂慮的事

陳映真（以下簡稱「陳」）：台灣解嚴前後，在思想、學術、政治領域上並沒有很大的不同。任何一個法西斯軍事獨裁體制，在軍事解嚴後，應該會產生另一種完全不同的價值體系和論述體系，西班牙在佛朗哥極權垮台之後，戲劇、藝術、哲學、社會科學都出現完全不同的面貌。但解嚴後台灣基本上維持和內化戒嚴時代的保守、反共的學術、思想和意識形態，沒有結算，也沒有反省。沒有人去反省在過去那段黑暗的日子，我說了什麼在實踐上對歪曲的歷史做了什麼，是不是直接間接助長了、鞏固了那個歪扭的時代，如果知識分子可以不經徹底而嚴格的反省，就過「解嚴」這關，在解嚴後立刻以一副老子自來民主、進步、自由、人權……，這太可怕了。

輿論界也沒有清明的反省，好像我們自始以來就是這麼民主自由。報紙需不需要對民眾說：「自由是好的，過去我們經過這麼多困難，因而沒有負起輿論的責任，覺得羞愧；如果將來再有這樣寒冷的冬天來臨，希望大家支持我們。」

但有兩件事是難得可貴的，雖然為了這兩件事，我們付出了極高的代價。

頭一件是經濟成長。對於前殖民地、半殖民地社會，追求經濟發展，先是賣農產品，繼而搞進口替代工業，又繼之舉國債搞加工出口產業，進出冷酷凶險的國際市場，很少不弄得國債高築，農村衰疲，依附彌深，貧困、獨裁、內戰愈烈。台灣在這嚴峻的試煉中成功地走來，實非易事。當然，我們付出了這些代價：政治肅清和恐怖、對外勢的深刻依附、民族分裂結構的深化、環境生態的崩潰和後面也許會提及的「NIEs症候群」等等。

另外一項「成就」就是一九八七年以降的「民主化」。這至少是相對於過去高度反共國家安全體制的窒息性政治和社會生活而言。人們可以舉出金權主義、新政商階級的出現、貪腐構造來批評，但是相對於過去謊言、反共法西斯恐怖、神話、制度性的秘密逮捕、拷問、投獄、刑死，目前情況，不能不說是一種「進步」，儘管台灣的「民主化」依然帶著右傾、保守、反民族化等之本質性的問題。

「可憂」之處，我就舉出三點。第一是朝野一致的保守性，表現在極端化的反共主義、反中國主義和對美國的扈從性，對社會勤勞階層利益的冷漠等等。第二是我們知識界一般地向西方一面倒，一般地曲學阿世，一般地沒有反思和知識生產力。我自己是不學之人，這樣說實在甚有得罪之處，但這話是以一個仰望知識分子的一介庶民的立場以恐懼之心說的。第三則是目前經濟基礎之向大陸求心發展與上層建築（法政、哲學、意識形態）之對大陸的離心狀態之間的矛盾。這一點，在以下應該還有機會說到。

殷允芃（以下簡稱「殷」）：在台灣有這麼多亂象的時候，我們希望大家能靜下心來想想台灣目前遇到什麼問題，以及未來要怎麼走。過去台灣的確累積了一些難得的成就。近幾年來快速的民主發展到目前為止，還沒有什麼大的波動和流血事件，十分難得。經過四十年的累積，教育也逐漸普及。在企業精神方面，在來台之初，雖然兩位蔣總統對政治都比較緊抓控制，在經濟方面卻給民間相當表現潛力的機會，造就了台灣有今天這樣的發展。但是，台灣今天遇到的很多問題，可能都是過去不均衡的發展所帶來的後遺症，譬如過分偏重經濟及政治，久而久之，就會變成追逐金錢，或是企圖心過大，價值體系中只有錢和權受到肯定，而其他值得肯定的價值在四十年的發展中慢慢受到忽視。

另外，雖然現在每個人都口口聲聲說愛台灣，但是我們覺得最大的擔憂是，十年、二十年後，沒有幾個人真正愛台灣。到底誰在愛台灣？不管是政治界、企業界甚至普通人民也好，到底有多少人在真心關懷這個地方？最值得擔憂的就是，大家都在談命運共同體，事實上，到底誰把台灣當作安身之命的地方？到底有誰把台灣當作後世的子子孫孫在這裡快樂過生活的地方？當你開車在台灣各地走走，每次看到美麗的山遭到破壞，會覺得非常憤怒。譬如說，到木柵經過莊敬隧道，軍功路看到一大片醜陋的墳墓破壞了山坡；開車到南部經過屏東，看到乾枯的河流，雜草叢生，看起來不再是美麗島嶼，令人感到非常憤怒，不知道誰應該負這樣的責任？是不是我們現在都把台灣當作一個暫時可以獲得利益，甚至可以剝奪的地方。好像大家爭取的都是短暫的所得、利益、權位。

原因之一，可能是大家不清楚台灣過去的發展，這也就是我們製作《發現台灣》的原因，我們用「發現」這兩個字是有自我反省的意味，我們在台灣出生或生長，對父母、祖父母、曾祖們走過的日子對過去所發生的事情都不知道，怎麼會愛台灣？

在台灣，我們常常看到一些斷瓦殘垣的古蹟，旁邊沒有任何說明，那就真正變成一些破瓦了。譬如說，經過恆春，看到恆春的古城門，沒有人會想到這是一百多年前在日本人派軍，占領南台灣六個月後，清朝派欽差大臣沈葆楨來保衛台灣，才趕快建起的城門。如果有歷史說明，大家看到破殘的城門會有所感覺。可是歷史的過程在我們的生活裡都好像不存在的，遊覽車過了城門就過了，然後說好醜。對自己的歷史不了解，就會不珍惜，就會有無根的感覺。然後再延伸，就是逐水草而居的移民心態，哪裡賺錢就把錢帶到哪裡去。

從歷史來看，從荷蘭統治時把台灣當作轉口貿易點，到鄭成功把台灣當作反清復明的基地，然後到日本殖民時代把台灣當作進軍南洋的根據地，到國民政府遷台初期把台灣當作反攻大陸的基地，好像沒有人把台灣當作主體來考慮，都是台灣生存必須依附在別人生存的條件上，台灣是工具。台灣的本身不是目的。這值得我們深思？比較樂觀地看，台灣走過三百年，現在是台灣第一次有機會決定自己的命運，這並不是指要台獨，而是因為台灣的經濟發展、累積的知識和經濟能量，讓我們比任何一段時間都有一點自我主導的可能性，如果好好掌握這個機會，可以在台灣創造出一些前所未有的美麗的成就，不僅對兩千萬人好，可能對未來的中華民族或未來有一天統一的中國，產生積極的貢獻。

但是，如果我們還有這麼大的依附心理，可能這個機會就會喪失了。我們應該認真思考這些問題。台灣和大陸的關係是密不可分的，但台灣一定要受大陸的主宰？還是台灣未來可能會受美國、日本過度的影響？台灣有沒有辦法建立起更多掌握自己命運的力量？腳踏實地建立起厚實的基礎？

陳：關於教育，我想補充一點意見。四十年來，在數量上台灣教育成就非凡，但在品質上並不理想。

台灣戰後的教育，受一九五〇年以後絕對反共性反共國家安全體制的影響。這體制不鼓勵學生自由、廣泛地思想、創造、聯想，知識的來源和派別，都受到很大限制。這對於發展深刻思考和創造力極為有害。為了反共安全體制，政府派遣一些不是從事教育的人，沒有教育愛的人占著許多教育領導崗位，因為國民黨要求所有校園和教育單位要安全、馴服。這對維持一個政權的穩定有很大的作用，但到頭來受害的還是自己。此外，台灣教育的目的，僅僅在為台灣戰後資本主義培養有文化品質的勞動力和各級管理人。

一個時代教育的破壞令人最為痛心。

另外。談到台灣教育和外國教育接軌的問題。在這個社會，絕大多數的知識分子都出身於美國大學，上從總統府一直到在野黨，美國製的博士、碩士，占領台灣全部「領導高地」，包括言論、經濟、財政、高等教育等領域，太一律化、同質化，使得社會的精英知識分子缺乏從本地、本鄉、本民族的視野去看待人、生活和事物。

知識分子的反省

殷：知識分子和今天的大眾傳播界，也面臨反省。我們對於真實的台灣，無論過去的台灣或現在，到底下了多少功夫去了解？記者將學者專家定位為上游，我們採訪、整理他們的意見後，做一個橋樑，給下游的讀者。如果我們的主題是有關台灣的話，我們發現許多台灣的學者專家對台灣是沒有研究的；如果台灣是美國、GATT[2]，是世界大事或是各式各樣的主義和理論，他可以侃侃而談；如果我們要採訪的是今天台灣各種現象為什麼會發生，不論是產業發展、社會發展、文學發展、民主發展，或是國民黨和派系間為何有這樣密切的聯繫，就會發覺只有很少人能提供這樣的研究資料。

另外輿論界是不是太過集中報導中央政府及上層結構？對於廣大群眾間發生的事，是不是很注意地去探討、報導？或許回憶都偏向美好的，但是和過去相比，雖然政治在比較高壓的情況下，台灣不管遇到什麼困難挫折，比如退出聯合國、中美斷交，我們總還是覺得台灣是充滿希望的，很想要奮鬥的，不管那時候的鄉土運動，還有一九七〇年代知識分子下鄉也好，社會上還充滿理想色彩，也很肯定理想色彩的。而現在「理想」這件事情，好像變成可以被嘲諷的。為什麼現在大家都接受「沒有理想」這件事是理所當然？如果一群人的生命沒有目標和理想，一定是急功近利，造成更多的焦慮和不安，對前途也有更多的不確定感。另外，為什麼每個人都無限制地膨脹自己，剛剛也提到，類似宗教的反省，或「吾日三省吾身」也沒有了，失去自省、自律的能力。而如果這樣的情況也在知識分子身上普遍出現，就更是危險。如果台灣這樣繼續走下去是很可惜的。積極樂觀看，台灣過去的成就雖然有缺陷，卻是很不簡單的、得來不易的。展望未來，我們還是有很大的可能性的。

很多國家知道自己要走向什麼方向，但是台灣目前的目標是模糊、混亂、曖昧的。尤其是領導階層經過學者的幫忙，都以創意的曖昧、創意的模糊為國家目標，那當然整個國家也會沒有目標、方向。如果我們能靜下心來，好好看看自己的過去，認識台灣的根源，認識台灣的問題，台灣能凝聚的話，還是有很好的前途。

陳：我舉韓國的例子來看台灣知識分子的歷史認識和自我反省的問題，來做回應的開端。

從一九八〇年五月光州事件以後，韓國社會學界從運動圈、大學校園到全國社會科學界，進行長期的、文獻汗牛充棟的辯論和思考：韓國的社會究竟是怎樣的社會？韓國社會資本主義發展歷程特質和性質是什麼？相形之下，台灣的社會學學者只告訴我們，台灣經濟非常了不起，但台灣沒有一本書告訴我們「台灣戰後資本主義是什麼性質」，沒有任何一本著作系統地告訴我們台灣社會的發展與構造。

但是，沒有一個台灣學者，從結構性、立體而全面地分析台灣四十年發展。台灣一直只有計量的、功能論的、局部而欠缺結構性的研究。只有從社會史中，我們才能認識到人民怎樣在勞動和生產中推動歷史，反抗加於自己的不正，從而也才能對歷史留下標示，例如城門遺跡有深刻的理解，從而為了更好的尋求變革的知識。

這恐怕也和五〇年代的政治肅清有關。日據時代以來的批判的、徹底的社會科學、史學、哲學、文藝傳統，在五〇年代白色恐怖期間被連根拔除。而這個空白則由美國來的影響學術和意識形態補上去。一直到現在，台灣長期沒有自己的論述，都在讀美國的教科書。教科書是一個社會的學術，為了自己的民族發展傳承給下一代，我們怎麼可以長期用別人的教科書？但四十年來，多少留美博士長期用美國教科書，拿來加工一下就轉賣給學生；就像我們加工出口的經濟一樣。

但長期以來我們的知識、精神生活裡，沒有一樣東西，那就是「自我認識」。這當然和國民黨五〇年代以後壓迫反對運動有極密切關係。也因此過去我們讀歷史、文學都只到清朝末年，當代的文學、歷史、社會學全部空白。這就是為什麼今天我們會面臨殷女士所說談台灣問題找不到人談的問題。

我們的知識界實在有失職責，沒有反省的力量，愈是有知識的人，才會愈懂得反省。我認為眼前很重要的事，是對於戰後這四、五十年歷史、政治、文化、思想、社會……各方面的總結和批評。我們該好好反省在那個我們咒罵的年代裡，我們繼承了什麼？我們在那時做了什麼？從過去的歷史裡，我們學到了什麼？

韓國學界令我非常震撼的一點，就是他們非常勇於且嚴於批評，特別是自我批評。

台灣優先

殷：我完全同意您在教育方面的看法，我們有一群大學畢業、出過國、見過世面的人，應該是有很好的條件。但是今天台灣的社會為什麼有這樣的缺失？

二十一世紀馬上來臨，今天台灣還是很多地方沒有數據，缺乏數據就沒有辦法用科學化的方式來研究、認識問題。譬如說，我有些朋友想要研究婦女問題，發覺根本沒有任何統計和數據。前些時候討論得非常清楚的是，在台灣，目前我們根本無法知道大家總共有多少土地。這是和每個人都息息相關的資產統計問題，如果不知道什麼人在什麼地方有多少土地，土地稅當然沒有辦法認真執行。類似這樣沒有數據的地方還很多，這種事情今天存在就表示我們在上層架構和下層架構之間的制度體系都沒有建立。

在這樣數據、制度、軟體殘缺的情況下，我們會想到下面一個問題，就是現在我們的政府當局、主管單位、政治、經濟、企業方面的領導人物，或是教育各界領導人物，是不是把注意的焦點都往外看，一方面我們和大陸的關係要加緊腳步地改善、三通要趕快成立、兩邊要加速交流，在國際上我們要越快進入聯合國越好。但實際上，我們內部有很多問題，做起來是很瑣碎、很沒有成就感，甚至是很累人的，但都是非常必要去解決的。這方面我們都沒有下功夫。現在常會有人問，《天下》雜誌的立場是什麼？我想，《天下》的立場是台灣優先論。台灣優先論是只做事情的緩急、輕重、優先的問題，是把台灣先做得很好，然後再來談如何對大陸及國際社會有所貢獻。如果台灣有這麼多問題沒有解決，卻忽然開始夜郎自大，認為現在的問題都不是問題，該建立制度時就是不要去建立。

譬如說，外國人來訪問時，我們可以跟人家說台灣是民主奇蹟。但是，如果看看國民大會或立法院開會的狀況，相信任何一個有良心的人絕對不能說，我們現在的民主是健全的民主。這個民主還有許多細部規則需要討論，比如說，開會的規則等「小」事情。如果這些基礎工作不做，卻拚命要實現超英趕美的偉大企圖，似乎不切實際。台灣還是資源有限，如何重點運用有限資源，是非常重要的。

譬如說，我們看到外交部突然要和全世界許多國家建立關係，要派很多人出去，卻發現人員不夠。做事應該有個步驟，應該事先想想，全世界各國都有台灣的據點時，對我們有哪些好處。不是今天想到明天就做，好像今天有個概念，明天就可以成功的樣子。總是太過急切、太沒有程序、太沒有累積，而且真正該下功夫做的事都沒有做。如果馬上要和全世界建立外交關係，應該立刻問有沒有人才，對其他國家了解夠不夠，要如何加緊培養人才，而不是忽然間就要去做。

另外，現在很多人說台灣要幫助大陸。我想，如果我們有能力對大陸有所貢獻，沒有人會反對。但是，以台灣這樣小的地方，現代化進步的條件也比大陸優越，都治理得這樣混亂，我們有什麼理由相信台灣對大陸會有偉大積極的貢獻呢？我們的商人除了帶資金去大陸外，又對大陸有什麼其他良好的示範？我們的民主若不積極改善，又會給大陸同胞帶來什麼樣的效應呢？不是我們不要走出台灣，活躍在世界上，也不是說我們不要和大陸產生良好的互動關係，而是做事的優先順序、輕重緩急是否掌握得很清楚？如果我們把所有的注意力都放在外面，而對自己內部應該要解決的問題不去面對、思考、下功夫，就有點像在緣木求魚，更會很不幸地喪失本來擁有的好機會。

陳：近幾年讀台灣史方面的資料，顯示日本在占據台灣的一九一〇年代就展開土地林野的調查統計、度量衡的統一、貨幣的統一、海關的收回與整頓等等。這說明日本資本主義的成熟化，至少是相對的成熟化。資本主義離不開準確可信的數據，這大家都知道。台灣的調查統計，公平地說，有所進步，這是與台灣戰後資本主義的發展相適應的。但殷小姐所說，也是事實。原因也許在(一)政治上的專制，政治教條宣傳的需要，使某些數據被私秘化、誇大化；(二)台灣戰後資本主義的後進性和畸形性……。

殷小姐的話和憂愁，是語重而心長的。

殷：事實上，我剛才提到的台灣優先意思是，第一，我們對台灣目前所處的狀況認識不清，第二，我們對如何改善狀況努力不夠。我想，所有的人都希望台灣政治是清明的，社會是公平的，經濟是可以發展的，產業是有競爭力的，為了達成這些理想，我們需要非常健全的法制精神和制度，以及文官體系。可是這些東西不是口號，而是要下很大的功夫才會做到，做了這些事情才能真正凝聚民心，大家都為建設台灣而努力。

現在大家都在說「根留台灣」；也有人說應該是「果留台灣」，如果賺得錢都拿到外面去，留在這裡只是吸收台灣的養分而已，這有什麼用呢？有人說應該「心留台灣」。但是，「心留台灣」

好像是要離開你心愛的人時說的話，意思是雖然我的心在你身上，我的人卻馬上要離開了。所以，心留台灣好像也不全對。應該是把台灣繼續當成自己的家，好好建設家園，應該有我們發展的餘地。

剛剛講到資金流向大陸的問題。資金本來是無國界的，有效率的企業家認為資金是要到處運用的。不是資金不能流向國外，而是政府及我們大家有沒有努力使得台灣的整體環境對企業界、對一般的工作人員更有吸引力？能創造出更多發展的機會？有沒有改善產業升級及投資環境，甚至良好的居住生活環境？其實經濟環境脫離不了政治、社會、公平競爭、沒有貪汙的大環境。今天，反貪汙、反腐敗，需要清廉已經成為世界各國人民共同的願望，包括日本自民黨解散國會甚至分裂自清、韓國金泳三的改革、義大利的改革，在這方面，我們到目前還沒有大刀闊斧地來做，這也是所謂台灣最需要優先解決的問題。

陳：對於殷小姐的提法，我是深為同感的。我們「對台灣目前的狀況認識不清」，就是對於台灣在世界框架，在內在的物質的構造上自我認識的不足。這我們不能不首先對台灣社會科學界的怠忽感到遺憾。至今，我們的大學還沒有開台灣經濟論也沒有開台灣社會史論……。

另外，容許我引用涂照彥教授NIEs Syndromes（新興工業化地區症候群）的概念，做一點點補充。或因NIEs的經濟成長，與世界冷戰，及反共國家安全主義有關，資本在國家權力和地緣政治干預中積累。涂教授所指出環境崩潰、社會倫理的崩潰，勞動和管理品質的毀壞、金錢遊戲和全國性賭博的猖狂在NIEs諸社會中成為通病。在跨世紀的前夕，我們的學界與財界如何總結與「獨裁式經濟成長」並行過來的NIEs式的經濟成長，邁向自主、自立的中國民族經濟發展時代，怕也是當務之急吧。

初刊一九九三年六月二十九—三十日、七月二日《中國時報・人間副刊》第二十七、二十五版

1 本篇為陳映真、殷允芃對談；整理：送冬；攝影：郭英慧。分三回刊登於《中國時報・人間副刊》「人間對談」欄目，前二回刊於第二十七版，第三回刊於第三十五版，本文合為一篇。

2 GATT（General Agreement on Tariffs and Trade），即關稅暨貿易總協定。

從戰後台灣資本主義的發展看兩岸關係

「台灣前途和兩岸關係：紐約鄉情座談會」紀錄[1]

今年六月二十二日，陳映真先生和王曉波教授，應洛杉磯海峽兩岸關係研討會和洛杉磯華夏政略學會之邀請，前往美國訪問演講。除洛杉磯外，途經華府、費城、紐約，一路受到僑界的熱情歡迎，最後一站抵達紐約，接受關心台灣委員會和《亞美時報》邀請，七月四日參加了由二單位所舉辦的「鄉情座談會」，地點為紐約的台灣會館。座談會由花俊雄先生主持，主講人除陳映真講「從戰後台灣資本主義的發展看兩岸關係」和王曉波講「在野統派對兩岸關係的看法」外，並邀請了郭正昭博士講「邦聯制的省思」和紐約市立大學教授周鉅原講「從台商投資大陸看兩岸經濟連結」。本刊取得這次座談會的全部內容，全文刊出，以饗讀者，並提供關心台灣前途和兩岸關係的人士作為參考。——編者

花主席，在座好幾位我所尊敬的朋友，各位鄉親女士先生們：

在紐約能夠碰到我故鄉台灣同一個台北縣來的同鄉花俊雄先生，所以我用很短的時間，用台灣閩南話來說兩句話：

花俊雄先生和我一樣是台北縣人，我在鶯歌出生、長大，在台北讀書。花俊雄先生是台北縣三重市人，在台灣時我沒有機會認識。我在七五年被國民黨釋放之後，回來不久，就聽到江湖上盛傳台北縣這位同鄉的大名，知道他在七〇年代保釣愛國運動當中相當活躍。八三年我初次到美國時已見過一次面。最近前幾年他回台灣，也見了一面。現在，在他的主持之下能與各位鄉親見面，感到非常高興，祝願花俊雄兄一切工作、一切生活都順利。

今天我來這裡做報告，題目是「從戰後台灣資本主義發展歷程看兩岸關係」。

戰後台灣資本主義問題

為什麼台灣戰後資本主義問題值得我們重視呢？在人類社會發展的歷史中，資本主義階段是一個非常重要的階段。一個社會能不能順利、正常或者比較好地進入資本主義階段，絕不都是自然而容易的事。特別是像台灣這樣經歷過殖民地·半殖地階段的社會，進入現代的資本主義的歷程，是一條充滿了挑戰、充滿歪曲、苦難的道路。可是台灣在冷戰結構的特殊複雜原因下，取得了所謂新興工業經濟體式的經濟成長，算是比較成功地、比較好地完成資本主義化。日本人就說台灣是新興工業經濟體的優等生。以下，就以最概括的方式談談台灣戰後資本主義發展的歷程，並從社會史的觀點來看經濟發展跟民族分合的複雜關係。

在展開戰後台灣資本主義發展之前，先概略說說台灣資本主義的前史。在鴉片戰爭之後，中國被迫對外開放，在船堅砲利下開放海關、港口，台灣的高雄港、基隆港都是在鴉片戰爭後被迫打開的。隨著中國社會在帝國主義侵凌下的巨變，台灣也進入半封建．半殖民地的社會，而且封建的性質還比較強一些。在那樣的社會裡，台灣保存著比中國其他地區還獨特的封建的土地關係，就是大家所熟悉的「大租戶」、「小租戶」和「現耕佃人」，這種三級封建性主佃土地關係，是非常特別的土地關係。

其次，在外國資本進入台灣及中國大陸之後，台灣也發生了「行」、「郊」之類的商業基爾特，台灣本地買辦階級興起，外國商業資本透過行郊的機制對於中國閩南與台灣完成支配。而且台灣的茶、米、糖、樟腦之類的農作物，在日本人還沒來之前，就在國際商業資本的支配下成為國際商品化農作物。此時，台灣已有了少數商業買辦資產階級的萌芽，以及以糖廍作為代表的作坊資本的萌芽。

一八九五年台灣在甲午戰敗後被割讓給日本，成為一個完全的殖民地。在這樣一個劃時代社會變化下，日本現代化的獨占資本的上層建築，就是總督府、日本現代殖民地官僚系統、警察系統和憲兵、軍隊，這一切就直接以日本國家權力和暴力加諸於當時台灣半封建的前資本主義社會。以後，日本就一系列地進行台灣殖民地資本主義化改造，大家所熟悉的田野土地調查，整頓大租、小租、現耕佃人等三級的封建土地所有制，改變成為小住戶為中心的主佃兩級所有關係。此外，日帝還推行度量衡的統一和幣制的統一，並且以日本國家權力驅逐外國資本在台灣的勢力，當然也強制斷絕了台灣在商業貿易上對中國的關係。最後，日帝用國家權力和上層建築法政系統，來扶植日本獨占資本如三菱、三井和住友在台灣進行全面擴張。而上述這一切的「改革」過程是要確立現代資本主義發展所需要的現代私有財產關係和法政關係。

日帝當局以全面接管台灣海關來切斷台灣跟大陸向來的商貿關係。和一切的殖民地一樣，殖民地台灣的經濟是按照日本帝國主義獨占資本的利益和邏輯服務的，就好像英國的殖民地是為英帝獨占資本的利益和邏輯服務一樣。

本土資本無法成長

接著，日帝以糖廍工業的現代化為手段，消滅本地的糖廍作坊資本，而大量地培植現代化日本糖業資本，使台灣本地糖業資本的現代化與進一步發展受到壓抑，本土資本無法成長。在米糖兩種重要殖民地產業上，日帝將米的栽培過程與加工過程及島內的流通過程讓給台灣本地的土地資本，只有糖對外輸出由日本資本獨占，藉以溫存台灣地主階級，糖的栽培當然屬於本地地主，但是糖的加工，商品化到國際貿易的過程則完全由日本獨占資本所支配。這種情況一直維持到一九三一年以後，日本開始展開對華侵略，這時就著重發展台灣的戰爭工業化，也是日本資本全面獨占島內經濟，而使本地資本降低到幾近零的程度，這台灣本地資本全面沒落的事實為大家所熟知的。

其次，日據時代的重要意義在於由於殖民地化斷絕了台灣以海峽為界的大陸中國民族經濟圈的關係。當然這種斷絕沒有五〇年後冷戰對峙那麼絕對。日據五十年基本上兩岸經濟是斷絕的，不過，零星的、個別的允許從大陸拿商品來，也有人從台灣把商品帶到大陸去。但這是我們民族經濟史上第一次台灣與大陸斷絕的過程。在這種台灣殖民地，半封建社會裡，上層是日本獨占資本，再下來是本地的大地主資本，這兩個資本是互相團結的。之下，有本地中小地主資本和本地地主性的資產階級資本，再下來是小資產階級和作為這個體制最大受害者的農民以及少數的現代工資勞動工人。我們必須從這樣的構造裡才能去理解日據時代各種政治、文化、民族、階級甚至文化思想運動。

一九四五年到五〇年是台灣戰後資本主義第一個階段。這是一個相當混亂、重新編組的時代，在社會史上是一個相當重要的時代。台灣重新編入中國半殖民地・半封建的舊社會。與日據時代類似，光復後舊中國的上層建築是外加的。陳儀集團代表當時舊中國的買辦資產階級，官僚資產階級，大地主及大資產階級，在對台接收過程中君臨於台灣直接支配日本帝國主義敗退以後半封建的社會。陳儀集團到台灣以後，進行重要的社會重編工作，以國家名義全面接收了日本獨占資本所留下的基幹產業，就是今天的公營事業，即交通、郵政、能源以及菸酒、重化、造船、製鋼等，成為官僚資本主義的國民黨對台統治的社經基本構造。所謂國家資本主義，其性質是按照國家的性質來改變的，如果國家的性質是屬於社會主義的性質，國家資本主義就帶有社會主義的性質；如果國家的性格是半封建或封建的性格，它的國家資本主義就帶有封建的性格。在一九四五到五〇年期間，中國官僚資產階級還當權。所謂官僚資產階級的定義，簡單地說，就是在殖民地半殖民地時代，封建和半封建的權力跟帝國主義勾結，而以國家的權力透過商業、稅收、金融、外交而不是生產事業，進行掠奪，完成累積，因此帶有非常強烈的私產性格。五〇年代以前的舊中國的國家性格當然有明顯的官僚資本主義性格，因此在當時所收編的台灣公營事業，當然也帶有舊中國的官僚資本主義性格。

其次，台灣也被編入當時全中國日益激化的國共內戰財政補給地。因此，國民黨在台灣進行財政、稅收、商業上的全面掠奪，而全大陸瀕臨崩潰的經濟、政治、社會的混亂，也感染到台灣來，造成台灣政治、經濟、社會秩序的全面混亂和崩潰。一九四七年二月蜂起，便是這個社會史的發展下必然的產物。

兩岸的經濟關係在這裡值得一提的是日據時代以後，兩岸五十年間經濟的斷絕狀態結束，而重新恢復關係。京滬的輕工業產品輸到台灣，台灣的米糖等農產品輸出到中國大陸。

台灣親日派未受清算

一九四五年到五〇年間，國民黨基本上維護和鞏固台灣原來的地主佃農關係。換句話說，台灣本土的地主佃農半封建土地關係仍然在光復以後的國民黨支配體系下受到維護。易言之，日據時代親日的土地資本沒有受到決算和清算的狀態下維持下來。台灣戰後資本主義的第二階段，是五〇年到六三年的新殖民地半封建階段。五〇年韓戰暴發，第七艦隊封鎖台灣海峽，兩岸絕對分斷化，更不用說經濟上的斷絕了。一九六三年，台灣在這一段時間中，進行進口替代產業之發展，工業總產值第一次高於農業總產值。韓戰使世界兩極對峙表面化，台灣被編入美國包圍中共及蘇聯的基地。給予軍事和經濟援助。軍事援助起什麼作用呢？第一是作為美國包圍中共向亞洲擴張的美國國防費用的支出，第二是為國民黨分擔了沉重的軍事財政，從而助長國民黨在一九五〇年代以後加工替代產業的資本累積。軍事財政支出負擔減少，累積就會增加。其次，是對台經濟援助。美國採取兩手政策，即一方面以經援支持和強化國民黨公營事業。支持國民黨的公營事業就是支持國民黨作為一個state的物質存在。另一方面，經援也著重支持台灣的民間資本，就是後來發展成財團或集團資本，即民間私人企業和工業，其中的構造有三部分，一部分是京滬撤退到台灣的紡織資本，第二部分是由土地改革以後，從地主資本轉化為工業資本的台灣本地前地主士紳階級的工業化資本，第三個也是本省籍的紡織資本。

從經濟的發展史看來，國民黨當局跟殖民地台灣的支配者日本當局不一樣的地方，就是它在戰後台灣資本主義發展政策上，沒有資本的族群歧視。國民黨沒有刻意壓抑台灣本地資本，也基本上沒有刻意培養外省資本的獨台化、巨大化，沒有民族跟族群的歧視態度，這個結果帶來國民黨在八〇年中期以後，隨著本地資本的壯大，經濟基礎與上層建築的再編過程中，外省系統的統治階級全面崩潰。

其次談到農地改革，它一方面消滅了本地地主階層，另外培養由地主轉化為工業資產階級，並消滅佃農階級，成為廣泛小資產階級性質的獨立的自耕農，這個帶來的結果是本地地主勢力的破滅，和日據時代以來的階級反對力量——農民階級的消滅，進一步穩定了台灣的社會經濟。

五〇年到五三年四年間，在台灣展開的政治肅清，殺了四千人，關了大概八千人到一萬兩千人，最近六張犁發現了將近兩百個墓，就是這個時期的一段被湮埋的歷史的遺跡。這兩百孤墳不但從道德上來指責國民黨，也是看到這種反共恐怖肅清，在社會經濟學上的重要意義。恐怖肅清和美國對蔣的冷戰支持帶來了高度個人獨裁「波拿帕式國家」(Bonapartist state)的形成。這種高度個人集權的「國家」跟四小龍一樣是形成戰後資本主義累積的非常重要因素，日本人叫作「獨裁成長」，即獨裁下的經濟成長或者經濟累積。

依附美國的殖民地性質

五〇到六三年的經濟發展，有兩個特徵。一是和中國民族經濟體的再度斷絕，以國際冷戰結構下的反共的復國強兵主義，依附美國援助經濟與援助財政發展。第二個特點，是台灣在《日台和約》、《美台軍事協防條約》等構造下，在政治、經濟、財政、外交、軍事、文化、意識形態上全面扈從於美國，而帶有新殖民地性質。

五三年農地改革隨反共肅清運動而完成。但迄一九六三年，農業產值高於工業產值，而農地改革後，國家以財政、稅收甚至實物性地租，收集農業部門的剩餘，帶有半封建的國家地主性格。說一九五〇到一九六二年台灣社會性質是新殖民地半封建社會者在此。

其次簡略地談談一九六三年到一九八七年的加工出口貿易經濟時代。六三年以後，國民黨進行匯率的改革，加工出口區的設置，《獎勵投資條例》的通過，華僑資本的引入等等，這些手續，無非是要把台灣在法政系統上編入國際資本主義的世界體系，造成由日本輸入，在台灣加工，向美國輸出的三角貿易關係。在這種關係裡，形成對日本的赤字及對美國的黑字的構造。另一方面，美國在戰後史過程中在台灣獨特的優勢帶來美國資本，多國籍企業在台灣經濟中的支配性地位，對六三年以後的台灣經濟發展起主導性的作用。

台灣的依附型經濟發展形成新興工業化國家的症候群，即自然生態的崩潰、管理與勞動倫理的崩潰、社會道德的崩壞、全國性賭博的猖獗、金錢投機的盛行等等。

以下談一九八七年到目前的台灣經濟。這階段的特點是兩岸經濟重新整合的階段。關鍵性的一九八七年，在南韓跟台灣同時展開了民主化進程。這個「民主化」是在獨裁體制下，資本累積到一定的程度以後，獨裁體制已經不適合資本的進一步累積。在資本進一步要求自由化、國際化形勢的產物。當然，兩地長年來由下而上的反法西斯民主化鬥爭也起到一定的作用。在此時，相應地如實代表台灣本地資產階級的「國家」形成。那就是今日的李登輝政權。新興工業化症候群如工資的上漲、工運的發動、環保運動、地價物價高漲，使得台灣喪失國際貿易上的優勢。就在這樣的情況下，一九八七年八八年開放了兩岸的經濟來往。國民黨的經濟當局說這是台灣的第二次經濟奇蹟的契機。如果沒有這種發展，台灣戰後資本主義就已經走到盡頭。最近國際的統計，跟幾乎要從「四小龍」內除籍的南韓相比，台灣卻繼續保持百分之六到百分之七的經濟成長。大家都知道，如果沒有大陸市場，那台灣比南韓更早從「四小龍」班上留級了。

總而言之，台灣戰後經濟的現階段，離開了資本在大陸的循環是不可思議的。換句話說，台灣戰後資本的再生產和累積過程，是不能缺少在大陸民族經濟圈的循環過程的。

這樣一個新的發展趨勢，再加上一般世界經濟學家所預測東亞資本運動——全世界資本集中在太平洋、亞洲的趨勢來看，加上遍布於全世界，特別是東亞的華人資本，再加上大陸開放改革的資本，和港澳台資本，這樣一個總形勢之下，怎麼樣面對未來世界，這是當前一個相當有趣而且必須認真研究，以實事求是的科學態度去加以面對的課題。

最後，我提出幾點，作為結論。

台灣向來不是一個國家

（一）從台灣社會史看，台灣向來不是一個國家，不是一個獨立的社會。它是在新舊帝國主義時代，以殖民地（荷蘭、日本的支配）、半殖民地（鴉片戰爭迄一八九五；一九四五—一九五〇）、新殖民地（一九五〇—）的形式，與祖國中國完全分斷或處於受外來勢力干預下的情況。研究台灣社會史，應該從歷史的框架上科學地認識到台灣社會的特點是外力干預下一個從中國分斷的社會這一點，而不能視為一個獨立的社會，甚至一個獨立的國家。

（二）在外力、在帝國主義下淪為殖民地、半殖民地和新殖民地時期，台灣的經濟就被迫與中國民族經濟體分斷，服從於並組織到帝國主義經濟的邏輯與利益而展開。一旦外力被擊退，台灣經濟就迅速與祖國的民族經濟體匯合為一。一九五〇年，冷戰和兩岸的雙重構造使台灣經濟與中國民族經濟斷絕，而依附在美日經濟，取得新興工業經濟體化的發展。一九八七年以後，由於上述的條件，台灣經濟不可逆轉地重編到開放改革後的中國民族經濟再生產構造，正在展開使我們目不暇接的兩岸經濟整合運動。

（三）四十年來兩岸的分斷，造成今日兩岸關係上這樣一個矛盾：在經濟基礎上，台灣戰後資本主義的現階段，資本在大陸循環，已經成為台灣資本主義再生產構造的一個組成環節。但在上層構造上，即在法政系統、在意識形態、在思想感情上反共、反中國、反統一甚至反民族，仍然是居於朝野雙方共同的執念。這種經濟基礎和上層建築的矛盾，是當前台灣的戰後資本主義的重要矛盾。存在決定意識，但意識在一定條件下保持它相對的獨自性，並且也在一定條件下施影響於經濟基礎，例如陸委會為代表的勢力不斷阻撓兩岸的經濟交流。但基本上，存在仍然要決定意識。這個矛盾怎樣經由鬥爭而怎樣統一起來，是個有趣的問題。

（四）中國統一論這並不應該只是「炎黃子孫」、「血濃於水」和「捐棄前嫌，振興中華」。科學的統一論，是不是應該從台灣社會史和社會性質論展開一個建設獨立、自主的中國民族經濟再生產構造的理論。一個獨立、自主的民族經濟再生產體系，不但要求對外國經濟支配的獨立性與自主性，不但要求包攝兩岸經濟為一，內外的均衡，更要求對民族構成員，即人民的經濟上的公平與正義。

至少，歷史地看來，中國在經濟上崛起的條件，兩百年來沒有一個時刻比現在更好過。當然，不能說經濟是我分裂民族再統合唯一的條件，卻是基本條件。中國統一運動，是中國民族經濟振衰起弊，取得真正的以人為中心的發展，並對人類的文明做出更多貢獻的運動。這樣看，統一運動就是廣泛知識、社會科學和文化上十分艱鉅而嚴肅的課題和挑戰了。

初刊一九九三年九月《海峽評論》第三十三期

1

一九九三年七月四日於紐約台灣會館舉辦「台灣前途和兩岸關係：紐約鄉情座談會」，發言人：陳映真、王曉波、郭正昭、周鉅原，後於《海峽評論》第三十三期以座談會名稱為題刊登四位講者的發言紀錄。本文僅收入陳映真主講「從戰後台灣資本主義的發展看兩岸關係」的發言部分。

哀思畏友李作成先生

堅貞的台灣統派志士李作成先生終於在八月二十二日與他所熱愛的人民和祖國永別了。作成先生的一生，是近代中國民族悲劇具體而微的縮影，也是中國近代知識分子仁人志士為祖國為人民奮鬥的心路歷程寫照。顛沛流離的少年，漫漫長夜的黑獄，現實生活的煎熬，從來沒有屈服過作成先生愛國主義的心志。雖然作成先生走了，海峽兩岸的烏雲仍然濃重，但是，我們相信像作成先生這樣的一代又一代的近代中國知識分子所選擇的愛國主義的道路，必然是要實現的。我們特刊出作成先生生前至友又是同案難友的陳映真先生悼文，並且願祈禱作成先生，安息罷，不要再為祖國擔憂。

李作成先生是內蒙古綏遠省歸綏市人。他生於一九三一年元月一日。他的父親李蔚瑛將軍，是黃埔四期生。一九四九年，李作成先生十九歲，隨父親李將軍來台灣，當即入台中二中就讀。同一年，李將軍再入大陸內地接夫人李王傑女士及家眷。但此時局勢已迅速逆轉，父子從此睽隔，終生不復相見。

一九五六年，李作成先生考進台灣大學法律系。這是他不惜數試志在必得的理想科系。一九六〇年，他從台灣大學畢業，曾有一年餘的時間，在補習班執數理科教鞭，以教學成效卓異，一時頗負聲名。

一九六二年，他到強恕中學任教。我幸而與李作成先生訂交，是一九六三年服完兵役之後，到強恕中學教英文之時開始的。

李作成先生熱情尚義，很喜歡朋友。強恕中學的教職是我平生初涉社會的第一個職場。作成先生的坐位與我相近，學校的情況，事無巨細，都蒙他熱情介紹和教導，使我很快地就對強恕的環境熟絡自如起來。

作成先生略長我幾歲，由於他整個求學時代，雙親都不在身邊，勤工儉學，自食其力，因此他比我多一層從生活的磨礪而來的成熟，也多一層從生活的體驗而來的，對於政治的關切。因此，不久，在他的引介下，我遇見了嚴厲的政治氛圍下處於「半地下」的一群與國民黨「持不同政見」的精英知識圈。這群人的政見彼此之間並不盡相同，但關心生活、關心中國和台灣命運的誠摯，對知識和思想的篤敬，幾無二致。

作成先生早已是這個圈子中受尊重的一員。也是經由這個圈子，作成先生與我得以和一位年輕優秀的日本青年淺井先生結為知交，而在嗣後我與作成先生的知識與思想生活上，起到了深遠的影響。

作成先生在四九年頃到台灣時，已是十六、七歲的少年。一般朋友鮮有人知的是：他當時已讀過不少三〇年代的小說和社會科學書刊。這些閱讀，使他承接了中國二〇年代以降的進步主義和愛國主義。這對於他自己，以及最靠近他的我等朋友的愛國主義之形成，起了重要的作用。

作成先生具有一種思辨上傑出的分析、綜合、聯繫的能力。我常想，設使他的道路不那麼坎坷；設使他能有一個專心讀書研究的環境，積年累月，必有大成。在獄中之時，每當我們聽他僅僅從報刊的零碎信息去分析時局，常覺作成先生有獨到的見地，不禁折服。

作成先生最為人稱道的，是他熱情尚義，慷慨而好客。他對蠻橫之來，可以奮力拮抗。但他對朋友，只要囊中尚有，莫不湧泉傾盡。他有自己鮮明的思想立場，但對於政見不同的朋友，從不以宗派立場論斷人和是非。他有言辭凌厲雄辯的一面，但從來不用來對政見不同的朋友恁加訐誹。只要在人品風格上被作成先生以朋友愛重，他總是誠懇、寬厚、真摯相待。這是很值得我學習的芳美之德。一九六八年，我與作成先生等十餘人以主張中國之統一而遭逮捕入獄。在偵審庭中，作成先生從不對同案的朋友有怨謗、推諉、卸責、嫁罪之辭，反而盡力將責任攬在自己的身上，一時傳為佳話。

今年五月，因為到中正機場迎老友陳鼓應兄回台灣，與作成先生相遇於機場，驚訝地看到他明顯消瘦了。不久夫人萱倫女士才告訴我得了難治的病，朋友皆震驚不已。

作成先生病況不斷惡化，形容日漸枯索。但從頭到尾，他絕口不提他應已知之甚確的癌病，見了朋友，依舊是談問題，關心人、關心生活。不論在醫院抑或在家中，他基本上是一個合作的、絕不出難題的病人。對於醫生、護士的服務，事無大小，一定稱謝。一直到最後一天，醫生建議開刀，他體力已極度衰竭，但神識始終清醒逾恆。他首肯最後的手術，勇敢地讓人推入手術房，更勇敢地以羸弱的身體，通過了手術的考驗，但也終因肺部衰竭而謝世。我與作成先生訂交半生，看見他面對終極的大勇，尚為首次，感佩無已。

我與畏友作成先生的友情，譬若手足。雖然彼此為五斗米奔波勞形，不常相聚，但作成先生所加予我的動人而不逾的友情，常常成為我極大的幫助。一九九〇年春，天安門事件發生後尚不滿一年，中國統一聯盟決定組團訪問北京。當時世論對我個人頗有批評，但作成先生及時給予我寶貴而貼心的支持，並且直接在訪問留守期間，堅定地接掌統聯秘書處的工作，做出了重要貢獻，使我畢生不忘。

李作成先生的一生，是民族分斷時代中國知識分子一生的縮影。他備嚐因分斷而來的離散顛踣的悲苦，也啟發了因分斷而來的淑世愛國之志。如今天不假年，齎志而歸於大化，寧不慟哭！

作成先生遺落堅貞賢淑的夫人徐萱倫女士，和鍾愛的女兒李中。至盼同志、難友、同事和朋友們，一本作成先生在世時的初心，續加掖愛，讓故人無所牽掛，永得安息。

一九九三年八月二十六日

初刊一九九三年十月《海峽評論》第三十四期

歷史的召喚．人間的風雷[1]

《人間》雜誌同仁在八九年休刊後，頭一回從各自的工作職場上匯集起來，展開工作。從人民創造歷史的視界，把被暴力和謊言所掩埋、抹殺的歷史，坦露出黑暗冰山的一角。

今年五月末，在台北市六張犁公墓，從徐慶蘭的墓石開始，陸續發現了兩百個屈死於五〇年代初國民黨反共政治肅清殘酷的刑場，被秘密、潦草掩埋的英塚。

七月，過去《人間》雜誌的同事，現在在林正杰委員辦公室工作的官鴻志，邀集了《人間》的幾位老同事，共同組織了工作，為進一步深入報導五〇年代初一場噤聲長年的歷史風雷，在《人間》休刊於一九八九年後，頭一回從各自的工作職場上匯集起來，展開工作。

台灣的集體創痕　人們竟然相信……

五〇年代的反共肅清，便是近來時常有人提起的「五〇年代白色恐怖」。很多人把白色恐怖同一九四七年的「二二八」事變後大鎮壓混為一談。這首先就有加以澄清和分別的必要了。

全部在五〇年代初被殺、被囚的政治案件，罪名都離不開「參加朱毛匪幫」。不論真假，從一九五〇年到一九五三年，總計有四千人作為共產黨人被槍決，八千至一萬人被投獄。

但依據投降國民黨的「中共台灣省工作委員會」台灣籍領導人蔡孝乾的供述，當時正式的地下黨員只有一千數百人，也就是說，在一九五〇年到一九五三年國民黨反共大屠、大囚的犧牲者中，有十分之九是冤、假、錯案。在「寧可錯殺一千，不能放過一人」的殘酷政策下，國民黨以細密遍布的警察特務，進行無忌憚的、連年的非法、秘密調查、逮捕、拷問、處決、監禁。國民黨不僅由此殺了一大批人、關了更大一批人，政治犯家族的生活、工作、出入境和學業都遭到恣意的干涉和迫害。人人自危，不敢仗義依情相問相救，人人為避禍互不信賴，對別人的苦難避而不聞，甚至以「匪諜」之名誣陷異己，在台灣社會集體心靈和記憶中，留下了嚴重的創痕。

但是，有人會問：既然涉及共產黨，被殺、被關，也是沒有辦法的事。

在長期極端反共宣傳教育下，人們竟相信凡是搞共產主義、社會主義，甚至工人運動和社會運動的人，都是邪惡而危險的人，人人可得而殺之。這樣的思想，一方面為「白色恐怖」打下合理化的根據，一方面又被「白色恐怖」政治所強化。

十九世紀前期，西方帝國主義東來。中國在恥辱的鴉片戰爭中敗北，被迫開港、賠款。台灣的淡水、基隆、台南和高雄也在此時被堅船利砲所迫，對外國人開放。從此，中國不斷地衰弱和貧困化，產生了亡國和滅種之危機。一八九五年，中國失去了台灣，台灣淪為完全的殖民地。中國和台灣的志士仁人都在憂忿地問：中國往哪裡去？台灣解放的道路在哪裡？

有人說要「中學為體、西學為用」，要變法圖強，但不能改動大清封建王朝的根本。有人徹底否定中國傳統價值，主張全面西化以自救。有人只想勾結外國勢力、排除異己，充當外國勢力在中國的代理統治者，魚肉人民而自肥。

但中國和台灣當時的工人和農民，和當時世界殖民地、半殖民地的工農人民一樣，主張首先要結成工農階級堅固的同盟，去團結一切知識分子、市民、愛國資產階級……共同打倒外國勢力、封建地主、官僚資本和買辦資本，去建設一個新的民主和自由的社會。

信從這種主張的人，就是當年的社會主義者，是共產黨人。他們有像徐慶蘭、曾梅蘭這種農村的工資勞動者，也有農民、佃農、有現代城市的工資勞動者，更有像郭琇琮、葉盛吉、吳思漢、許強這種醫生以及其他社會上的精英秀異人士。

但正就是這些人，因為堅持人與人的平等，反對人壓迫人、人剝削人，反對新舊殖民體制，要求達到階級與民族真實解放與自由，而不能見容於帝國主義者和它在各地的代理人，不見容於世界的地主、高利貸、資產家、軍人和警察，必欲得而殊之。

在日據時代，這些人就是連溫卿、王敏川、謝雪紅、蘇新、林木順、王萬得這些人，一生備受日本統治者和台灣士紳的壓迫。光復以後，這些人就是上述徐慶蘭、郭琇琮、葉盛吉、許強這些人。

建設新民主和自由　戰後世界史的意義

從一九二〇年代，這樣的人們就在世界各地受到資產階級政府的追緝、審判和處決。二次戰後，特別是韓戰以後，各殖民地、半殖民地的人民紛紛起來為反對帝國主義和封建主義而奮鬥，統治階級不約而同地展開了血腥的鎮壓。在美國，有麥卡錫參議員推動的肅清，對廣泛知識分子、科學家、文學家、電影工作者、教授等進行政治性迫害。在日本，由美國盟軍總部發動，把進步教授、共產黨人、社會主義者、工會領袖、作家、公務員從他們的工作崗位上驅逐出去。一九四八年，韓國濟州島農民蜂起，美國和韓國軍事當局武力鎮壓，屠殺了七萬人。一九四七年左右，美軍在希臘、土耳其殺害數萬「共產黨」。一九六〇年，印尼軍人政府發動政變，屠殺三十萬被指控為「共產黨」的民眾，血流成河。在菲律賓、在中南美各國、在非洲，許多為窮人、為社會正義而奮鬥的教士、工人、農民、社會工作者、作家……至今要面對失蹤、暗殺、逮捕、投獄的命運。而他們的罪名，往往是千篇一律的「共產黨」、「匪幫」。台灣在一九五〇年到五三年的恐怖逮捕與處決，除了國共內戰的因素，還有這一層戰後世界史的意義。

《人間》首先衝破禁區

早在戒嚴令尚未解除的一九八七年四月，《人間》雜誌就刊出了官鴻志對參加「二二八」蜂起，繼又參加了地下黨的實踐而被捕，於一九五四年就義的蔡鐵城的生史。這是一九五〇年代大恐怖後，以正面敘述五〇年代地下黨人最早的公刊報告。同年七月，藍博洲在《人間》刊出記述新一代傑出的地下黨人郭琇琮的報導〈美好的世紀〉。八九年一月，《人間》刊出鍾喬寫新竹龍潭一帶客籍地下黨一頁英雄悲愴的史詩〈范天寒的兄弟們〉。是《人間》雜誌首先衝破了幾十年來的禁區，從人民創造歷史的視界，把被暴力和謊言所掩埋、抹殺的歷史，以及活躍於那歷史中激動的一代，予以復權，坦露出黑暗冰山的一角。

一九九一年，藍博洲把他從郭琇琮的故事以後，殷勤採掘的、仆倒在五〇年代肅共刑場上的黨人的生史，收集成書，以《幌馬車之歌》出版，引起了廣泛的回響。一九九二年，我把目前人在日本的楊威理先生所寫，紀念他橫死於一九五〇年國民黨刑場上的摯友的感人文章〈雙鄉記〉漢譯，在時報《人間副刊》刊出。楊威理先生將原文擴大成書，經著名的岩波書店刊行，暢銷於日本。目前全書在我手上漢譯中，估計年終可以出刊。

我參與了六張犁公墓兩百個英塚的發掘和整理的工作，面對在荒煙蔓草中，卑微地散在的滿山孤墳，我忽而彷彿聽到那笨拙、醜陋、無語的石頭，發出了最高昂、最雄辯的揭發和控訴。如果當年的屠夫們，把所有的屍體埋在一個大坑，不留下姓名和就義的日期……是的，屠夫們是這樣做過的。但，是什麼鬼使神差，讓他們在六張犁的亂葬坡上，留下了幾百人的名字，苦苦等待在四十年後，毫不寬貸地發出堅定、不容飾辯的、淒厲的怒鳴和控訴！

哦，歷史的正義竟是這樣的啊！人們不是看見了，奸巧利用戰後冷戰體制所內含的矛盾，對其戰爭罪行堅不承認、堅不負責、堅不清理的日本反動當局，正遭受到劉連仁事件、花岡事件、日本七三一部隊以活生生的中國人體進行細菌實驗事件、南京大屠殺事件、慰安婦事件一波接著一波，本以為早被湮沒的犯罪證據不斷地如鬼魅一般地出土，向日本軍國主義漫天罪行進行毫不寬貸的指控！

一九九三年九月

六張犁公墓兩百枚孤塚，也將成為一個中心點，發出不斷擴散的波紋。當一個時代結束，人們總會要求對歷史做出新的認識和詮釋。當戒嚴令「解除」，當資本的邏輯早已跨越海峽內戰與冷戰的壁障，台灣的腐朽陳舊的法政、意識形態構造卻一仍舊慣。這次《人間》老同事、老戰友們再次相會，就是要以深度紀實、深度報告的方式，重新顯現五〇年代初一代人如何以終生只有一度的青春，為民族的團結與更新，把自己毫不顧惜地在民族祭壇上獻上自己，作為民族和平、愛國與發展的燔祭；重新思考在兩岸內戰和國際冷戰雙重構造下生活和思維的歪曲和集體心靈遭受深重的創傷。

這僅僅還只是一個開端。五〇年代的慘苦而又激越的歷史，還需要在社會科學、文學、藝術上豐富地結晶起來。歷史正召喚有創意、有歷史遠見、熱愛生活和人民的作家、攝影工作者、藝術家共同參與這大的採掘、反思和創造的工程。

僅僅為了紀念，把參加這次工作的《人間》老朋友記載於下：

官鴻志、李文吉、蔡明德、何淑娟、蕭家慶、鍾俊陞、鍾喬、關曉榮、楊渡、藍博洲、鄭一清、黃玉淇、陳素香、杜繼平。

初刊一九九三年九月《新國會》創刊號

1 本篇為「五〇年代白色恐怖專題報導」文章。本文依據初刊版校訂，參酌手稿修訂文中錯字。

悼李作成[1]

這一九九三年九月十九日，當年同案的我們幾個難友，特地趕來向您道別；最後一次向您表示我們深切的懷念和敬意。

一九六〇年中期，為了想結束同民族間的仇恨和相互殘害，為了促成我們民族的和解、恢復民族的團結，結束這可恥、可痛的民族分裂狀態，不同省籍、不同年齡、不同背景的我們，走到一起。由於在我們的心中高舉過同一把燦爛的火炬，頌唱過同一首嘹亮的歌曲，我們的雙手被銬上同一副鐐銬，被流放到同一個偏遠的小島。

從那小島回來，轉眼也快二十年了。這年年歲歲，我們各自為了艱難的生活，很少像今天這樣相聚過。現在你走了，想起你常說，為了你曾經做過的、遭逢過的，你無怨無悔。可不是嗎？僅僅是一九五〇年到五三年，成千上萬的人把他們一生只開花一次的青春，毫不顧惜地獻上我們民族的祭壇，無怨無悔。是的，作成兄，好一個無怨無悔！

你平生熱愛朋友。今天，咱們都來了，還來了不少老一輩的同志們。我們也在這兒見到了你大學的同窗至友，見到你在桃園結識的一些可敬的朋友們。我們從這些尊敬的朋友再一次認識了你，也從你去理解這些優秀的朋友。作為你的手足知交，我們要特別向盧孝治先生、林玫芳小姐為中心的萬克隆的你的同事們，為了他們在你生前身後所盡的深情厚誼，表示最深的欽佩和感謝。作成兄，為了你能交到這樣的朋友們，我們為你感到驕傲。

特別告訴你的是，淺井兄為今天的告別式寫了哀思的話。我深知你和淺井之間深厚的友情。等到他可以寫信給你的時候，竟是兩界相隔之時，寧不悲傷！

而我們沒有想到的是，二十年間，同案竟也相繼老去了四人，如果寧信他世有知，有玉江、耀忠、逑孔諸兄相伴，應不寂寞。而我們這留下來走完餘生的朋友，也應加倍勤勉地勞動和生活。當和平與團結再度降臨我們熱愛的民族，我們一定會再次結伴到你的靈前報喜。

別了，作成兄。容許我們用早自一九五〇年以來，未死者送別將別的同志的話送你：

安息吧，親愛的同志，別再為祖國擔憂……

約作於一九九三年九月

本文依據手稿校訂

1　本篇為一九九三年九月十九日李作成追思會上的悼詞。

當紅星在七古林山區沉落 1

——報告文學——

一九四九年底，台灣「省工委」開始瓦解，
劊子手們在島內展開無忌憚的逮捕、拷問、投獄和刑殺時，
苗栗客家佃丁、和貧農優秀的兒子們，
在三灣、獅潭、大湖險峻山區工作、逃亡、終至覆沒。
徐慶蘭在六張犁公墓上的孤塚，
揭開了沉落在七古林山區的半天紅星……

一九九三年五月廿七日，苗栗縣銅鑼鄉人曾梅蘭，在台北市六張犁公墓荒蔓的一隅，果然就尋到了他苦苦到處尋找了三十年的、他的胞兄徐慶蘭一方猥小的墓石。墓石只有十五公分寬。略微傾圮地露在地面上的部分，約莫只有三十來公分高。泥土把墓碑上的字都糊上了，只露出比較清晰的「徐」字。

曾梅蘭用他那幾十年泥水師傅的厚實的大手，隨手抓了一把墓地蔓生的野草，用力在墓石上搓。墓石上的字逐漸清楚了。他睜大眼睛辨讀。石頭上寫著：

民國四十一年八月八日

徐慶蘭

曾梅蘭忽而哭了。滿臉都是眼淚和鼻涕。他用客家話一邊哭，一邊說，「阿哥哇，我找你找得好苦啊……」

曾梅蘭不顧默默地站在一旁的公墓徐姓老「土公仔」（撿骨師），盡情地哭泣。

「阿哥哇[2]……你，幾次託夢……你住在，竹叢下哦，阿哥……」

徐老頭望著這傷心的弟弟，一邊望著離墓石十步遠的一小叢野竹。他掏出香菸點上，在心裡無聲地對自己嘀咕：

——其實，離開墓前兩步，那片竹叢才叫大。蓋房子的時候，全鏟去了。

年輕時，吹得一手好簫……

哭了一會，曾梅蘭想到要下山買一些金箔線香，先就地奠拜一番。他於是從一個塑膠袋裡拿出一把鐮刀，把悒密的野草割了，好有一塊空地可以燒金箔冥紙。然而不料把野草割開兩、三步見方，赫然就發現另外一塊幾乎一模一樣的墓碑，靜靜地斜站在那兒。

撿骨的徐老頭這回也呆住了。他說，「這就是了。從前我也光是聽說。現在有兩個墳，就有一大片……」徐老頭也拿起鐮刀，幫著砍密密麻麻的菅草、芒草、野芋和野月桃。挨著徐慶蘭的第三個墓碑出現了，曾梅蘭用割下的芒草搓淨石面。他「啊」了一聲，驚訝地說：

「黃逢開！」

依李敖出版社出版的《安全局機密文件：歷年辦理匪諜案彙編．下》（一九九一），黃逢開在一九四九年八月間參加了中共台灣省工委苗栗地區銅鑼支部，在廖天珠的領導下，展開活潑的工作。一九五〇年三月，他轉入地下逃亡。一九五一年四月，密潛在張秀錦經營的苗栗七古林山區一個香蕉園石窟內時被捕，於一九五二年八月八日，與徐慶蘭同一天仆倒在國民黨肅共恐怖的刑場上。

曾梅蘭最後一次看見他親愛的二哥，是一九五二年八月七日。他當時被關在台北市青島東路三號台灣省警備總司令部看守所第十房。早上四時許，在睡夢中聽見打開鄰近押房鐵門沉重的金屬聲。他一躍而起，挨著門縫窺望他二哥關押的第十四房。他早知道他二哥已依《懲治叛亂條例》第二條第一款起訴，巴巴地在押房裡等待死刑的點呼已經數月。因此，曾梅蘭雖自知他自己情節不重，罪不致死，但仍然和死囚一樣，每天四點鐘大清早就起來，掛心他二哥被押出去。

獄卒和憲兵打開了十四房。曾梅蘭屏息從門縫裡凝望。押房裡陸續走出四個帶腳鐐手銬的人。其中有一人果然就是他無限敬愛的二哥徐慶蘭。

曾梅蘭把手用力摀住自己的嘴，避免哭出聲音來。他以淚眼貪婪地盯著二哥的背影，無如四個人很快就走出了他極為有限的視界。但四個人腳踝上的鐵鐐拖地的鏗鏘之聲，在凌晨囚房的長廊上，聲聲都打在號哭的他的心版上。他噤聲哭號。他用客家話呼喚：

——阿哥啊，阿哥……你莫走唉，阿哥……

同房的難友都勸他——那時還只不過是二十出頭的小子不要傷心，要為他二哥善自珍重。翌月，他出去開庭，揹回來十年有期徒刑。

即便是把國民黨，特別是在五〇年代初大量製造冤、假、錯案當作一種常識，人們還是難於理解曾梅蘭的不白之冤。

一九五二年春，家裡才聽說被帶走後乘隙逃亡年餘的二哥又被捕，但卻沒有半點音訊。過了數月，徐慶蘭才從台北市青島東路三號有信寄回家。弟弟曾梅蘭還兩次老遠從銅鑼到台北的警備總部看守所探望二哥，送些舊衣和粗食。就那一年的初夏五、六月間，曾梅蘭竟而也被捕了。

現年已經六十多歲的曾梅蘭回憶，他二哥被帶走之後，原已貧困的家道，也益發艱難了。他和三兄每天夜裡出去電魚，天亮了，把電回來的魚交給母親拿出去市場賣了，換取糧食。白天，兄弟倆在家睡大覺。

一夜，有一個姓謝的同村人央他隔日送一封信到銅鑼街上的文林醫院。為什要曾梅蘭送信？「我每天早晨電魚回來，一定要騎單車上銅鑼街上去為電魚的電池充電。那人說，你騎單車，快，又順路。」曾梅蘭說，「鄉下人從來不防著人家。我答應了。替人順道送封信，這有什麼？」

他把電池充上電，揣著人家託的一封信，到文林醫院去。他看見很多病人在急診室等著。他到掛號窗口掛上號。輪到他看病了，醫院院長伸手摸他的額頭。沒發燒呀，院長說。他把揣在懷裡的信交給院長。院長看完信，把信還給了他，說：

「他要的藥，我這兒沒有，你去別家試試。」

曾梅蘭把信放進襯衫口袋，踹著單車回家。「我們雖然只公學校（小學）畢業，別人的信不能看，這個道理我懂的。」曾梅蘭說。踩了半天單車，熱出一身汗。回到家，他就把襯衫脫下來。豈知他一個嫂子順手把汗漬的襯衫往一堆待洗浸泡在水中的衣服裡扔。待他想起，從水中撈起襯衫，那信早已泡得又軟又糊。曾梅蘭急出一身汗，把溼漉漉的信拿到爐火上烤烘，竟而不小心把信燒了。

才過上午十一點，銅鑼派出所就來了一個警察，要曾梅蘭上派出所走一趟。「人一到了派出所，他們就問起被我燒燬的那封信。」曾梅蘭說，「我想了，也不過是人家託我拿藥的信嘛，怎麼警察也知道，叫人來問話？」

曾梅蘭據實把整個始末都說了。「人家警察卻說我連編個故事都不會，問我那麼荒唐的情節我自己信也不信。」特務說曾梅蘭分明是湮滅罪證，燒了那封信。接著就是夜以繼日的酷刑拷打，要他把信交出來。交不出信來，也要招出信的內容。

「他們把我兩個大拇指綑綁結實了，把我吊起來，讓我的身體離地三尺。他們也叫我半跪，用木棍橫在腿肚上，人上去又輾又踩。」曾梅蘭說，「每一次拷問，痛得你一身屎尿，一身汗，滿臉的淚，慘叫到神智都昏竭……」

曾梅蘭沉默了。他點了一支菸。然後他繼續說他後來又被送到新竹憲兵隊，再送保密局。

接著臉上被蒙上黑布，送到一個至今他也弄不清楚的、陰暗的地下室。不久，再送刑警總隊，最後才送到青島東路那個看守所。每個單位重複地訊問同樣的問題，也用幾乎同樣的拷刑侍候他。每次拷訊，也莫不屎尿涕泗俱下，迨聲嘶力竭而後已。

「他們叫你兩手虎口卡著桌子，兩個拇指用繩勒住，從桌面下拉緊，你的一手四指、雙手八指，就扣死在桌面上了。」曾梅蘭平靜地說，把香菸擱到菸灰皿上，然後把自己的雙手扣在桌沿上。「然後他們用針刺進指甲下的嫩肉……」

他安靜地訴說，你卻彷彿聽到了那痛徹心肺，屎尿俱下的慘號。曾梅蘭被送到看守所的時候，斷在他左手無名指裡的殘針，引起嚴重的發炎感染，「整個無名指頭腫得有半個乒乓球那麼大，」他說。到了看守所，醫生為了開刀取出刑針，不能不切去他的小半個指頭。

「我年輕的時候，吹得一手好簫哦。」曾梅蘭笑著說，「可是剪掉小半截指頭，再也不能吹簫了。」

我看到他矮了一截的左手小無名指，在長年泥水匠的生活中磨礪，看來乾淨、碩實，只留下一小片灰暗色的指甲。

他被叫出去開庭宣判的那一天，法官看著他的案卷直皺眉頭。

「你這個案，只你一個人。調查紀錄上說你開了會。」法官問，「一個人，他媽的你跟誰開會？」

曾梅蘭說，那全是偵訊機關逼他說的。

「那你怎麼在口供上都捺了手印？」

曾梅蘭說他受到刑訊。特務強拉他的手在口供上捺指印。

「判你十年吧。褫奪公權十年。」

在庭上為他通譯的一個人說，「十年，不會死了，不錯啦。」

但曾梅蘭至今始終沒收到起訴狀，也沒有判決書。

小姜

這貧窮的苗栗客家農民的小兒子曾梅蘭，很受到囚房中難友的愛護，協助曾梅蘭在獄中學普通話，學習代數、幾何、三角和微分，興味盎然。「我學得很勤。」他說，「我坐牢學了知識，不吃虧。」有難友要教他學英文。他在獄中的政治也提高了。「我反對美帝國主義，不要學英語。」他說。有一位難友在獄中專攻英語，出獄後，可以譯書譯文章生活了。「我學的數學，出了獄全派不上用場，久了也生疏了，換不了錢。」他笑了起來。

曾梅蘭在獄中也學唱歌。〈國際歌〉、〈洪湖水〉[3]……他全學會了。

「他們說這是共產黨的歌。誰管那麼多？」他說，「他們不明不白，把我關起來。不是共產黨，也要唱共產黨的歌。」

問他在獄中十年，最記得什麼人。他說他最記得新埔一位姓姜的台灣大學學生。「這小姜，我們客家人哩，」他說。這姓姜的青年教他學普通話，學作文寫信，為他絞盡腦汁寫答辯狀，教他唱歌，叫他一定要保重身體，說他案情輕，不要擔心駭怕。「但是人家是二條一，就等著憲兵來叫他出去槍斃……」曾梅蘭說，把香菸用力在菸灰皿上擠熄了。

一天清晨，曾梅蘭從身邊異樣的騷動中，張開了眼睛。他看見兩、三個班長趁全房熟睡，摸到睡在他身邊的姜姓青年，壓住他的四肢，摀住他的嘴巴。

全房的人紛紛起床坐起，在死一般的沉默中，看著這青年整衣，上鐐，讓出通路，讓小姜被一夥強盜帶出囚房。

「我走了。」

青年安靜地說。「他的臉上沒有任何一絲憂懼。平平靜靜，走出了押房。」曾梅蘭說。他說要是在外頭，誰對小姜這樣，他就同誰拼命。「在牢裡，你只能默默地讓別人把他帶走。」曾梅蘭說。押房的鐵門沉重地關上，曾梅蘭就把臉摀在被頭裡，哭個不停。「哭得被頭上全是淚水和鼻涕。×你媽。」他輕聲地用客家話詛咒了。

何處竹叢

一九六二年四、五月間，曾梅蘭獲假釋出獄。判決定讞，發監執行的七、八年間，他在獄中搞過洗衣、燙衣和裁縫的勞動。每天工資新台幣兩塊錢，到了他出獄的時候，竟也攢下了三、四千元。

他從新店安坑的軍事監獄出來，拎著舊衣、舊被和幾箱子書本，徒步走到台北車站，弄到一張車票回到銅鑼。

曾梅蘭回到了闊別的老家，真叫作「又哭又笑」。哭的是他觸景傷情，想起了眼看著他拖著腳鐐出去赴死的二哥。笑的是他果真回到十年間夢魂縈繞的老家。

回去的老家，境況依舊窘困，僅僅是三餐差可為繼的情況。而堂上兩位老人，為老二慶蘭的非命之死和老么梅蘭的獄災，長年憂愁，幾年來變得衰弱而又蒼老。等待曾梅蘭回到了家，習俗上消災補運的一碗豬腳麵線還沒吃完，父母就叮嚀他把老二的骨殖尋回來安葬。

他這才知道，二哥慶蘭的屍骨，從來沒回來過。家人告訴他，那一年他二兄被槍決，銅鑼警察局的人來報，限家屬帶一千元在一個鐘頭內辦理領屍。

「那時候，一天的工資十一元。一甲地也才八千元。一千元可以買下兩分地。」曾梅蘭說。

曾梅蘭想起，即使在獄中，他也幾次夢見過二哥對他說他住在一個竹叢下。回家後，這夢更為頻繁，也都說住在竹叢下呢。屍身沒回來，台灣到處是竹叢，叫他到哪裡的哪個竹叢下去尋好呢？

回家後不久，曾梅蘭考上了石油公司接油管的工作。工作挺好，但人家查出他的罪科，隔天就請他走路。他一生氣，向一位好朋友借了一百元，上了台北。曾梅蘭和他爸爸學過一點泥水匠的活。「事隔十年，泥水活的材料、技藝都改變了、進步了。」曾梅蘭說。他到工地上幹挑磚頭拌水泥的粗活，從頭幹起，暗地裡偷偷觀察，學新活，學新手藝。

另一方面，上了台北的曾梅蘭更加堅心要找二哥的骨殖。他一邊打工找生活，一邊想到了，有時間了，就到處去找。他首先到馬場町旁的公墓上找。他看著馬場町的沙洲和風中的芒草，想著二哥和黃逢開在凌晨的星月下倒下的情景。那就一定在馬場町就近掩埋吧。可他找遍了馬場町附近公墓也沒有下落。他到新店軍人監獄的墓地上找，到過三張犁的靶場去找。「我錯將靶場當刑場哩。」曾梅蘭抓著尚未禿透的方圓的頭顱說，「人說那地方是『打槍的』所在。福佬人不就說人帶去槍斃，叫拖去『打槍』嗎？」他調侃地笑他自己。

有一回，他聽人家說被槍決的無主政治犯屍身，都送到國防醫學院去當解剖材料。他也聽說國防醫學院的學生，曾經在福馬林槽中認出被特務帶走，沒了消息的同學的身體……他左思右想，打定主意到國防醫學院找去。但是曾梅蘭在國防醫學院大門口，就被守衛的憲兵攔住了。

「我要見院長。」他說。

憲兵問他的身分，有沒有事先約定，見院長什麼事。曾梅蘭說他有要緊的事，非見院長不可。「你看我一個鄉下人，身上也沒有凶器，你怕我有什麼不法？」曾梅蘭跪下來說，「你得讓我進去，讓槍兵押我進去也行。」憲兵不斷地給裡頭打電話。院長說可以見，裡面派出來一個醫官帶他進去。

「他們把我帶到院長的辦公室了。」曾梅蘭回憶說。他把來意說了一遍。

「我知道，如果我阿哥的屍身已經解剖了，骨頭，肉一定也找不到了。那沒關係。」他對院長說，「我只要看你們的文書，確認我二哥的屍身真在這兒處理過，你們讓我在這兒即使抓一把泥土回去祭拜，我，對我爸，我媽，都有個交代……」他哭了。

院長聽完他的話，只說國防醫學院從來沒有解剖政治犯屍身的事，自然也沒有什麼文書。儘管曾梅蘭聽說時是繪聲又繪影，「但是人家說沒有這回事，我能怎麼辦。」曾梅蘭說，「我只好回家去，心裡想，我阿哥真不靈聖。」

其實，院長說謊了。是有人到國防醫學院領回被解剖過的政治犯屍身。

曾梅蘭一九六二年出獄時，年三十三歲。他四十歲上討了一個好「婆娘」（客語：妻室），四十一歲，得一子。

「這期間，我阿哥常常來託夢喲，他老說他住在一個竹叢下……」曾梅蘭說，「從夢裡醒來，常常叫人苦苦思量：是什麼地方的竹叢，阿哥他總要給個明示或者暗示……」

而每每做了這樣的夢，他的心就悒悶、焦慮。他想，他二哥徐慶蘭的骨身一定也不知叫人怎麼糟蹋，必定十分不適、不安。於是他就會騎著摩托車在台北近郊的公墓兜著、轉著，到處找人問，也問不出個道理。「三十年來，我幾乎沒有一年、一月，把找我二哥的事忘了。」曾梅蘭說。

一九八一年，他把家搬到六張犁公墓下。這兩年，有個老撿骨師傅住到鄰右來。「但是因為彼此工作不同，很少相借問。」曾梅蘭說。

有一天，曾梅蘭在公墓走道旁看見這隔壁的老「土公仔」在撿洗骨頭。「其實，我阿爸也為人撿過骨。他囑咐他兒子們一輩子怎麼也不要幹洗骨撿骨的活。」曾梅蘭停下摩托車，和老土公仔攀談起來。他這才知道老頭姓徐，「也是我們客家人咧。」他說。

曾梅蘭問徐老頭，他撿洗一把骨頭能掙多少錢。老頭說，連洗、連晒、連入骨罈，一把七千元。

「不知道這行當比幹泥水匠好哩。」曾梅蘭說，「我問了阿廣伯——他叫徐錦廣嘛。我對阿廣伯說，有沒聽說埋葬民國四十年、四十一年……被政府槍斃的屍身的地方……」老阿廣伯竟而說：

「聽說過。」

「在哪位？」

「就在這六張犁公墓上。」

「公墓裡的什麼地方？」曾梅蘭睜大眼睛問。

「這我就不明白。聽老一輩我們土公仔說過。」徐老頭說。

曾梅蘭把他三十年來苦苦探尋他二哥骨身的事，細細地說了一遍。

「我阿哥叫徐慶蘭。」曾梅蘭告訴徐錦廣哪個「慶」字、哪個「蘭」字，「什麼時候你找著，你叫我一聲。」

這以後的一年多，愛吃蝸牛的阿廣伯，為了炒蝸牛要加紫蘇葉，他就到公墓一個角落上去採野紫蘇，無意間在紫蘇叢邊找到一個小小的墓石。他隨意一看，是個姓徐的墓石。「那阿梅蘭他哥叫徐什麼來的？」徐老頭漫不經心地嘀咕起來。他早把人家的名字忘了。

第二天，阿廣伯找到曾梅蘭。

「阿梅蘭，我昨天找到一個姓徐的墓。」老頭說，「什麼名字，我看不清……」

就是這樣，曾梅蘭找到了他苦苦尋找三十年的他二哥徐慶蘭的一方猥小的墓石，又不意扯出了兩百零貳個和徐慶蘭一樣，在噤啞的黑暗中大批被刑殺的、五〇年代初極少數是真的、大多數並不是真的、台灣的共產黨人和他們的同情者的墓塚。

對於被湮沒、棄置、潦草掩埋在台北郊外公墓最荒陬的一隅的屍骨，在找不到任何線索的蛛絲馬跡，特別在長期政治恐怖下，有誰能像曾梅蘭那樣，三十年來，堅不氣餒，堅不放棄，苦苦尋覓？如今，事實越發明白：沒有這三十年來不知灰心喪志的、曾梅蘭的尋尋覓覓，就揭不開這石破天驚地證言了五〇年代肅共恐怖的、震動千萬人心靈、逼迫著人們去再思那一頁暗黑的歷史的兩百多個墳塚。

這當然和客家貧農的兒子曾梅蘭獨特地執著、堅忍、「硬頸」的個性有關，但和曾梅蘭、徐慶蘭兩兄弟在貧窮中自小培養起來親密逾恆的骨血兄弟友愛之情，更有關係。

二哥忽然噗通地跪下

曾梅蘭說，他聽說過祖父是個瞎子。但關於他從未一見的祖母，他就不清楚了。祖父母只生下一個女兒，那就是曾梅蘭和徐慶蘭的母親，叫曾草妹。因為曾家只這個獨生女兒，招贅了青年徐阿祥，生下兄弟四人，兩個冠父姓，另外兩人冠母姓。這就是徐慶蘭和曾梅蘭親兄弟倆姓氏不同的緣由。

這一家人原本佃牒了三甲多的地，雖然終歲辛苦，三餐基本上是可以吃上飯的。孩子們的爸還是個有名氣的泥水師傅。曾梅蘭的三哥在農閒時能打些柴草供應磚窯子燒火。家裡養了兩條精壯的大牛牯，老么曾梅蘭就負責放牛飼草。在農地改革之前，佃農徐阿祥一家的生活，還是可以的。一九四八年底，鍾姓地主家，有個兒子在竹南警察分局裡幹局長。人在官衙，消息自然靈通，先知道了政府就要頒布法令，搞農地改革。五〇年新曆年開年，地主就來「起耕」（地主收回佃放的田），強迫徐家退耕，偽稱收回地來家族自耕，以保護鍾家的田產。「種田人老實嘛。否則如果我們抗不退耕，拖個上把月，『三七五』政策發布，我們就分到田了。」曾梅蘭說。但這時二哥徐慶蘭卻忿懣地說：

「起耕就起耕，咱們不求他！不種田，打工幹活，照樣活人，不信不耕地主的田就餓死人！」

因此徐阿祥一家人，佃耕三甲多地的大佃農，在「三七五」減租以及嗣後的農地改革過程中，竟而分不到一寸土地。從此全家在農村打工為生，從佃農而淪為農村工資勞動者。父親徐阿祥重拾泥水匠的活，小兒曾梅蘭跟父親學手藝。大哥在戰前被徵調到南洋當日本兵，尚未返來，二哥徐慶蘭也從原日本兵復員，到鄰村的花生油坊去當打油的工人，三哥打柴草供磚窯燒火。

「二哥到花生油坊去做，認識了一個羅坤春，兩個人變得十分要好。」曾梅蘭回憶著說。油坊離家約莫三千公尺，徐慶蘭開始夜裡不回來睡，睡在油坊，和羅坤春聚談竟夜。第二年即一九五一年，這位羅坤春忽然逃亡了。「羅坤春逃亡後不久，聽說自首了。」曾梅蘭說，「我們估計我三哥和羅坤春有些關係，不久也離家逃亡。」

羅坤春乍看也和曾梅蘭一樣，是個硬朗的客家人莊稼漢。他誠懇、坦率，說話不閃爍冗繁。他曾涉及一九四七年的二月蜂起事件，被送到當時台北大直的勞訓隊去，折騰了半年才回家。一九五〇年五月，中共在台地下黨、即中共台灣省工作委員會全面瓦解，蔡孝乾、陳澤生、洪幼樵等人聯名公開投降，勸服在全省地下黨員停止工作，出面自首，結束「省工委」在台灣短促的、足足四年的生命。

可是沒有多久，在一九五〇年五月間，一個以陳福生、蕭道應、黎明華等人為核心，在極度艱難的條件中，奮力展開黨的重建工作。就是在這困難的時刻，陳福生找到了羅坤春，共同展開再建的工作。

羅坤春和徐慶蘭是日制小學(「公學校」)的同學，從小就住得近，在同一個學校讀書。羅坤春的家庭是自耕兼佃農。徐慶蘭家則是純粹的佃農。「我們的家道貧困，過著只是差堪維生的生活。」羅坤春說。

一九五一年，羅坤春的叔叔同一些別人鳩資在村子裡辦了一家榨油坊，羅坤春和徐慶蘭都在油坊勞動。

「徐慶蘭是公學校時代的同學。」羅坤春平靜地回憶，「他這個人重朋友，為人耿直，很有正義心，人的品質很好。」一九五一年春天，陳福生的新核心進行了一系列思想、政策、路線的總檢討，規定了以艱苦的勞動建設基地、求生活、求發展的路線和方針，工作取得了明顯的發展。以油坊工人掩護工作的羅坤春擔負了在苗栗山區發展據點、建立基地、布建外圍群眾的任務。

「在油坊裡的日日夜夜，我和徐慶蘭談了許多。」羅坤春回想著說，「他雖然受的教育不多，但是，對於一個貧困佃農的兒子，生活早已為他上過深刻的功課……」

羅坤春說，特別在那個困難的時代，黨很需要像徐慶蘭這樣的好群眾。「黨是魚吧，群眾就是水。沒有水，魚兒怎麼也活不成。」羅坤春說，「徐慶蘭求知如渴，他對於解放窮人的政治和知識，有不知飽足的追求……」

羅坤春望著窗外，沉默了。

「今年這個夏天，特別熱。你們用點茶。」他說。

「謝謝。」

「但沒多久，再建的黨組織從新竹開始遭受破壞。陳福生一干人全抓進去了。」他平靜地說，「國民黨特務開始四處在找我，我只好潛下去，走路了。」

羅坤春說，新竹、竹南、竹北遭破壞的組織，向苗栗方向湧來大量從地下逃亡的同志，羅坤春得一邊逃亡，一邊為逃亡的同志安頓避身、工作的據點。臨走之前，他向徐慶蘭交代過，要他密切注意自己的安全，必要時，他也得走。「我把當時地下黨幾個據點所在、聯繫的方法告訴了他。」羅坤春說。

顯然是羅坤春潛入地下逃亡不久，徐慶蘭察覺有異，也開始潛身地下。

「二哥躲了這麼兩、三個月，銅鑼警察局開始到我家來找人了。」曾梅蘭說。有一天，銅鑼派出所差了一個小工友來叫人，要徐慶蘭到派出所去一趟。「一連幾天，來了三趟，父母央人去傳他，二哥也不肯出面。」曾梅蘭說。

到了第四回，銅鑼派出所來了四、五個警察。

「沒什麼事啦，請他去一趟，問幾句話就回家……」他們說。

警察們的和氣，使曾梅蘭的父母對老二生了氣，叫人四處去找，果然就把徐慶蘭找回來。「好漢做事好漢當。人家說明白了，去問問話，就回來。」徐阿祥對老二說，「你給我去一趟！」

四、五個警察於是帶著徐慶蘭走上院子裡的晒穀場，父母在後頭送客人。不料到了院子門口，徐慶蘭噗通地向著父母跪下，正襟三拜，口裡說：

「阿爸阿媽，孩兒怕以後再沒有機會孝順您們了，請您們保重……」

警察連忙把他扶起來，再三保證晚上一定送回來。

「那時我在一邊都看得很清楚，」曾梅蘭說，「現在想來，我阿哥那時分明知道自己的噩運已經降臨！」

刑警把徐慶蘭帶走。走了約莫四、五十公尺遠，看見徐家父母都進了屋，才把徐慶蘭的雙手銬住，步行到銅鑼派出所。「我一直遠遠地尾隨察看，」曾梅蘭說，「從此，二哥就失去了音訊。」

大便當盒子

今年六十四歲的曾梅蘭，想起他自己在二十歲出頭的那一年，長距離尾隨被刑警帶走的二哥徐慶蘭的往事，至今歷歷如在眼前。小時候，曾梅蘭和同學打架，打不贏人家，第二天起就不敢上學，大他五個年級的徐慶蘭就會為他撐腰。「二哥叫我一個人走在前頭上學，他抄附近可以看到我的小路走。」曾梅蘭在回憶中笑著說，「欺負我、找碴來的同學出現了。當我們又打起來的時候，我二哥就出現了。從此，再沒人敢欺負我了。」

可是，生平有兩回，眼看著二哥遭了大難，做弟弟的曾梅蘭卻只能流淚袖手。第一次就是刑警帶走他二哥，他只能流著眼淚緊緊尾隨，從家裡直跟到銅鑼街上，看見銬著雙手的徐慶蘭被粗暴地推進派出所。「另外一次就是在看守所，在門縫裡看著阿哥掛著腳鐐，被帶出去打槍，而我只能摀著嘴巴大哭。」他說。

曾梅蘭上日制公學校一年生的時候，徐慶蘭六年級。兄弟倆共帶一個大便當。中午吃飯，六年級的徐慶蘭先吃，留下一年生曾梅蘭的份，再輪到他吃。「家裡窮，兩個孩子只能共一個便當。」曾梅蘭說，「阿哥總是盡量把菜留多了給我。」他們每天一塊兒走半小時的路上學，中午一塊吃便當。一點點蘿蔔乾炒蒜花兒，兄弟倆還讓來讓去。

徐慶蘭畢業以後，到地主家去當長工，幫人放牛飼草。到十七、八歲，徐慶蘭的爸，多佃了一塊地。少年佃丁徐慶蘭很會幹莊稼的活。「村子裡出了名。他力氣大，耘田的lakdakk有多重，他一個人揹起走。」曾梅蘭說，「呵，插秧比快，比面積，比好，他老是第一。」

徐慶蘭是個孝順兒子。

「我二哥從小學畢業後，就出社會掙錢。」曾梅蘭說，「一直到他在花生油坊，每個月掙的錢，一個錢不留，統統交給倨阿媽。」

徐慶蘭對村子裡的長輩都恭謹有加，也是出了名的。二戰末期，日本人調動老百姓，榨取人民的無償勞動，要人們出丁出力「奉公」（義務勞動）。有一回，日本人要趕建水尾的軍用機場，來了單子調人，要徐慶蘭他阿爸徐阿祥去機場「奉公」。徐慶蘭代父出工，到了現場，看到的淨是些村子裡的老人家在勞動。年輕力壯的徐慶蘭；一方面要趕自己的活，一方面忙著幫別的老人家去推上坡的台車，挑重擔子，因此，很得村子裡老一輩人的誇讚。

戰爭末期，徐慶蘭被征去當日本海軍。經過幾個月訓練，調到新竹一個日本海軍機關管廚房的事。有一次，曾梅蘭代替老父到新竹的南寮去「奉公」二十天。當時才十六、七歲的曾梅蘭就利用上工之餘，去新竹海軍機關找他二兄。「當時正是因為打仗生活十分困難的時代，」曾梅蘭說，「人都每天三餐吃番薯簽飯，其實很難看見幾顆米粒。」找上在海軍廚房的二哥，嗣後曾梅蘭就每天晚上去二哥廚房吃大白米飯。「過了幾天，我阿哥乾脆在南寮和新竹之間，找到一個草叢，要我每天夜晚到草叢那兒搬軍用沙丁魚罐頭。」曾梅蘭說，「你想吧，那是什麼時候！沙丁魚罐頭！」

一九六二年曾梅蘭出獄回家，明探暗訪，把徐慶蘭被押送銅鑼分局後伺機脫逃的始末摸清了一個梗概，並且親自按照這個梗概，自己也走了一遭他二兄逃亡的苦路。

徐慶蘭從家裡被押到銅鑼警察局，初步問過口供，當夜十一點左右，由兩個警員押著坐火車轉送苗栗。「從銅鑼到苗栗，經過南勢之前有一段急陡坡，火車飛快。」曾梅蘭說，「我哥同押人的警員說他要上廁所。警察在火車廂裡的廁所門外等著，我二哥卻從廁所的窗子跳下急行中的火車，跑人了。」

徐慶蘭跳下火車，沿著一條小溪水往前跑。在日本海軍裡鍛鍊過的徐慶蘭，到一九五一年，已經從銅鑼翻了一座山，過了一條水，到了公館的福基，偽裝農村散工，幫當地農民割稻子，晚上睡到地下黨的群眾賴福相的家。忽一日，偵警掩至，「我阿哥身上懷著一顆日本式手榴彈，正想拉開保險扣，和敵人同歸於盡，」曾梅蘭說，「他突然想到兩個地主家的兒子也在一個房裡睡，手榴彈炸開，一定害及無辜。」徐慶蘭這一猶豫，偵警就撲上身來，把徐慶蘭上了銬，反扣在一張沉重的紅木桌子的桌腳下，好讓他們繼續去搜索整個地主家的宅院。

「我哥他居然就能趁他們搜屋時掙斷手銬，大模大樣往院子裡走出去。這是後來人家告訴我的。」曾梅蘭說，眉飛色舞了。徐慶蘭走了二、三十步，驀而開始向黑夜的山丘狂奔，一時槍聲大作。「我阿哥邊跑邊往後扔石頭，警察以為他扔的是手榴彈，紛紛趴下，要不就往後撤人。」曾梅蘭說，「你瞧，又讓他跑了！」曾梅蘭說，兩眼閃耀著讚賞的光輝。那時候，正是大雨傾盆，刑警們終於知道他身上沒有手榴彈，力追不捨。徐慶蘭跑到一條溪邊，看見原先一條小溪竟在大雨中變成轟轟怒吼的大水。「可是我哥他縱身一跳，跳進湍急的洪流。警察料定徐慶蘭必定喪命在大水中。」曾梅蘭說，「沒想到不多久，徐慶蘭我二哥，他就在對岸叫人了：有種的，過來找我！」

人們眼睜睜看著他消失在對岸滂沱大雨的水霧中。抓不到徐慶蘭，「窩藏」過「奸匪」的小地主賴福相就被抓走了，後來判了十年徒刑。一九五二年，徐慶蘭由羅坤春帶到大湖的鹹水坑，同另外一個在地下行走的黨人黃逢開白天裡在一個蒸香茅油的作坊幹苦活，晚上則在一個張秀錦家香蕉園裡一個石頭洞裡睡。

「那時節，香茅油的價錢多好！一斤香茅油能換一百斤穀子。你去算吧。」曾梅蘭說，「別人不知道，這香茅油是人的血膏蒸出來的。」工人白天割香茅草，晒香茅草，晚上蒸香茅油，一蒸就是大半夜，工作十分辛苦，「工作太苦了。黃逢開和我二兄每天倒頭就睡死了。」曾梅蘭說，一個漆黑的半夜，十來個特務摸到蕉園的石窟，七手八腳壓在兩個人的身上，徐慶蘭沒有完全醒來前就被紮紮實實地綑起來。「黃逢開趁隙遁走，跑向荒山裡。特務開了槍，打中了他的腿肚。兩人就那樣被綁走了。」

曾梅蘭點上一支菸。我們一時又沉默了。

可是跳下火車，一個人徒手逃亡的徐慶蘭，怎麼能一路上就他身上掏出一顆日式手榴彈，又怎麼和黃逢開逃到一處去？

除了羅坤春，和徐慶蘭同屬於一個地下黨「小組」的謝其淡回答了這個問題。

又一個苦命的孩子

和徐慶蘭一般樣，謝其淡也是苗栗銅鑼貧困的佃丁。他九歲喪父，母親是苦命的童養媳，是個從一數不到十的文盲。日制「公學校」畢業以後，謝其淡就到鄉中一個地主家當小長工看牛。地主家隔壁大戶人家有一個少爺，年齡相仿，就學高等工業學校。少年長工謝其淡每夜貪婪地看這小少爺做功課。「他待我很好。他一邊做功課，一邊教我……」謝其淡回憶說，「我當了兩年長工，也讀了兩年書。」

小長工的工價，是頭一年八百斤穀子，第二年升為九百斤，以年計算。「我看人家做功課，學知識，常常遭地主家責罵嘲笑。他們說，你如果有讀書的命，今天還用來當長工？」謝其淡說。每次受到嘲罵，心如刀割，羞忿得無地自容。「但回想起來，這麼小的年紀，做什麼那麼貪戀讀書。」他說「心痛，羞恥，但第二晚還是老著小臉皮，噙著眼淚，挨著人家聚精會神地、貪心地學知識……」

那麼多年過去了，吃了那麼多苦，在國民黨圍剿的坎坷裡走了多少艱苦的山路，但回想起這一段忍辱求知的童年，謝其淡嘴上雖是笑著，眼眶卻閃爍著顫動的淚光。

謝其淡有兩個叔叔，早年奔到日本去工讀。光復前不久回來，帶回來新的思想。「記得一個叔叔讓我讀了日文本孫文的《三民主義》，還記得當時我有這激動的感想：三民主義所許諾的生活，直如天堂的生活！」謝其淡說。光復後不久，後來也知道叔叔們都參加了地下黨。「當時叔叔就說，孫文的三民主義，和當下國民黨的三民主義，不是一般樣！」謝其淡說，笑了起來。

一九五〇年，他二十一歲。當時政府頒布了「三七五」減租辦法，很多地主消息靈通，想方設法，在正式施行減租前強迫佃農退耕，收回土地，逃避分田，非法保住田產。謝其淡的一位窮親戚便是這樣的受害佃農中的一個。年輕的謝其淡很替這位佃農親人不平，竟出面依法抗爭。謝其淡說，地主和佃農全是謝家的人。到了最後，爭訟兩造全上桃園的地政機關相訴，地主請來了二、三十個士紳、教師和名望人為地主作證，七嘴八舌，發言長達三個鐘頭，「輪到我們佃方發言，才開口講話不及五分鐘，他們就百般駁斥干擾，我有了很深刻的感受。」謝其淡說。

地主鄉紳們的專橫，更加激發了青年謝其淡的鬥志。他到處去查訪蒐證，以確鑿的鐵證，證明地主是個不在鄉地主，歷來從未自耕。這終於使佃方勝訴，青年謝其淡也一時名動鄉里。

但是謝其淡當然不知道地下黨正以讚賞和關懷的眼睛觀察著他。有一天，一個行腳藥商來找謝其淡。這行腳藥商正是羅坤春。

艱難的生活，不平的社會，貧困而充滿侮辱的佃丁的童年和少年生涯，早已為他積下對於公平、幸福和光明生活的、強大的感性渴望。和徐慶蘭一樣，羅坤春成了頭一個點燃了他思想的火花，相信了透過窮人自己最堅定的鬥爭，去改變世界，扭轉命運，創造美好生活的可能的人。

「這以後不久，我就被帶去參加了讀書會。那是一個窮人的讀書會，對解放的知識，如飢如渴。」謝其淡回憶說，「和徐慶蘭，就是在這讀書小組認識的。」

但他記憶中的徐慶蘭和他並不十分熟識。「他身體魁健，有異常人。他沉默、勤勞、正直。」謝其淡說，「那個時代，鄉下貧困農民，大半都是這樣。誠實、牢靠。但一旦覺醒，英勇異常。」

然而，也是一九四九年底，早在韓戰尚未爆發之前，台灣地下黨蔡孝乾核心就遭到致命性的破壞。省工委最高指導者蔡孝乾、陳澤民、洪幼樵和張志忠先後被捕，北部各地各級黨組紛紛遭到嚴重破壞。大量的同志被捕。翌年，韓戰以來，報紙上更是日日月月刊出組織破壞和同志殉死於刑場的消息。「在讀書會不久，北部、新竹、竹南地區重建後的黨組織又紛紛受到破壞，四處逃亡避難的同志們，一批又一批大量地向苗栗一帶疏散過來。在幽暗的地下，四處竄奔著從潰散的火線上潛來的同志們……」謝其淡回憶說。

也就在這時節，台北（松山）機場的組織破壞了。偵警迅速地到謝家尋找逃亡中謝其淡的二叔。機靈的謝其淡，也不能不拋下年輕的妻子和襁褓中的幼兒，開始了在苗栗東勢山區、卓蘭一帶逃亡和重勞動的生活。「徐慶蘭和新竹方面撤退下來的黃逢開，估計是在地下黨的協助與安排下，在大湖基地鹹水坑一帶遊走，躲開豺狼的偵騎，和我又全不在一條路上了。」謝其淡說。

這和羅坤春的話是一致的。

羅坤春說，他得到通知，知道形勢已經在往不利的方向迅速擴大。為了接納行將大量撤退下來的同志，他因必須安排基地的整備，而潛入了地下。「臨走前，我特地把幾個萬一之際可以退避藏身的基地外圍點，告訴了徐慶蘭。」羅坤春說。因此，脫逃後的徐慶蘭，不消多久，就找到了羅坤春。羅坤春帶著他在大湖一帶，竄走於鹹水坑、七古林等地，安排他同撤下來的黃逢開在七古林一家群眾所經營的蕉園地住下來。

「當時，我忙著巡走在各基地之間，和黃逢開、徐慶蘭也不能經常相見。」羅坤春用他獨有的、和緩、簡潔的語調說，「曾經告訴過他們的，兩個人一道，一定不能同時都睡著了。一定要一醒一眠，輪番守護。一個睡白天。一個睡夜暝。」

這時候，羅坤春的神色閃現了一瞬間憂傷的暗淡之色。他輕微地歎了一口氣。「一直到今天，我還弄不清，他們是怎樣暴露了身分。」他獨語一般地說。[4]

徐慶蘭是怎麼暴露了身分，引起偵警到迢隔的山區抓到了徐慶蘭和黃逢開？其實曾梅蘭也老早問過這個問題。

一九五〇年，曾梅蘭輾轉被送到台北的警總看守所。他給二哥徐慶蘭送過衣物飯食。待自己被捕後住進十號房，就嚷著十四房裡有他的二兄徐慶蘭。

押房外頭有個大院子，每天早上，看守班長一房房開門，限極短時間中讓囚人盥洗。「我關進來的消息，經善心難友輾轉告知了我二兄，」曾梅蘭說。第二天一早，我從窗縫裡看見二哥在盥洗台上，背著看守，向我用手指比「二．一」。同室的難友說，那意味著我二哥已經以《懲治叛亂條例》二條一款起訴。「二條一」，在當時就是死刑的意思。

「從此，我知道我哥原來已經活在天天等待著來點呼赴死的日子裡了。」曾梅蘭說，「我天天早上貪心地從窗口看著在盥洗中我那不知明日尚能存活也否的二哥。我二哥也每天在盥洗時間默默地凝望著他的小弟。很多時候，洗臉和抹淚對我常常是一回事……」

但是年輕的曾梅蘭終於不能忍受這生離又是死別的苦痛。有一天，曾梅蘭在全房放出來漱洗時，趁隙不顧一切地衝到他二哥的十四房。「我漸漸聽說很多案情是經人密報而招來被捕。我衝到十四房，問二哥有誰密告或者招供了他。」曾梅蘭說，「我同二哥說，我會為他報仇。」

曾梅蘭說，他哭著問二哥，語無倫次。「我二哥說，沒有人相害。這條路是我自己走的。我二哥說，阿梅蘭，阿爸阿母都好嗎？他們都還好，阿哥放心了。我說。」曾梅蘭說，聲音哽瘂，「我說阿哥，這怎辦？不怕，我哥說，我走，你要跟，要跟到底。我二十年後，又是一條好漢。要勇敢。我阿哥說。」

曾梅蘭因此被看守班長拖走，挨了一頓好打。「這以後不到兩個月，我哥就被帶出去了。」

曾梅蘭說，「和黃逢開同一天，同一時，走的。」

阿坤哥

六張犁公墓上，在絕命四十多年後，徐慶蘭和黃逢開的猥小的墓石相並出土。報上刊出了曾梅蘭的述懷。

「我一直到一九五三年才出來自首。」羅坤春平靜地說，「是整個地下黨、連整個再建後黨核心也早已徹底被破壞近一年後才出來的。應該可以說，我是最後一個人了。」

羅坤春沒有明說的，是從新聞報導上曾梅蘭的敘述中，他知道曾梅蘭有所誤會。「我一九五三年才出來。徐慶蘭一九五二年五月在七古林被捕，當然不是我出來後洩漏了阿慶蘭的行蹤……」他沉靜地說。

一九四九年底開始，「省工委」逐次崩壞。一九五〇年中葉，以陳福生為中心的地下黨劫餘幹部，展開了黨的重建工作，至一九五〇年底，全島各地的組織竟能恢復粗略的規模。但是到一九五一年四月，這個重建核心在新竹、竹北的支部開始被國民黨偵警逐一偵破，終於在特警全面、細密的布置下，在一九五二年四月間，重建的地下黨因領導核心全部被捕而終告瓦解。

這時，失去上級領導的羅坤春開始尋找可能殘存的下級組織。當他在地下且走且尋，逃亡至鴨母坑一帶時，突然遭到八十餘憲警的圍捕。他在驚險中開槍拒捕脫走。但一路上相伴而行的黨群眾，卻在混亂中失散。這時整個苗栗地區早已密布著敵人的偵探，形勢極為險惡。身上的盤纏已盡，在嚴峻的形勢下，群眾已經很難再掩護逃亡的幹部。「而我們也忌諱再去叨擾群眾，以免禍及他人。」羅坤春說。在諸路斷絕的時刻，一個漆黑的深夜，羅坤春摸回了自己的家。

在如豆的燈火下，羅坤春的父親靜靜地聽著面目黧黑削瘦落肉的兒子要求取得盤纏，立刻再奔赴逃亡的路。「出人意外的是，父親沒有半句責罵的話。我阿爸說，目前情況，危機四伏。只有最危險的地方，才是最安全的地方。這是我父親說的。」羅坤春說，音聲平靜，卻若有所思，「他竟要我就躲在自己家裡。」

羅坤春的哥哥當夜在宅院的後園，挖開了一個隱密的地洞。「從此，白天裡在地洞中躲藏，入夜出來洗澡、吃飯、活動筋骨。」羅坤春說。這時節，報紙上大量出現組織破壞，同志被殺、自首、自新的同志群出、和政府不斷號召自首恫嚇的消息。他在屋後黑暗、悶濕的地窟中，切膚地感受到整個形勢在迅速而難以挽回地崩解。

一天夜裡，他從地洞中出來吃飯洗澡。忽聽得有人輕聲相喚：「阿坤哥……」

羅坤春霍地拔出身上的手槍，準確地指向聲音的來源。他看見那發聲的黑影輕輕地嘆息了：「阿坤哥，是我……你要開槍，我也認了。」

羅坤春很快地認出是他早聽說已經出面自首的兩位老同志。他想到，如果開槍把這兩個人打死在羅家後院脫逃，老父親和一家人都要遭到殘酷的報復。

「這一猶豫，命運就起了變化。」羅坤春獨語似地說，「是老鍾和另外一個同志。他們說，咱組織全垮了……」

徐慶蘭和黃逢開，據安全局的材料，是另一個姓黃的自首後被運用的人，密報徐黃兩人在大安鄉竹林村七古林的行蹤，布線偵察，終至逮捕。

我忽然記起第一次到苗栗銅鑼鄉羅坤春家採訪，主客坐定，說明了來意。

「我是共產黨人。」羅坤春平靜地說。

「……」

「世人都說共產黨多壞。」他說，「我不那麼想。」

到外雙溪採訪謝其淡，他也劈頭就說：

「我走過的路，是我自己選的。自己決定的。」

「是。」

「別人說，什麼人受到共產黨『邪說』的欺騙、迷惑……」他說，「我就不是。我照我的思想去做……」

我想他拋妻棄子，在險峻崎嶇的苗栗山區艱苦、勇敢地在危機四伏的地下跋涉，遇到農民的番薯田，同志們只挖瘦小的果腹。「共產黨不該拿人民的糧食。肚子餓了，沒辦法了，也只挑小番薯……」謝其淡說。回到社會，他照樣奮力向前，從一個染工，升到整染技師，載譽退休。

「我曾經問過徐慶蘭的大哥，問他關於徐慶蘭的一些事。」

羅坤春以他一貫平穩的語調說。

我沉默地記著筆記。羅坤春又為我們倒了一輪新茶。

「說是，黃逢開、徐慶蘭，同一天叫出去。」

「是的。」我說，「說一說，你對徐慶蘭的印象……」

他沉吟了半晌。

「他，很老實，很正直……」這大半天來一直心緒平穩，說話不疾不徐的羅坤春，這時忽然淚流滿面，怎麼也無法自抑。「很勇敢，很好的，青年……」他哽咽地說。

羅坤春忙著掏出手絹揩著滿臉不能自已的淚水。「對不起……」他說，「我，失態了。」

我沉默地、輕輕地搖了搖頭，看著羅坤春低下頭奮力吞聲。我移目窗外，那是暮夏一個晴朗的天空。「不，羅先生。即使嚎啕失聲，也不為失態的。」我心中無聲地說。

「我們的群眾真好。」

一個多月來的採訪中，不時聽這些五〇年代的地下黨老戰士說起苗栗山區的七古林、神桌山、清水坑和大河底等「基地」和「據點」，耳朵聽著，手上記著，可心裡卻一直有個疑問，像個疙瘩梗著，怎麼也不容易吞下去：難道在那時候，台灣的地下黨果真發展了赤色的游擊武裝和基地，在台灣的山區，自有政治、軍事、社會、經濟和文化體系？

九月中旬方過，羅坤春和謝其淡應記者的要求，陪記者一道，花了兩天的時間，走了苗栗縣大湖、獅潭和三灣一帶山區，重點擺在口述資料較少的黃逢開遊走過的腳蹤上。

從苗栗到三座厝附近，我們拜訪了徐慶蘭的故宅。往時頹圮的草房，如今已改成堅固漂亮的水泥樓房。就在附近的羅坤春家的老房了，倒是保留了往時紅磚小三合院的舊貌。現在老家住著髮鬢皆白、身體卻依舊朗健的羅坤春的大哥。我們到屋後去，當年窩藏了羅坤春近於一年的地窖，早已填平，並且在旁邊蓋起了一小棟水泥房。距此不遠，謝其淡的老屋旁則早已讓人改成土雞場，舊址則只剩一片草木繁盛的小坡，在微風中送來稀落的蟬鳴。

車子離開銅鑼，開始向大湖山區走。這一路上，才知道苗栗大湖、獅潭一帶的山有這般俊美。山勢詭奇而陡峻，有些地方，甚至勉強可以彷彿昆明的山景，層層疊疊，雄奇險峻。而在層疊有致的山與山之間，有溪有澗，山上有一片又一片自日政時代以來的保安山林，尤其是成片的桂竹密林，在極目之內，迎風婆娑。這樣的地理環境，不但令人讚歎，即從游擊基地的觀點看，似乎也是十分有利的地帶。我四處張望著這幽靜險峻的山區，想著，當年真有一群青年，以自己的青春為燃料，燃燒著對於解放和幸福最堅決的信仰，在這山巒、保安林和溪澗中激動地竄奔的情景，一種歷史風雲的某種不可思議的實感，一時在胸膺中潮湧不已。

「現在山路都拓成了產業道路，」謝其淡說，「要在我們那時候，這半天路，上午出發，深夜才到。」

一九五一年四、五月以後，情勢一天天惡化。竹北、竹東、新竹的事業單位、交通部門裡的黨組和地委紛紛瓦解。五月，雲林、桃園、鶯歌的機關也遭到沉重的破壞，形勢極為險惡。

「原先開闢山區據點，絕不是為了消極避難逃亡，是為了實踐重組後新的工作方針：開展農村山區工作，以勞動求生存、求隱蔽、求工作發展。」羅坤春說，「但是到了這時，組織系統遭到全面破壞。我們逃竄在山區，到後來完全成了逃亡求生以待時機，生活就越來越艱苦了。」

黃逢開、徐慶蘭和謝其淡一樣，都是地地道道的農村工人，自小就是在農村裡以兩條結實的胳臂的勞力換飯吃的。「他們從外貌、生活、語言看，就是農業工人，誰見了都不起疑。」羅坤春在顛簸的車上說，「當時領導部要我們『運用勞動方式建基地，在勞動中求生活、求安全、開展工作』，這就要靠他們了。我，就差一點吧。」羅坤春自嘲地笑起來。他當然不算是地主少爺，可也不是農村佃丁長工。模樣、勞動架式就跟人不太一樣。而現實上，當時苗栗周邊貧苦農村中，也確實有大量的農村工人湧向苗栗山區的香茅油作坊打工。黃逢開他們摻雜在這些山中作坊的工人中，以傑出、沉重的勞動生活，在山區裡打開了社會關係和工作關係。「他們勞動好，為人好，生活好……很容易取得作坊業主和工人們的好感。待人和環境都熟悉了，他們就搞宣傳鼓動。」羅坤春說。

「怎麼宣傳？」我問。

「宣傳大陸的土改徹底，窮人徹底翻身。」

「嗯。」

「宣傳新民主主義。」謝其淡說，「窮人講給窮人聽，說起來滔滔不絕。」他笑了。他說現在反倒忘卻了不少。

「黃逢開的口才好。」羅坤春若有所思地說，「他很會說。」

「還宣傳什麼？」

「宣傳反對美國帝國主義。」

「哦。」

羅坤春點了一支菸，順手把車窗搖開一道縫。四十年前，在這荒陬的山上，窮人對窮人談反對美帝國主義，而四十年來，在都會裡有多少文明的知識人，從來只說美國親，美國好。誰要說美國是帝國主義，誰就是可笑又復可憐的「義和團」。從洋知識分子來說，「民族主義」是用來罵人的髒話。

「宣傳反對美國帝國主義。你剛說的。」

「嗯。我們說，美國打壓中國人民和朝鮮人民，不讓兩國的窮人站起來。」

「……」

「美國帝國主義扶助日本人再搞帝國主義，將來叫日本人再侵略，壓迫咱中國人。」

這山窪窪裡貧困已極的客家農民聽得懂嗎？

「當然聽得識。」謝其淡說。

謝其淡說像他這樣的黨人和別的農業工人就生活在一個工寮裡，在一個蒸油坊裡工作，一塊汗流浹背，在一個鍋裡掏飯吃，有完全一樣的語言、一樣的思想感情。「咱幹的活，絕不比人差，而且還常常比別人好，比別人累。」他說，「群眾覺得我們的生活、命運都一樣，但又覺得我們想得比人多些，看得比人要深些、遠些。」這往往很快就取得工人們的信賴。

「我們的群眾真好。」羅坤春安靜地說。

「真好啊。」謝其淡虔誠地說。

「群眾很聰明。他們識字或者不多，但真聰明。」羅坤春說，「他看你做工、說話、生活，他就知道你是什麼人，為什麼、為誰在吃苦、工作。」

謝其淡說，沒有群眾的同情、愛護、支援，「到了吃緊那幾年，你要在那麼大的山區『走路』，是完全不可能的。」他說。

「他嘴裡不會說，但把你當親人。不，比親人還親。」羅坤春說。

山村裡來了陌生人，問東問西，他來告訴你。鄰村鄰鄉抓走了人，他來通報。橋頭、街角多了幾個擺攤子的人，他來警告。里民大會發了通緝犯名單，單子上有你的名字，他來告訴你。「當我們不能不往地下潛去，半夜三更，輕輕敲他的窗門，他讓你快快扒兩碗冷粥，帶走一包鹽巴，一塊洗衣皂，拎走幾件禦寒的衣服，」謝其淡說，眼眶紅了，「默默地不說一句話。我們為了安全，常常拿了東西，掉頭就走。那時候年輕，咬著牙，忍著滿眶的淚。」他嘴上笑，一邊伸手揩淚。

中午，我們到十分崠山區一家半山腰上的孤獨農家。不久，主人家的女人擺出一桌酒菜，兩大盤亮著黃油的白斬土雞。一群工人先上桌吃了。再添肉添湯，輪到我們吃。主人的女婿殷勤勸酒。席間，知道這種山的農家，把滿山的柿子園和柑橘園荒著，在山下租了地種「觀光草莓」。方才桌上的工人，就是僱來種草莓的農業勞動者。

野薑花香

吃過中飯，謝了主人，我們的車子就沿著山路開向公館、大湖、獅潭交界的山區。

「方才這一家，就是當年我們發展出來的群眾的一門親戚。」謝其淡說。他說老主人方才還告訴他，那些年，偵探警察每次在山區有行動，一定會上他們家問東問西，穿堂入戶找人。「可是今天相見，對我們還是熱情友好，和當年絕不相差。」謝其淡說。我想起整個席間他們都用客家話談得熱絡。啤酒使主客的臉都發出喜慶樣的紅光。

車子在窄小的山路中走，兩邊都是密密切切的桂竹林。桂竹皮上有一層帶著粉霧般的、淺淺的墨綠。竹林的地上是一層厚厚的、枯灰的落葉。羅坤春說，那些年，他常常就在這桂竹林中一走就是兩、三天。「腳步輕，速度又快。」謝其淡說。天大亮以後，走路的黨人就在密密的竹林深處砍那麼幾根竹子，用竹枝竹葉和山芋葉，蓋個蔽雨的小篷睡下。「天黑下來，人醒了。精神抖擻，繼續趕路。」謝其淡說。

「你就看看這些竹林好了。」羅坤春看著車窗外的濃濃的竹蔭說，笑了起來。「那些年，我們在裡面走，像走大路，他們怎麼抓得到人？」但是在竹林中竄走，還不能騷動竹子。有一回，被幾十個警察[5]包圍住了。「什麼地方竹子搖動，子彈就飛什麼地方。」羅坤春說，「他們從山上往下看，只要沒有風，一眼就可以看到竹梢因人騷動的方向……」

車子在山路上走，一個拐彎，一條山澗在右面的山坡下出現。山澗裡開滿雪白的野薑花。謝其淡說，逃亡的時候，只要有條件，爭取每天洗澡。

「野薑花愛沿著有水的地方開。花開的季節，深夜裡，在那獨特的野薑花香中洗澡，至今不會忘。」

謝其淡回憶說。洗澡不止是對衛生健康好，一旦隔日預定要經過山中人家或下山走村路，不但要洗澡，還得用肥皂洗個乾淨。「否則你身上因為久不曾[6]洗澡積存的體味，一定引來鄰近飼狗最凶猛的狂吠，」謝其淡說，「驚動謐靜的深夜裡的村莊，引來偵警的注意。」

「肥皂，不容易入手呢？」

「群眾給。洗衣肥皂就是。平時也捨不得用。」羅坤春笑著說。

群眾供鹽、供火柴。謝其淡說鹽比什麼都重要。「你可以一年吃不上米飯，不能幾天沒鹽吃。」他說。

「沒有鹽吃，一個人就會渾身無力。」謝其淡說。

在山區「走路」，長年營養不良。「腳趾甲因營養不良，先是變黑，後來就全脫落了。」謝其淡說。但是，當他們回憶，他們到今天都無法解釋當時他們哪裡來的好體力。他們翻過一個又一個山，走長長的山脊稜線，走崎嶇的溪埔，終年吃番薯、菅草心和少量魚蝦，「可是一年到頭，就不生病。在山區走一趟，從一個據點到另一個據點，就是兩夜三天，卻一點不叫累。」謝其淡說，「有時候，一連三天雨，你就一連三天身上沒乾過。」

哭了整整一夜

現在我們從九分崠下來，沿著一條寬闊的後龍溪上游河邊的大車道走。人不在山中，遠看清水坑山區，山巒起伏，陡峭錯落的山脈，大片大片茶綠色的桂竹林在風中搖曳著溫柔的筱浪。就是在這個苗栗山區，僅僅是四十年前，多少貧困農民優秀的兒子，在心中沸騰著解放自己，解放台灣，解放全中國，解放全人類的信念，忍受飢寒艱險，遊走於山區的地下。

「知道韓戰爆發，美國人封鎖了台灣海峽，不覺得大勢已去嗎？」

「不。」謝其淡說。

我們找了一處樹蔭停車，喝水拍照。羅坤春說，韓戰發生後，據說中央曾要求台灣的同志停止一切活動，不要再發展。「但是聽說陳福牛他們沒有傳達。」羅坤春說，「這是我後來聽說的，確實也否，也不知道。」

一九五一年四月開始，再建後的省工委基本上瓦解，無法就具體形勢和政治，發揮指導作用。許許多多像羅坤春、謝其淡等在黨的青年，僅僅懷著堅定而簡單的信念，含辛茹苦，在不斷惡化的環境中堅持生存，堅持繼續組織的命脈。「是因為我們有一個理想。」羅坤春說，「窮人應該過好日子。舊社會要整個翻造過。中國要強大起來。帝國主義再不能欺負我們中國。」

謝其淡就是為這樣的理想拋下妻兒，在艱險的山區奔竄，從來不叫一聲苦。「特務們人多，槍多，但就是逮不住我們。」他說，「為什麼？因為他來是為了一份薪水，同我們在山區捉迷藏，叫苦連天。我們，是為了窮人自己的解放……」謝其淡要在這個寬闊的溪埔照幾張照片，因為他對這溪埔有難忘的回憶。今年全省苦旱，這後龍溪的源頭也不例外。「那些年，再旱也旱不到清水坑。」羅坤春大聲說。溪埔中心有個砂石場，傳出轟隆隆的聲音。四十年前，在黨的年輕人要碰頭、約見，常常挑這個地方。

「這兒視野遼闊，一目了然。」羅坤春說，「一旦發現異樣，容易躲藏。」

溪埔到處是大石頭。特務開槍，隨便躲在石頭背後，安全無虞。「到處的菅草叢，一側身，敵人就看不見。一轉眼，你已經涉過水，俐俐落落地往荒山跑了。」羅坤春說。

一九五二年，陳福生的領導核心已經出去「自新」，垮了一年。謝其淡和他尊敬的老黃見面，也在這個溪埔裡。謝其淡比約定的時間早大半天就來到溪邊，躲在一個戰略位置，屏息觀察有沒有伏計。一直到半夜，老黃來了，謝其淡立刻帶老黃到一個荒山炭窯裡。兩個青年在破窯裡談了一整夜。老黃告訴他，路已經走完了。黨也徹底瓦解了。就義赴死，無濟於事。「而這時，你出來，不用供人、不用害人。不用你供，敵人全知道了。」老黃說。

謝其淡最堅強的鬥志終於迅速瓦解。「我哭了。哭了整整一夜。老黃也陪著流淚。」他說，「怎麼是這個下場？委屈啊。」[7]

在張秀錦的妻子指引下，我們的車子在河床上突跳顛躓。經過了砂石廠，再走一截，也不能不停在一條沒有旱乾的流水邊。利用簡便的纜車度過對頭，我們開始徒步爬上七古林。羅坤春步履尚健。心臟開過刀的謝其淡就走得很緩慢了。他們對於山路如今也成了水泥產業道，十分驚訝。路的兩邊，依然是密密麻麻的桂竹林。大約在一九五〇年底，黃逢開來到大湖山區潛隱，由並不知情的他的一位堂叔，把黃逢開介紹給住在七古林的張秀錦。經張秀錦的介紹，黃逢開在更深一點的山裡一個香茅油坊找到工作，安頓下來。而在東勢一帶跳火車脫逃的徐慶蘭，不久也在地下找著了羅坤春，由羅坤春帶到七古林來。

「張秀錦是地下黨的同情者。他把黃逢開和徐慶蘭都安頓在他自己的香蕉園裡一個石窟裡住。」羅坤春說，「形勢越來越緊。我吩咐，夜裡兩個人要分段睡，互相守衛。這我已經說過了……」

張秀錦在前些年過世了。因為「窩藏」了「匪諜」，他被判刑十年。張太太和兒女早都遷下山去了。現在張太太十天半月上來老屋看看。屋後是一片柿子園。市價太賤，一樹一地的好柿子沒人理睬。羅坤春偷偷告訴我，張秀錦夫妻感情自來不好。從綠島回來，張秀錦另外帶著一個女人窩在這山窪子裡過日子，很少下山。「一家大小，都是這老張太太含辛茹苦在山下帶大。」羅坤春說，話中不免有些批評和無奈。我想起半路上在張秀錦太太家打尖喝水，在牆上看到張秀錦後生的結婚照。新郎和新娘模樣都很好。

「神桌山下苦別離」

一九五二年四月，「重整」以後的省工委，在國民黨特務大量策反的「內線」深入滲透下，迅速瓦解了。四月二十二日，老黃被出賣，持槍負隅抵抗不果就逮，二十六日，陳福生中計被捕。

「老洪」（陳福生）被捕的消息在苗栗山區地下快速地傳開。羅坤春想到了黃逢開。「黃逢開是三灣人。一九五一年四月，竹南機關遭到破壞以後，黃逢開受命來鹹水坑這一帶開闢據點。」羅坤春回憶說。他們倆相識，也自這時始。現在老洪抓起來了。羅坤春急著到三灣的大銃櫃去摸具體情況，順便約定和宋松財同幾個潛走地下的同志會個面。

「三灣是黃逢開的本居地，地頭上他比我熟。我要到三灣摸情況，想到找逢開帶路。」羅坤春說。

時間在一九五一年八月。羅坤春和黃逢開會合，在估計入晚可以抵達三灣的時間，由鹹水坑出發。「夜晚入三灣，安全嘛。」羅坤春說。入夜，兩人到了距黃逢開家不遠的一個劉姓的黨的群眾家。羅坤春先問有沒有什麼情況。「這劉登興竟說什麼情況也沒有，說一切很平靜。怎麼可能？整個領導部都抓了，山路、溪邊、村莊路口，偵警密布。再問，他還是那老詞，沒有事，一切平靜。」羅坤春說。他本能地對劉起了疑心。吃過飯，一無所得的羅坤春只得準備就寢，心裡盤算，無論如何要半夜三點起程，摸黑回七古林去。劉登興要羅坤春在屋裡睡，機警過人的他倆謝絕了，主張在劉家屋後的破炭窯裡睡。當他們睡下，再睜開眼睛，已是半夜三點過了五分。羅坤春匆匆叫了黃逢開，卻發覺劉登興竟在前屋沒睡。「再細看，他們家前院有戴斗笠的人影，在月光下晃動。」羅坤春說。他拔起身上的槍。踩著貓步，出了大廳。「正欲跨出廳門，一排槍就打過來了。」羅坤春說。他回了幾槍，跑回屋後破炭窯，而黃逢開早已不知去向，他只好竄向荒山，在槍聲中逃逸。

後來，記者見到現年八十一歲的宋松財。他是三灣鄉大河村出身的貧窮佃農的兒子。早在一九四九年，他就參加神桌山上一個據點裡的讀書會。「那時黃逢開還小，我們讀書討論，他在外頭負責安全警戒。」他說。據他說，黃逢開和羅坤春在劉登興家遇伏失散，黃逢開奔躍闖下山時，把上身衣服扯破了。黃逢開在山與山間的溪澗潛行，聽到身後有人行的濺水聲，黃逢開和來赴約的宋松財就見了面。他們倆結伴而逃，上了神桌山，「在那兒，兩個人躲了一天一夜。黃逢開衣服破了，裸著上身，我最記得。」宋松財說。

兩個青年傾談竟夜。都談了些什麼呢？

「他談他在香茅油坊的生活。」宋松財說。

「不很記得了。」宋松財說，「他比我小，但見識、思想、理論，都比我高。」

「還有呢？」

「最記得他還說了些什麼？」

宋松財向我比了比他的大拇指。「他是個人才。」他扶了扶眼鏡說。他然後用客家話說了一段話，神情肅然。羅坤春在一邊為我通譯。

「他說，黃逢開講，打內戰是同胞相殺，破壞自己國土，損失自己人民田園財產。」羅坤春說，「黃逢開還說，我們的鬥爭啊，是要阻止內戰，把國家統一起來……」

「黃逢開說，中國一定要強才行。一國分成兩頭相打，最為可恥。」宋松財改用福佬話說，「我們是為使窮人過上人的生活，使中國富強，在鬥爭，黃逢開這樣講啦。」

四十年前神桌山上的一席話，在倖活下來的宋松財的記憶中，留下巨大的重量。宋松財小時窮得連公學校都沒能畢業，有些字還經常忘記怎麼寫，卻不知道他竟怎樣地學做了舊體詩。他在一本小筆記本上抄下他做的好幾首並不工謹，卻深情溢乎言語和格式之外的舊漢詩。有一首記這次神桌山別後的詩：〈三個月再憶逢開〉，有這句子：

懷念當時事盡悲，神桌山下苦別離。
兩人分手難相見，來日吉凶未可知。

宋松財回憶說，在山上一日，終須作別。宋松財惦記羅坤春遇伏後的安危，想留三灣打探消息，但黃逢開卻想往危險的鹹水坑去。

「黃逢開，他在香茅油坊預支了一點工資，如今工還沒做完，工資還不曾抵平，失信於群眾，不好。」宋松財說，「他竟為了不負群眾，再入虎山。」

「第二天，我就在七古林見到了前日在三灣失散的黃逢開。」羅坤春接著說。四個月後的一九五二年二月間，黃逢開和徐慶蘭雙雙在張秀錦蕉園裡的石窟中被捕，離開宋松財在逃亡途中寫懷念黃逢開的詩才一個月。

第二天，我們開車從苗栗經明德水庫到三灣，探訪黃逢開的胞弟黃逢銀先生。就在快到三灣的路上，我們看見了宋松財屢次提起的神桌山。遠遠眺望，神桌山果然像一隻大神桌，在起伏的山脈中竟有一段長長的平台，平台兩頭還有翹起的桌沿，像是古厝屋簷的燕翅，看來就是大戶人家正堂上供著神明和祖宗牌位的「紅格神桌」。最早，宋松財和一些貧窮的農民青年在神桌山裡開會、讀書。他在〈念舊日讀書會〉為題的一首詩上寫道：

舊日書堂何處尋？神桌山下柏樹林。
田畑青草春色滿，空山萃林鳥啼喧。
同志共論天下計，群英激越愛國心。
幾多志士遭難死，長使壯士淚沾襟。

詩有農民素人詩的拙糲，卻讀之震動。另外一首〈一九七一再上神桌山〉，詩中有這幾句：

半生痛苦等閒過，空留遺跡在人間。
多少同志空論政，頭顱落處血斑斑！

這種事，他不幹

羅坤春和謝其淡以神桌山為背景，拍了幾張紀念照片，感慨殊深。再上山路，不到一個小時，就到了桂竹林下半山腰上的黃逢銀，即黃逢開胞弟的家。

一九五〇年八、九月間的一夜，七、八個特務、警察摸到了黃家。黃逢銀說，早有戒心的黃逢開一直不在家屋中，而在屋後一間粗紙作坊裡睡。不諳途徑的警察，在黑夜中踩了一個空子，整個人摔倒了。黃逢開在睡夢中聞聲竄奔，消失在漆黑的竹林裡，自此展開了開闢據點和潛逃地下的生活。大哥走後年餘，黃逢銀在荒山上割草餵牛，順近到劉登興家討水喝，不料就在劉家撞見了當時也潛逃中的彭南華。因為是大哥黃逢開的朋友，彼此寒暄了幾句。不料數月之後，彭南華從潛遁中「出來」了，供出逃亡途程時，提到了在劉家碰到過黃逢銀的事。「事後他們就來家裡逮人了。『知情不報』，判了十年。」黃逢銀說，「那時離我哥脫走，已有兩年。」

兄弟相繼一個逃亡，一個投獄。「養家活口的重擔立時都在當時小學才畢業的大妹身上。」黃逢銀說。父親憂病而死，母親竟日以淚洗面。而黃逢銀被捕後一星期，又傳來大哥黃逢開在獅潭七古林一帶被捕的消息。時在一九五二年的四月間。又四個月，黃逢開和徐慶蘭雙雙刑死。「哥哥的死訊，是二妹在小學朝會上訓導老師的訓話中聽到的。」黃逢銀說，一邊給羅坤春遞菸，點上火。

黃逢銀從囹圄回家後，曾聽得劉登興講的一段母親勸降的事。

說是黃逢銀被帶走後，特務來唆使黃母勸降黃逢開，保證不殺。劉登興帶的路，地點也在獅潭鹹水坑的溪埔。老太太走了這麼長的路！

「誰說的？」羅坤春詫異地問。

「劉登興。」

「是他！」羅坤春說，「見到你哥不？」

「見到了。」

「你媽她也見到了？」

「見到了。」黃逢銀說，「我哥說，不能降。他說，他逃亡了兩年，在七古林，他有多少群眾關係！」

「這話對。」羅坤春說。

「他出降，可得拖出多大一串人！這種事，他不幹。」黃逢銀說，「我哥對我媽說，他只有一死。這種事，他不幹。別再來勸了。我哥說。」

黃母憂戚地看著大兒子快速地遁走，消失在白茫茫的菅草花叢裡。她走向等在一丈多遠的劉登興。劉登興知道黃逢開不降，生了氣。

「我們這怎麼交差？」劉登興說。

「有什麼辦法。」黃母說，「回去吧。」

「回去？」劉登興苦笑，忽然指著對面的小山，「你看看……」他說。

黃母細看了對過的山，逐漸在樹影中辨別出好幾個便衣，慢慢地走下山來。

「我早就嘀咕，這劉登興……」羅坤春皺著眉頭說。

話說著說著，廚房裡竟備好了一桌飯菜。黃逢銀和羅坤春一起用客家話回憶著黃逢開。赤貧山村農家的孩子，小學(「公學校」)從一年級到六年級都拿第一名。個性剛毅。言而有信。酷愛讀書。口才尤好。

「我的程度遠遠不如我阿兄。我什麼也不懂，鄉下小孩。」黃逢銀說，「我哥又什麼也不對我說。」

羅坤春和謝其淡都說，「不對你說，是愛護你。」黃逢銀不住地向客人勸酒，說著當時失去兩兄弟的家道，如何更其赤貧，告貸無門，鄰里親朋，無人敢來聞問。

當紅星在七古林山區沉落

從苗栗山區回來不久，見到了領導過黃逢開的彭南華。據說幾十年來，他絕口不再提過往的事。然而見到長年未曾相見的老戰友宋松財，似乎怎也難以抑止重逢的喜悅。

彭南華說他認得黃逢開，是早在一九四九年的事。「他出身小自耕農。黨性極強。」他簡潔地說。他說黃逢開是個熱血青年。「聽說，臨刑還高呼口號。是真的吧？」他低聲說。坐皆默然。

很多的時候，彭南華和宋松財都以客家話說著往事，顯得心情歡愉。

「有一回，在逃亡的小路上，突然和黃逢開碰上了。」彭南華[8]忽然改用閩南話把他才向宋松財說過的話，向我再說一遍。「這以前，我們彼此曾相約要見，沒見著，以為今生要相見，怕是難了。所以那次我們不期在地下的路上見到了，都極為高興。黃逢開還哭了。那麼一條大漢。高興的。」

「他很重感情。」宋松財說。

「熱血青年啊。」彭南華說。

他們於是又用客家話敘著舊時歲月。講了許久，彭南華改用普通話說起他最後一次看到黃逢開的情景。他說在他「出來」以後，都快一年了。有一天，警察來找，說是逮獲了黃逢開，要彭南華勸他「合作」。

「我去了。能不去？當著警察，我挑些門面話講。」彭南華細聲說，「黃逢開只是笑。他看來，很安靜。」

「……」

「他決定要死了。」他說，眼睛看著手中的茶杯，「你一看就知道。」

宋松財就是在這時從口袋裡掏出那幾首舊體詩的本子給我。〈神桌山上逢開留金言〉的一首，最後的兩句竟是：

明知此去風波險，也要風波險處行。

「這幾十年來，我最怕夜裡失眠。」彭南華忽然說，「你想來想去。想著死的人死了。關的人關進去了。」

這時，彭南華忽而流淚了。宋松財緊抿著嘴，定定地看著窗外的綠樹。而座中都沉默不語，聽彭南華的哽咽。[9]

沒有解放區，沒有武器，更沒有游擊軍隊。即使從一九四六年算起，到「省工委」徹底破滅的一九五二年，總共也不過短短的六年。一九五〇年六月，當韓戰爆發，美帝國主義封斷海峽，「省工委」也不過四歲，但歷史卻早已註定了「省工委」不可挽回的敗北。

在那些年的台灣，成千上萬的青年一生只能開花一次的青春，獻給了追求幸福、正義和解放的夢想，在殘暴的拷問、撲殺和投獄中粉碎了自己。另有成百上千的人，或求死不得，含垢忍辱，在嚴厲的自我懲罰中煎熬半生，堅決不肯寬恕自己。有一些人，徹底貪生變節，以同志的鮮血，換取利祿，而猶怡然自得。

那是一個崇高、驕傲、壯烈、純粹和英雄的時代，同時也是一個猶疑、失敗、悔恨、怯懦和變節的時代。

而受到獨特的歷史和地緣政治所制約的、這祖國寶島的繼日帝下台灣共產黨潰滅以來的第二波無產階級運動的落幕，當紅星在七古林山區沉落，多少複雜的歷史雲煙，留待後人清理、總結、評說和繼承。

一九九三年九月卅日定稿

初刊一九九四年一月《聯合文學》第一一一期

初收二〇〇一年十月洪範書店《陳映真小說集5・鈴璫花》

本文按洪範版校訂

1 一九九三年曾梅蘭於六張犁尋獲其兄長徐慶蘭之墓石，並發現其他受難者的墳塋。陳映真據此敘寫曾、徐等人參與組織、逃亡被捕之情事，藉此報導文學以梗概「中國共產黨台灣省工作委員會」於一九五〇年前後徹底瓦解之經過。本篇文字由陳映真撰寫，隨文有多幅配圖由鍾俊陞攝影，於一九九三年九月十五日完成初稿（約寫至「阿坤哥」一段），原題為〈紅星在七古林山區沉落〉，發表於一九九三年十月《新國會》第二期「白色恐怖特別報導」（頁九六－一一二），後於一九九三年九月三十日增修定稿並改題為〈當紅星在七古林山區沉落〉，刊載於一九九四年一月《聯合文學》第一一一期。《台港文學選刊》第九十一期（一九九四年六月，頁四－一八）曾轉載本文刪節版，該期目次頁另有陳映真所寫的「卷首語」：「……一次又一次集體的愚昧、貪婪和暴力，不斷地摧毀著那美善之夢，使熠熠的明星晦暗失色。專制的君王，好戰的將軍，都隨歷史的浪捲流失無蹤，而人類企求普世的和平、正義和愛的理想，卻像晶瑩的寶石，永遠留在歷史的海灘上，閃耀著動人心魄的光芒。」

2 「阿哥哇」，初刊版為「阿哥啊」。

3 初刊版此下有「、〈歌唱祖國〉」。

4 初刊版此下空一行。

5 「警察」，初刊版為「警憲」。

6 「因為久不曾」，初刊版為「因不曾」。

7 初刊版此下空一行。

8 洪範版為「黃南華」，依前後文並據初刊版改作「彭南華」。

9 初刊版此下空一行。

紀實攝影・序[1]

歷史地看來，紀實攝影（documentary photography）和報告文學（reportage）都是發端於十九世紀末葉、二十世紀初葉和中期以後，當歐洲和北美資本主義大工業生產急速發展所造成的矛盾達到相當尖銳程度的時代。一九一七年新的蘇聯成立，歐洲立刻進入革命的風暴。長期以來，貧民窟簇生，女工和童工在資本主義血汗工廠中、在資本進行其原始積累過程中過著黑暗悲慘的生活。農村殘破，資本的累積運動造成歐洲的窮人跨越國境、蝟集工業城市，形成貧困的移民。第一次歐戰的浩劫造成廣泛的貧困、疾病和流離失所的人民，工人罷工，農民搶糧……人民或憂心忡忡地，或忿怒地要求知道生活中隱藏的矛盾的真相；要求知道歷史變革運動遍地火種的實況。無數的新聞記者和文學作家投入生活、勞動和鬥爭的火熱現場，寫出一篇又一篇報告文學、通訊和特寫。紀實攝影家也許比搖筆桿的記者和作家們更早地投入了記錄生活，反映現實，冀以增進人的尊嚴、和平與正義。

紀實攝影和報告文學，至少在性質上有這些相同之處：

一、新聞性

紀實攝影與一般模仿美術的「沙龍」攝影不同的，在於它的新聞性。所謂新聞性，就是對具體事件、事物、人物、人的生活的記錄和報知，有時候還講究其時效性。它一般地要求不假手人工的技巧和暗房技術，甚至將攝影過程中的技術部分降低，以求平實、直截、如實地記錄和傳報生活、勞動與複雜鬥爭中的實人、實景、實事。對於眼前的各種問題，紀實攝影家要迅速、準確、深入地透過映像加以記錄和報知以求時效。有時候，他們也會為一個問題花上數月、數年的時間去記錄隨貨車流浪全美國的貧困人民的流民圖，亦不失其生動深刻的時效性。

二、有結構的敘述性

紀實攝影與一般、單張的新聞攝影（photojournalism）之不同在於它的有結構的敘述（narrative）性。在這一點上，它更加接近文學。優秀的紀實攝影家，常常以多張照片的連續，表現詩學上的所謂「動作」(action),即情節的起承轉合,即敘述構造中的發展、矛盾、矛盾的尖銳化(高潮)、矛盾的爆發和解決、孕育新矛盾的發展……。當然,他們也善於天才地使用相機,以映像描寫人的性格、描寫環境、描寫物理的外表,也描寫最幽微的內心世界。他們也和文學家一樣,善於用影像作隱喻、象徵,以影像表現諷喻(irony),更善於用一組照片表達他們思想和情感的主題(theme),但這一切近乎文學的敘述性,和報告文學一樣,有一個不可踰越的限制,那就是實事實報,不能有人工的、技術上的、暗房的變造、修飾和偽造。

三、批判性

從紀實攝影發生的政治社會背景與歷史沿革看,紀實攝影的批判性和變革性(revolutionary),不言可喻。一部紀實攝影史,就是一部攝影作家對人類的公平、團結、正義、世界的和平、消除人間不義、黑暗、反對戰爭和剝削……透過映像的紀錄、表敘與傳播,達成宣傳鼓動,從而實踐改革,使人間世界更美好的運動的歷史。和報告文學家不同的是,報告文學家可以在文章中適當、有效、動人地出來直接向讀者發表一番議論。但紀實攝影家則永遠必須依靠形象地透過映像本身,去傳達其深刻的思想和批判。

在中國攝影史上，包括在台灣的攝影史在內，自有其紀實攝影的濫觴和萌芽。尤其在台灣，由於一九五〇年以後嚴酷的思想檢查體制和長期「現代主義」對文藝思潮的支配，報告文學和紀實攝影都發展得比較薄弱，基本上沒有產生足以使紀實攝影宣告其存在的深刻、巨大的作品出現，正如基本上我們還在等候具有較好的思想性，較深刻的紀實性，較高的文學性的報告文學作品來奠定在台灣的作為一個文類而言的報告文學一樣。一九八五年，一本以深度報導、報告文學和紀實攝影相結合的雜誌《人間》雜誌誕生，到它宣告休刊的一九八九年末的四年間，雖然比較集中、比較有意識地發展了紀實文學，取得一定的成果，發揮一定的影響力，但還沒有足夠的時間去培養出成熟的、深刻的、藝術上強而有力的紀實攝影作品和作家。

當然，台灣紀實攝影傳統和實踐上的薄弱之另一個主要原因，是紀實攝影史、紀實攝影理論、紀實攝影名家作品的闕如。正由於這個原因，「沙龍」展、現代主義、「決定性的瞬間」主義成為比較常見的傾向。

李文吉是《人間》雜誌資深的攝影作家。他有豐富的攝影現場的實踐經驗，做過《人間》的圖片編輯、報社攝影組召集人。他也勤於從外語書刊中汲取關於紀實攝影的理論。現在他將這本《紀實攝影》翻譯出版，對台灣紀實攝影的發展是一項具有深遠影響的工作。我如廣泛讀者一樣祝賀他這本譯書的出版，並感謝他的辛勞。

一九九三年十月

是以為序。

初刊一九九三年十月遠景出版社《紀實攝影》（Arthur Rothstein著，李文吉譯）

1 本篇為《紀實攝影》書序。

星火 1

我的第一次關於台灣原住民的圖像（image），是從我的祖母來的。我的祖輩住在鶯歌與大溪之間的一個小村子，俗稱為「中庄」。祖母常常說起一次原住民的反漢蜂起，俗謂「『番仔』反」。大約當時這原住民蜂起事件，勢頭凶猛，漢族人紛紛走避，因此也有「走『番仔』反」的話。慚愧的是，至今我不只還沒有弄清楚這次應該具有民族史重要性的蜂起事件，具體地發生在何年何月，因何、因誰而起，而且當時雙目已經失明的祖母口中關於蜂起事件的軼聞仔細，於今也幾乎完全忘卻了。

番仔反的台灣原住民像，當然是負面的。這是因為漢人以自己本位立場，來看待那一場民族矛盾引發的蜂起，把蜂起界定為「野蠻人」（番仔）對漢人的「反」叛、叛亂。而「反」者，便有被支配者對支配者的冒犯、叛逆的指責的意涵。當然，也表現了番仔的「野蠻」、「凶暴」等漢人中心的原住民像。

到我小學五、六年級的時候，我對於家中一本日帝時代留下來的、今已忘乎其名的大本畫冊產生了興趣。這畫冊似乎是舊總督府下警察機關所印行。畫冊中有一個部分大約是宣傳日本「理番政策」的。其中有一些部落和「番人」的照片。這是我第一次凝視了黥面的台灣原住民族人民的經驗；第一次知道了他們的住屋和服裝，如何與「咱人」（漢族閩南人的民族自稱）不一樣。畫冊上也有原住民的神話故事，甚至也有霧社事件的故事，穿插了不少插繪。

一九六〇年代中期，我在台北牯嶺街遍走舊書店，尋找激進的社會科學、哲學和思想方面的書。僅僅因為上述少年時代並不完整也不成熟的原住民像，我所以為一本舊總督府版英文《台灣統計概覽》（Statistical Summary of Taiwan, 1912）花了一大筆家教勞動的工資，買了下來，是因為在這本書中，看到了很多珍貴的關於台灣原住民人種的、社會的照片。

一九八七年左右，我又在台灣攝影家張才、鄭雙漢的作品中，看到他們在五、六〇年代拍下來的原住人民少女、武士的肖像照片。這些照片給予我這極強烈的印象：儘管自荷蘭據台以來，台灣原住民「多少年來，備受侮辱、欺騙、榨取、殘殺，血淚斑斑，慘絕人寰，近代史上的『揚州十日』、『嘉定三屠』，不能形容於萬一……」（周憲文《台灣經濟史》，一九八〇），但他們的民族尊嚴與不馴的自主氣概和形象，若遠勝於今日！

一九六五年以後，隨著我的逆反於冷戰意識形態的思想之形成，我逐漸理解到台灣歷史中蓄意受到忽視的另一個主軸：台灣原住民失敗、被壓迫和被收奪的歷史軸線。漢族開發台灣的歷史；日帝對台灣進行殖民地化的歷史；一九四五年後，以在台漢族人為中心的戰後台灣資本主義發展史，在銅板的另一面，就是台灣原住各民族遭到失敗、被支配和壓迫、掠奪的歷史。直言無諱地說，今日台灣少數民族，實已面對著在種族上、文化上、語言上，總地趨向於滅絕的境況。

作為台灣漢族人的一員，對於這樣一種歷史結果，不論如何，我常有共犯人的罪感。一九八五年創刊，一九八九年休刊的《人間》雜誌上，我和雜誌社的同仁，不憚於花費很大的人力和物力，以相當大的篇幅比重，報告了山地社會和人以及文化的嚴重迫害。我們也報告了不少原住各民族的儀式和慶典，不是為了對異民族的觀光式的詫奇，而是要和讀者一道，從原住民的文化中，學習去認識、珍視和尊敬台灣原住民族。充滿了社會正義的義憤和民族友好的熱情的關曉榮，在《人間》發表了許多關於原住人民生活、社會、教育與工藝的動人報告。廖嘉展、官鴻志、李文吉、鍾俊陞和其他許多《人間》的文字和攝影記者，都在台灣山地現場上受到了深刻的教育，也從而教育了讀者。

這不是一般討功簿。恰恰相反，我們越來越清楚地看到台灣原住各族人民的危機，是在持續惡化，而不是改善之中。和全世界「發展」的資本主義社會中的原住民一樣，台灣原住民成了台灣資本在台灣「境內的殖民地」。他們成了現代台灣資本主義下最低層的勞動者和勞動預備軍，同時也成了台灣資本主義商品大量傾銷的對象，讓不斷貧困化的少數民族，以超前、負債的消費，付出嚴重的社會代價。當然，山地的資本主義化，也造成了個別、局部的「少數民族貴族」，而徒然造成原住民族內部的經濟與認同的分化。而漢族資本主義的腐敗部分對山地社會的運動，造成了山地民族因集體性娼妓化而在民族母性上造成嚴重破壞，威脅了民族的存續。

對我而言，台灣存在著外來勢力夥同它在島上的代理人，對漢族人民在政治、文化、經濟上的干涉與支配問題，但同時也存在著漢族資本在經濟、政治、文化、種族上，對台灣原住各民族人民的支配問題。這兩種互不相同，又互相聯繫的矛盾，要求漢族系知識分子首先要有自我反省的視界。在歷史上，這樣的民族反省和民族歧視一樣真實地（雖然為數不眾）存在過。郁永河的《稗海紀遊》記載荷蘭人、鄭氏和清代統治權力對台灣原住民殘酷苛烈的壓迫。清黃逢旭也將漢族人和官僚對台灣原住民欺善怕惡、歧視壓迫的生活事實，入詩以歎責。近人周憲文修台灣經濟史，甚至有專章專節瀝陳台灣經濟發展史中，漢族對台灣原住各民族人民的壓迫與剝奪，對我個人尤有教育作用，令人敬佩。

如何在今日台灣內外民族壓迫中尋找階級關係的關聯性，解決民族解放的邏輯，已是當面急迫的問題之一。台灣原住民的解放，最起碼的條件，是政治、社會上的充分而真實的自治，擁有自己民族在地理和行政上明確的疆界，在疆界內享有政治的、宗教的、經濟的、文化的（教育、語言等等）自治、自主之權。欲達到此目的，台灣就必須有根本性的構造變革。而漢族和原住民勞動者形成某種階級的同盟，又是推動這構造變革所不可缺少的動力之一。

從七〇年代後半，我也有幸認識了幾個原住民族優秀的精英、骨幹人物，結成良好的友情。越是這樣，也越痛感到台灣當前原住民民族解放工作的複雜和艱難。我絕不是一個暴力論者。但一九三〇年霧社蜂起及其壯烈的潰敗之後，壓迫民族就沒有了從被壓迫者透過暴力或和平的鬥爭，讓壓迫民族震驚於自己在別人的怒目中看到自己的殘暴和不義，而醒悟、而反悔的契機。

我以贖罪人、朋友和戰友的心情，祝願《山海文化》雜誌發展成足以燎原的星火。

初刊一九九三年十一月《山海文化》雙月刊

1 本篇刊於《山海文化》「原住民圖像的重構」專題，原刊於作者欄標註「漢族」。

後街

陳映真的創作歷程[1]

一

陳映真生於一九三七年的台灣，竹南，後設籍台北縣鶯歌鎮，到了他十歲的一九四七年春天，發生二二八事變。他的孿生小哥在前一年死去，留下他一個人慨慨然地、孤單地玩耍。但他仍然記得五、六個故鄉復員原日本兵[2]，穿著破舊的、並不齊套的皇軍軍服，唱著日本軍歌，在關門閉戶的小街上，踩著軍步，漸行漸遠；他記得在鶯鎮的小火車站前，一個外省客商被人打在地上呻吟，穿著長襪和黑布鞋的腳踝，漿著暗紅的血漬；他也記得大人們噤聲談論著國民黨(二十一師)軍隊橫掃台北，眼色中充滿了恐懼和憂愁。

一九五〇年夏天，他上六年級。級任老師在升學輔導自修課上，捧著《中央日報》看韓戰的消息。那年秋天，一個從南洋而中國戰場復員、因肺結核而老是青蒼著臉、在五年級時為了班上一個佃農的兒子摔過他一記耳光的吳老師，在半夜裡被軍用吉普車帶走，留下做陶瓷工的白髮母親，一個人幽幽地在陰暗的土屋中哭泣。冬天，他家後院住的外省人陸姊姊兄妹倆，分別在鶯鎮和台南糖廠被人帶走……白色恐怖肅清的寒流瀰漫在四面八方。

一九五一年，他到台北上初中。每天早晨走出台北火車站的剪票口，常常會碰到一輛軍用卡車在站前停住。車上跳下來兩個憲兵，在車站的柱子上貼上大張告示。告示上首先是一排人名，人名上一律用猩紅的硃墨打著令人膽戰的大勾，他清晰地記得，正文總有這樣的一段：「加入朱毛匪幫……驗明正身，發交憲兵第四團，明典正法。」

人們以悸動的靜默，湧向告示。有時候，他會看見農民模樣的人，因為在告示上看見親人的名，突然在人群中失聲，癱倒在地上。

他的初中生的生活，便是在那白色的、荒茫的歲月中度過。寒暑假，他從鶯鎮的養家到鄰站的桃鎮生家去作客。一次在書房中找到了他的生父不忍為避禍燒毀的、魯迅的小說集《吶喊》。他不告而取，從此，這本有暗紅色封皮的小說集，便伴隨著他度過青少年時代的日月。

而就在成功中學的隔壁，台灣省警備總部看守所就在青島東路上。上課、下課，他總會看見不知來自什麼地方的農村的老婦人，卑躬地帶著衣物食品，時而也帶著幼兒，在守衛亭等著傳呼入內，接見重重政治天牢中的或者丈夫，或者兒女，或者叔伯、兄弟。從看守所高高的圍牆下走過，他總不能自禁地抬頭望一望被木質遮欄擱住約莫五分之三的、闃暗的窗口，忖想著是什麼樣的人，在那暗黑中度著什麼樣的歲歲年年。

該初中畢業的那年，他竟留級了。在學校公告欄上確認之後，一個人頂著暑天的太陽，從濟南路走到今日中崙一帶，去找他的慈愛的養父。

「沒關係。你先回去吧。」

一向語言不多的他養家的父親，這樣對他說。他於是又走到火車站，搭車回到鶯鎮。養家的姐姐正忙著做裁縫。對於他的留級，沒有半句責備。

就是在那個夏天，他開始比較仔細地讀《吶喊》，到大漢溪游泳、釣魚，覺得留級其實並未見得就是極大的災難。

越一年，他考上了同校高中部，開始並無所謂地、似懂非懂地讀起舊俄的小說。屠格涅夫、契訶夫、岡察洛夫，一直到托爾斯泰……卻不期因而對《吶喊》中的故事，有較深切的吟味。

五六年春天的一日，養父忽然和他說起要把當時賃居的房子設法買下來的事，他自然什麼主意也沒有，只是詫異養父竟把他當成一個大人，同一個高中二的兒子合計像要不要買下房子那麼大的事。那年夏天，他的養父病倒了，而後，終於在他瘦小的懷中死去。本已並不富有的家，乃益發衰落。次年五月，純粹出於頑皮，他打造一個抗議牌參加「五二四」反美事件。不數月，他被叫去刑警總隊，問了口供，無事釋回。

二

一九五八年，從貧困的家中，帶著昂貴的學費，他到淡水當時的淡江英專註冊，心情愁悒，卻完全不曾知道生活的旅程上，一個全新的階段在等候著他。

那時的淡水，尤其是一個安靜、美麗的小鎮。淡水多雨，而每在雨後，他站在校園向海的一端，看觀音山，看淡水河，看常常被台灣著名畫伯入畫的、錯落的住屋，都清新怡人。[3]

就在這小鎮上，他不知何以突然對於知識、對於文學，產生了近於狂熱的飢餓。遠遠超前於老師指定的進度，他查英語字典讀著英國文學史而不能滿足，開始把帶在身邊的、從父親的書架上取來的廚川白村《苦悶的象徵》、不記得什麼人寫的《西洋文學十二講》，津津有味地啃著，寫一本又一本的箚記。

在文學上，他開始把省吃儉用的錢拿到台北市牯嶺街這條舊書店街，去換取魯迅、巴金、老舍、茅盾的書，耽讀竟日終夜。但這被政治禁絕的祖國三〇年代文學作品的來源，自然有時而窮。而命運不可思議的手，在他不知不覺中，開始把他求知的目光移向社會科學。艾思奇的

《大眾哲學》在這文學青年的生命深處點燃了激動的火炬。從此，《聯共黨史》、《政治經濟學教程》、思諾《中國的紅星》（日譯本）、莫斯科外語出版社《馬列選集》第一冊（英語）、出版於抗日戰爭時期，紙質粗礪的毛澤東寫的小冊子……一寸寸改變和塑造著他。他幾乎日日覺得自己在不斷地蛻化，不斷地流變，卻不知道自己終於要蛻化成什麼，深深恐懼著不讓即使父母朋友察覺到自己不能自抑的豹變。

這些禁書使他張開了眼睛，看穿生活和歷史中被剝奪者虛構、掩飾和欺瞞的部分。這些禁書也使他耳聰，讓他隔著被封禁的歷史，聽見了二十世紀初年新俄誕生以來，被抑壓的人民在日本、在中國、在日據的台灣驚天動地的怒吼和吶喊。在淡水的寒夜，讀思諾筆下壯闊的史詩，他淚流滿面。竟嗚咽不能自抑。在更深人靜的夜晚，他從床底下摸出「普列漢諾夫」的美學思想，屏息苦讀冗長的日語文句時，忽然注意到在歲月中氧化的、用沾水筆端正地寫在畫眉的眉批字跡。他猛然想起了初中時代台北火車站大柱子上殺人的布告；想起了青島東路上那堵高而肅殺的圍牆後面，一道道幽暗的窗子裡漫長、神秘而又令人恐懼的年年月月。他心潮澎湃，滿眶都是不由自己的熱淚。他凝視在舊書的扉頁上的、書的主人的簽名，撫摸褪色的印章。啊，那個和他一樣咀嚼過普列漢諾夫的〈美和審美的社會功利性〉、〈藝術底勞動起源〉……的人，現在究竟在哪裡？他可曾在諸神噤口的暗夜，被穿著黑灰色中山裝的人押上吉甫車拖走？

可曾在拷問室中被鞭撻昏厥，在屠夫的槍聲中仆倒……不，也或者他還倖活，在流放的島上漫長的縲絏中，眺望著黎明。

曾幾何時，他愈來愈覺得他的生活周圍的語言、思想和知識是那樣的空泛、欺罔、粗暴和腐朽。他孤獨地走在校園裡，讓秘密而又足以家破人亡的思想在他的心中燃燒和煎熬。生活是極為困窘的。他曾一連幾個月主要地啃著堅硬的「火燒」為主食。但即使今日回憶，在知識和思想上，他卻飽足而幸福。[4]

一九五九年，朋友尉天驄為其主編的文學同人刊物《筆匯》向他拉稿。從來不曾做過小說的他，把當時大二英作文作業寫的故事，加以改寫擴充，付郵寄去。不久，這故事[5]竟而神奇地印成鉛字，刊在《筆匯》上。

一九六〇年，二十三歲。他在這一年一口氣於《筆匯》上刊出了〈我的弟弟康雄〉、〈家〉、〈鄉村的教師〉、〈故鄉〉、〈死者〉和〈祖父與傘〉。

感謝這偶然的機緣，讓他因創作而得到了重大的解放。在反共偵探和恐怖的天羅地網中，思想、知識和情感上日增的激進化，使他年輕的心中充滿著激忿、焦慮和孤獨。但創作卻給他打開了一道充滿創造和審美的抒洩窗口。他開始在創作過程中，一寸寸推開了他潛意識深鎖的庫房，從中尋找千萬套瑰麗、奇幻而又神秘、詭異的戲服，去化妝他激烈的青春、夢想和憤怒、以及更其激進的孤獨和焦慮，在他一篇又一篇的故事中，以豐潤曲折的粉墨，去嗔癡妄狂，去七情六欲。

他從夢想中的遍地紅旗和現實中的恐懼和絕望間巨大的矛盾，塑造了一些總是懷抱著曖昧的理想，卻終至紛紛挫傷自戕而至崩萎的人物，避開了他自己最深的內在嚴重的絕望和自毀。而於是他變得喜悅開朗了。自我封閉的藩籬快速地撤除。他更能錮守他思想的隱密，同時又能喜悅地享受著因《筆匯》而逐漸開闊起來的動人的友情和文藝的網路。文學創作像一場及時的、豐沛的雨水，使他因意識形態的烈日劇烈的炙烤而瀕於乾裂的心智，得到了浸潤，使他既能保持對歷史唯物主義基本知識與原理的信從，又能對人類心靈最幽微複雜的存在，以及它所能噴發而出的創造與審美的巨大能量，保持高度的敬畏、驚詫與喜悅……

一九六一年，他從改制後的淡江文理學院畢業的那年，他寫〈貓牠們的祖母〉、〈那麼衰老的眼淚〉、〈加略人猶大的故事〉和〈蘋果樹〉。他把抑壓到面目曖昧不明的馬克思主義同對於貧困粗礪的生活的回憶，同少年時代基督教信仰的神秘與疑惑，連同青年初醒的愛欲，在創作的調色盤中專注地調弄，帶著急促的呼息在畫布上揮動畫筆，有時甚而迷惑了他自己。

六二年，他到軍中服役。軍隊裡下層外省老士官的傳奇和悲憫的命運，震動了他的感情，讓他在感性範圍內，深入體會了內戰和民族分裂的歷史對於大陸農民出身的老士官們殘酷的撥弄。一九六三年的〈文書〉和六四年的〈將軍族〉和遲至一九七九年才出土發表的〈纍纍〉，是這種體會的間接和直接的產物。

一九六三年，為了養活他自己和親恩如山的養母，他在退伍不久，就到台北市一家私立中學執英語教鞭。次年，他結識了一位年輕的日本知識分子。經由這異國友人誠摯而無私的協助，他得以在知識封禁嚴密的台北，讀到關於中國和世界的新而徹底(radical)的知識，擴大了僅僅能九十幾年前的舊書去尋求啟發和資訊的來源。也經由這可紀念的友誼，他第一次生動地體會了對於建立一個真正和平與進步的世界深信不疑的善良的人們之間，真摯又嚴肅熱情的超國境的團結與友誼[6]。

一九六四年，他的思想像一個堅持己見的主人對待不情願的夥計那樣，向他提出了實踐的要求。命運竟是這樣的不可思議，竟然在那偵探遍地的荒蕪的時代，讓幾個帶著小資產階級的各樣軟弱和缺點的小青年，不約而同地、因著不同的歷程而憧憬著同一個夢想，走到了一起。同一年，除了〈將軍族〉，他還寫了〈淒慘的無言的嘴〉和〈一綠色之候鳥〉。一九六五年，他翻譯《共產黨宣言》和大正末年一個著名的日本社會主義者寫的入門書《現代社會之不安》，為他的讀書小圈(circle)增添讀物。然而在實踐上的寸進，並沒有在文學上使他表現出樂觀和勝利的展望。被牢不可破地困處在一個白色、荒蕪、反動，絲毫沒有變革力量和展望的生活中的絕望與悲戚的色彩，濃郁地表現在六五年的〈兀自照耀著的太陽〉、〈獵人之死〉，和一九六六年的〈最後的夏日〉。

一九六七年，他陸續讀到了關於在六六年展開的無產階級文化大革命的、日本左翼的評論和報導。一九六三年，當大陸和蘇聯兩大共產黨之間爆發了理論鬥爭，他和他一個後來一起投獄的摯友大為震驚。為了尋求問題的真相，他們各自躲在被窩裡連接數月收聽短波中的中央人民電台日必數次的中蘇黨正反面論文。他感到大陸是知識和理論的國家，對於把那麼深刻的理論問題，認真地訴於國民的公聽的中國共產黨，他產生了由衷的佩服，但由於沒有文本，他無法深入吟味，而留下許多不明白的所在。但這時，日本前進的學者引用大量中蘇黨爭的論文來說明毛澤東關於〈革命後〉社會主義社會內「繼續革命」的理論，並以這「繼續革命」論來說明文革對「黨內走資派」批判的思想主軸。

他記得有題為〈公社（commune）國家的成立〉的論文，申論了毛澤東的「五七指示」（六六年）和北大幾篇大字報，說明中國共產黨人正在透過一場史無前例的運動，建設巴黎公社式的權力機關，指向塑造一個「中華人民公社」（People's Commune of China）這樣一個經由群眾工農階級民主選舉而產生的公社國家（commune state）的建設，然後過渡到超越了國家概念的、勞動人民的公社。

儘管當時、或者一直到現在，他對「繼續革命論」和「公社國家」論的認識還是幼稚的，但這些外語材料給予他思想和情感的震動，有如山崩海嘯。[7] 六六年，他寫了〈最後的夏日〉（發表於同年的〈哦，蘇珊娜！〉事實上是寫於服役的一九六〇年頃）；六七年，他寫〈唐倩的喜劇〉和〈第一件差事〉，六八年被捕前不久，他發表〈六月裡的玫瑰花〉，都明顯地脫卻了他個人的感傷主義和悲觀主義色彩；相對地增添了嘲弄、諷刺和批判的顏色。究其根源，他受到激動的文革風潮的影響，實甚明顯。而正是在六六年底到六七年初，他和他親密的朋友們，受到思想渴求實踐的壓力，幼稚地走上了幼稚形式的組織的道路。

三

一九六八年五月，他和他的朋友們讓一個被布建為文教記者的偵探所出賣，陸續被捕。同年十二月三十一日，他被判決徒刑十年定讞。七〇年春節前，他被移監到台東泰源監獄。在那裡，他頭一次遇見了百數十名在一九五〇年朝鮮戰爭爆發後全面政治肅清時代被投獄、倖免被刑殺於當時大屠的恐怖、在縲絏中已經度過了二十年上下的政治犯。

在那個四面環山，被高大的紅磚圍牆牢牢封禁的監獄，啊，他終於和被殘酷的暴力所湮滅、卻依然不死的歷史，正面相值了。他直接會見了少小的時候大人們在恐懼中噤聲耳語所及的人們和他們的時代。他看見了他在青年時代更深人靜竊讀破舊的禁書時，在書上留下了眉批，在扉頁上寫下自己的名字，簽上購買日期，端正地蓋上印章的那一代人。在押房裡，在放風的日日夜夜，他帶著無言的激動和喟嘆，不知饜足地聽取那被暴力、強權和最放膽的謊言所抹殺、歪曲和誣衊的一整段歷史雲煙。穿越時光的煙塵，他噙著熱淚去瞻望一世代激越的青春，以靈魂的戰慄諦聽那逝去一代的風火雷電。獄中多少個不能成眠的夜晚，他反反覆覆地想著，面對無法回避的生死抉擇、每天清晨不確定地等候絕命的點呼時，對於生，懷抱了最渴切的眷戀；對於因義就死，表現了至大至剛的勇氣的一代人。五〇年代心懷一面赤旗，奔走於暗夜的台灣，籍不分大陸本省，不惜以錦秀青春縱身飛躍，投入鍛造新中國的熊熊爐火的一代人，對於他，再也不是恐懼、神秘的耳語和空虛、曲扭的流言，而是活生生的血肉和激昂的青春。他會見了早已為故鄉腐敗的經濟成長所遺忘的一整個世代的人，並且經由這些倖存於荒陬、孤獨的流放之島的人們、經由那於當時已仆死刑場二十年的人們的生史，他會見了被暴力和謠言所欲湮滅的歷史。

四

七〇年，他即使在泰源監獄，也能從《中央日報》看見「保衛釣魚台運動」的風潮在島內外激動地展開。他更從在獄中訂購、由他日夜懷念的文友所創辦的《文季》季刊、從《中外文學》中，驚訝地聞到一股全新的、前進的氣息在圍牆外的文學圈中，帶著難以自抑的激越，強力地擴散著。作為一代顯學的現代主義詩，遭到島內外新起的評論家猛烈批判。文學的民族形式與民族風格問題；文學語言應該讓廣泛群眾普遍理解的問題……文學是什麼、為什麼、為誰……這些文學觀的基本問題被提出來了。他像是聽到了人們竟然詠唱起他會唱又因某種極大的威脅而不敢唱的歌那樣地激動。他在那些論戰者的名字中，看見許多他的朋友和他所知道的人們，在前進與反動的雙方，鮮明地站上了立場。他感到囚壁以外的故鄉，不知如何而來的一陣春風，是怎樣開始要煽動星星之火……。

在獄中，他的閱讀和學習受到最野蠻的限制與打擊。有一次，他打報告要買一本英日辭典，監方為執行「不准受刑人閱讀外文叢刊」的命令，駁回購書申請。接到駁回的通知，他感受到一種錐心的痛楚。那是一種與肉體的拷訊、行動自由的喪失完全不同的痛苦、悲哀與忿怒。感受之深，他至今不忘。然而，感謝思想檢查，感謝藏書貧弱的獄中圖書室，他借讀了《詩經》、《史記》、《宋詞選》，一些經史子集。當局以為政治上「安全」的這些古書，不但讓他補了一些起碼的課，在縲絏之中，他因這閱讀獲得意想不到的知性上、審美上的釋放。

他在獄中最不意中培養起來的興趣是中國社會史。在綠島，他獲准購讀《中國農業史論》，書中收集了三〇年代中國社會史論戰的論文。書中傑出論客之一，是馬乘風。在獄中，他才知道馬乘風是國民黨立委，早已經在台北新店軍人監獄服無期徒刑。他在押房中讀馬乘風氏以歷史唯物論的語言剖析中國封建社會的文章，遙想斯人卻同在政治鎮壓系統下兀自憔悴。這樣的「讀者—作者」關係，令他掩卷沉思，不知馬先生尚倖而健在否？[8]

五

一九七五年，他因蔣介石去世百日忌的特赦減刑而提早三年獲釋。台灣社會在他流放七年中經歷了「獨裁下經濟發展」的高峰期。重回故園，他頗有滄海桑田的感慨。但台灣的思潮已一反五〇年以降冷戰和內戰思維，更使他吃驚。他於是知道了保釣運動左翼的思想和文化影響。大專校園的社會意識萌芽發展。高信疆主持的時報《人間副刊》在世俗水準上不斷地激起新的知識和文化的漣漪。朱銘和洪通的藝術使人們對深蘊於民間的強力審美發出了驚嘆。「雲門」的集結與創作，讓人們感受到創造性的舞的語言照樣深深地使人們的靈魂騷動不已。

七六年，他為雜誌《夏潮》的編務，盡一些打雜寫文章的義務。同年，他的小說由遠景出版社集結成兩本集子，其中的一本，於出刊不久遭到禁止發行。七八年，他在出獄後第一次發表小說〈賀大哥〉、〈夜行貨車〉與〈上班族的一日〉。

同一年，在余光中發表〈狼來了！〉、彭歌發表的點名批判〈沒有人性，何來文學？〉之後，鄉土文學論戰在反共法西斯恐怖中登場。鄉土文學系的同人作家在大恐怖中勉力抵抗。國民黨全面動員學者、文特、黨團刊物對鄉土文學進行恐怖圍剿，至召開國軍文藝大會而達到高潮。而今日在台獨文學論壇上無任意氣風發的作家、理論家，在當時似乎一致採取了識時務的緘默。經歷了國民黨白色鎮壓的他，敏銳地感受到形勢的險峻。

就在此時，胡秋原、徐復觀和鄭學稼公開發表文章支持了鄉土文學，形勢一轉，保衛了鄉土文學。

一九七九年十月三日早晨，他突然遭到調查局以「涉嫌叛亂，拘捕防逃」拘捕令逮捕。三十六小時之後，他奇蹟一般地獲得保釋。[9]

他被前來具保的妻帶回到被恣意搜查得凌亂不堪的書房，在地板的一隅，他撿起了一本他為《夏潮》工作時的採訪筆記。筆記上竟記載一個被壓殺的工會運動的始末。虎口歸來，讀著數年前的採訪筆記，不禁眼熱。他突然悟解，當他生活在隨時可能被逮捕的日月中，寫作竟是唯一的抵抗和自衛。他把採訪筆記的材料小說化，就是八〇年發表的〈雲〉。

一九八二年，他發表〈萬商帝君〉。八三年，他回應了早在一九六八年愛荷華大學國際寫作坊對他的邀請，平生第一次獲准出國赴美。同年，他發表了以五〇年代的反共肅清歷史為題材的兩個短篇小說〈鈴璫花〉和〈山路〉。後者竟獲選為那一年時報推薦小說獎。

六

一九八五年，他和幾位共同謀生的年輕朋友經一年餘的籌畫，創辦結合了報告攝影和報告文學、深度報導的月刊雜誌《人間》。在「從社會弱小者的立場去看台灣的人、生活、勞動、生態環境、社會和歷史，從而進行記錄、見證、報告和批判」的宗旨下，他驚歎地發現生活和勞動的現場本身是何等深刻善誘的教師，讓一個個從來只知道生活的膚淺的表皮的年輕人快速地成長，在文字與攝影報告上很快取得不能不叫人刮目相視的進步，留下至今叫萬千讀者難於遺忘的作品。《人間》在一九八九年深秋因不勝財務虧損而休刊，但至今受到讀者歷久不衰的評價。

他知道這一切全都源於當年茹苦共事的青年們喜人的創意、大量艱苦工作和學習直接的結果。

八七年，他發表〈趙南棟〉。

八九年四月，他第二度到南朝鮮，對南朝鮮的民眾民主化運動進行了系統的採訪。採訪結束，他應邀飛往美國，參加在加州舊金山帕麗那斯舉行的「八九年中國文化研討會」。他從南朝鮮人民為反美、反獨裁，為民族自主化統一的民主運動而鬥爭的現場，來到把美國著名「漢學家」和大陸「精英」知識分子聚集一堂，在胡耀邦死後北京學生為反官倒、要自由和民主化蝟聚天安民廣場的背景上，傾聽大陸「精英」言論人、電影人、留美學生……大發反毛反共、促請美國為中國「民主化」干涉中國事務的言論，對大陸「民運」和它的思想引起了深刻的憂疑。他將他的憂疑寫成文章，題為〈悲傷中的悲傷：寫給大陸學潮中的愛國學生們〉（《人間》，一九八九年六月）。他在文章中說，帕麗那斯的見聞，使他「具體地認識了產生《河殤》這種作品的大陸『改革派』知識分子的思想生態：對中國的發展或落後，沒有地球規模的結構觀點；對戰後的世界資本主義體系發展以及其與中國的關係，沒有起碼的認識；對第三世界國家有意無意的忽視甚至輕視；對於美國、日本和西歐的理想化、美化和自卑；對四九年中國巨大的變革和社會主義，乃至各種進步知識的過低評價甚至於無知……」他說，他看不見指導著嘯聚天安門的學生的理論家，去分析和批判大陸「開放改革」後的官僚主義、腐敗、勞動力再商品化和階級再分解的構造矛盾問題。他說，沒有對於這些問題的分析力和解答力，天安門的同學們在「毫無政治和知識實體的虛渺口號與『理想』……引燃一場毫無進步實質的大亂……徒然讓一批特權化、買辦化和美國化的知識分子，繼續喋喋不休地咒罵自己的民族、歌頌西方的進步與偉大……這是何等的悲傷中的悲傷呢？」

越月，北京天安門不幸事件爆發。寫於一個月前的〈悲傷〉成了不幸的讖語。這時，台灣一些反民族的自由派幸災樂禍地等待他對事件表明態度。在七月分《人間》雜誌上，他發表〈等待總結的血漬：寫給天安門事件中已死和倖活的學生們〉。

他在〈等待〉一文中，試以香港學者的材料，從「改革開放」四年來在大陸基礎產業、輕工業和農業等方面領域中產生的具體矛盾來說明大陸社會經濟基礎的巨大轉變。這轉變不但帶來經濟的、物質本身的矛盾，也引發上部構造中的矛盾。一九八九年當時，他這樣寫道：「總的結果，是全民所有制和集體所有制的物質和精神支柱搖搖欲墜，意識形態和知識、文化領域中的社會主義價值理念岌岌可危：『資產階級自由化』的思想氾濫。在社會生活上，盜娼、腐敗、特權搶占滋生，嚴重脫離群眾，進一步打擊社會主義民主……」。天安門事件，他說，就是上述「巨大矛盾……在社會中最易感的部分——學生中爆發」的結果。

但他看到問題的中心在於「改革開放」所引起的物質與思維領域中的矛盾所造成的「六四」學運，在思想和政治上，恰恰不是對「開放改革」的激進主義的批判，反而是要求更徹底的、更其資產階級的「開放改革」；不是對「開放改革」，即官僚主義、腐化的根本構造之批判，而是在徹底否定社會主義、否定工農聯盟、對西方傾倒的條件下，更徹底、全面地搞資本主義的「開放改革」。「這才是天安門不幸事件最大的內在矛盾和悲愴，」他寫道，「台灣固不必論，天安門事件在全世界範圍內引起了一九五〇年代以來最大規模的反共、反華大合唱。反共法西斯分子成了衛護民主、自由的天使；國際反共特工集團成了人權鬥士。沉寂多時的冷戰辭語鋪天蓋地而來。清醒的人們只能眼巴巴看著一切的是非都在蓄意被顛倒著：說謊的人振振有詞；背德劫占的人成了菩薩心腸的慈善家」。他相信，不面對天安門事件中做好政治、思想和社會科學的總結，「官僚更為猖獗，官僚主義，像文革一樣，不但沒有被打倒，反而將更為鞏固！」今日讀之，他的話竟不幸成為預言。[10]

七

懷著基於這樣的批評的憂思，在台灣和西方正盡情地對中共大加道德撻伐的九〇年春天，他和中國統一聯盟組團訪問了大陸。北京之行的前後，他斷斷續續地聽到論敵甚至朋友對他的訪問北京有公開的和私下的批評。然而期望他會和反民族派、和自由派一道參加當時包括台灣朝野雙方在內的、全球反共、反華的大協奏，是基於對他的思想——例如他在〈悲傷〉和〈等待〉中的思想的不理解。作為一個作家，他另一個普遍受到不理解和詬議立場和思想，是他鮮明的民族統一的立場和思想。

他是兩百多年從福建泉州來台移民的第八代子孫，但他家世代窮苦。到他父親一代，四房叔伯，皆下無寸田，上無瓦片。然而就在這貧困的世世代代，文盲的祖父對父親的兄弟們說，咱的旗不是那日章旗，是大清的九色旗。小時候，他知道把大伯教他的祖籍地址背下來，最能取悅大伯父。而那地址竟是「大清國，福建省，泉州府，安溪縣，龍門鄉，石盤頭，樓仔厝」。

他的家境貧困，公學畢業後，無法升學，只能依靠文官考試的途徑在教育界找出路的父親，是啟發他民族思想直接而深刻的教師。這些家族的、民眾層次的、生動的民族教育，使他在聽說台灣人是中國人意識與認同是一種「虛構」的時候，不能不嗤之以鼻，而這家族的民族影響，是他的二十多歲上，一生只能有一度的青春時期，在因反共恐怖的六〇年代，獨自燃燒對祖國和民族的強烈思慕的根本情感和心靈的基礎。一九六五年，他在幼稚的文件中寫下「以馬克思列寧主義……毛澤東思想……為台灣的解放和祖國統一最確實的指導思想」，終於無法挽回地走上了投獄之一途，是其來有自的。但也是在獄中，他更進一步和五〇年代台灣的民族統一運動——中共地下黨運動的倖活者發生了活生生的個人和歷史的連帶。[11]

從政治上論，他認為大陸與台灣的分裂，在日帝下是帝國主義的侵奪，在韓戰爭後是美帝國主義干涉的結果。台灣的左翼應該以克服帝國主義干預下的民族分斷，實現民族自主下和平的統一為首要的顧念。對於大陸開放改革後的官僚主義、腐敗現象和階級再分解，他有越來越深切的不滿。但他認為這是民族內部和人民內部的矛盾和課題，它來和反對外力干預、實現民族團結與統一不產生矛盾。

在文學上，他認為，不論是台灣社會史上的殖民地半封建社會階段（一八九五—一九四五），是半封建半殖民地階段（一九四五—五〇），是新殖民地半封建階段（一九五〇—六三），還是一九六三年以降的新殖民地半資本主義階段，反對外來干預，反對封建主義，克服民族分斷，是台灣文學思潮的主流。二〇年代的「白話文運動」和新舊文學的鬥爭，二〇年代到三〇年代初的第一次鄉土文學論爭、三〇年代台灣的無產階級文化運動和文學運動，都是作為帝國主義從中國割讓出去的台灣針對帝國主義和與之相為溫存的封建主義，在文學領域上進行鬥爭的文學。一九四七年到一九四九年的「台灣新現實主義文學論爭」，實際上就是如何開展台灣的新民主主義文學的論爭。一九五〇年，反共、親西方的現代主義一時支配台灣文壇。但橫貫七〇年代的現代詩論戰和鄉土文學論戰，明明白白地是批判西方影響、具有強烈中國指向的文學論爭。一九八〇年代以降，反民族、反共、親西方的台獨文學論有所發展，但尚不足以和二〇年代以降回應台灣殖民地、新殖民地條件下反對帝國主義和封建主義，克服民族在外力干涉下的分斷這樣一個巨大文學傳統抗衡。八〇年代開始，他從反省和批判台灣在政治經濟與心靈的對外從屬化的「華盛頓大樓」系列，轉軌到以五〇年代台灣地下黨人的生活、愛與死為主題的「鈴璫花」系列，是他把當代台灣人民克服民族內戰、克服民族分裂的歷史——台灣地下黨的歷史加以文學化的營為。[12]

從二十幾歲開始寫作以迄於今，他的思想和創作，從來都處在被禁止、被歧視和鎮壓的地位。一九七九年十月他被捕偵訊時，知道有專門對他的作品和言論做系統的思想檢查分析和彙報的專業思想偵探。八〇年代中後，台獨反民族學術力量在台灣的政壇和高等教育領域擴大了可觀的影響力，成為當前台灣既成台灣政·學體制的不可缺少組織部分。在這新的情勢中，和他二十幾歲的時代一樣，他的思維和創作，在一定意義上，一直是被支配的意識形態霸權專政的對象。

他大體上是屬於思想型的作家。沒有指導的思想視野而創作，對他是不可思議的。然而，他認識到、並且相信，創作有一個極為細緻而有一定程度自主性的領域。真正的創作之樂，也在這個神奇的領域。和一般的印象極為不同的是，他並不特別喜好理論和社會科學。一個搞創作的人去搞理論、搞社會科學，對一貫讀書不求其甚解的他，是一件無味的苦事。而他之接近理論，是由於他必須求思想出路，又沒有一群進步優秀的社會科學隊伍作為他的依靠之故。

他自知只有中人之智。文學所有永遠保持深厚興趣的命運，卻像是緊緊相扣的一個又一個環節，選擇了他，驅使他在四、五十年中，走過台灣當代歷史的後街。正如他為《人間》雜誌採訪時，他看到的是飽食、腐敗、奢侈、冷酷、炫麗、幸福的台灣的後街：環境的崩壞、人的傷痕、文化的失據……他走過的歷史巷道，是小學吳老師的失蹤；是槍決政治犯的布告；是被帶走的陸家姐姐；是禁書上的署名和印章；是禁書為他打開的激進主義的世界；是他在政治監獄中相逢的五〇年代殘酷肅清的大獄中一段激烈、喑啞、抑壓著一代青春和風雷的歷史……

如果要他重新活過，他無疑仍然要選擇去走這一條激動、荒蕪，充滿著豐裕無比的，因無告的痛苦、血淚，因不可置信的愛和勇氣所提煉的真實與啟發的後街。對於他這半生，他基本上無所悔恨。但如果他能一切重來，他但願更用功些、對待自己更嚴峻一些，想得更深一些，從而寫更多、更好一些的作品。當然，對於盛年而初老的他，這一切並未為晚。

一九九三年五月，台北六張犁公墓上突然出現兩百座五〇年代刑死於白色肅清狂飆的孤塚。他和前一代刑餘倖活的前政治犯一道參與發掘、整理和記錄的工作。以淚眼看著荒煙蔓草中兩百座猥小、簡陋的英塚，他突然聽到最笨拙不語的墓石，在大聲、雄辯地訴說和吶喊，吶喊出那暴戾的權力曾一度以狂漫的自信抹殺和湮滅的歷史風雲。他以無比敬畏之心，體會了歷史的某一種無從假借的正義。日本當局一貫利用國際冷戰秩序內包的矛盾，對日本戰爭責任堅不承認，堅不承擔戰爭責任的處理。但「七三一部隊」、人體實驗、花岡事件、南京大屠殺、慰安婦……一波又一波彷彿由被慘害亡魂所崇的控訴與揭發向著抵死不願悔改認罪的日本發出淒厲的控訴。就像這樣，六張犁公墓上兩百個英塚，正在對島內外善良人民的心靈中擴大它正義和審判的漣漪。

他比什麼時候都清明地理解到，這些滿懷壯志和理想的一代精英的暴死，和數十年來思想、言論、創造的檢查和禁抑，和「獨裁性經濟發展」下資本恣無忌憚的積累，和反民族思潮恁恣的發展，都是內戰和冷戰下民族分裂所付出的沉重代價。

面對這兩百座英靈的墓石，他有這謙遜的誓約：堅定、珍愛地守住他「後街」的半生給予他的啟發和教育，在學習和創作上爭取較多、較大的成績。[13]

初刊一九九三年十二月十九—二十三日《中國時報·人間副刊》第三十九版，署名許南村
收入一九九四年十一月時報文化《從四〇年代到九〇年代——兩岸三邊華文小說研討會論文集》（楊澤編），二〇〇一年十月洪範書店《陳映真小說集1·我的弟弟康雄》，二〇〇四年九月洪範書店《陳映真散文集1·父親》

1 本篇發表於一九九四年一月八日至九日在台北市誠品書店敦南店舉行的「從四〇到九〇——兩岸三邊華文小說研討會」。初刊《中國時報．人間副刊》「從四〇到九〇——兩岸三邊華文小說研討會系列」。因洪範《陳映真散文集1．父親》版有多處刪修，本文在依據初刊本校訂基礎上，對照洪範版，將重大刪修處加以註明。

2 洪範版為「故鄉復員台灣人原日本兵」，多「台灣人」三字。

3 洪範版無「那時的淡水……都清新怡人。」此一段落。

4 洪範版無「這些禁書使他張開了眼睛……他卻飽足而幸福。」此二段落。

5 「這故事」，洪範版為「不久，短篇〈麵攤〉」。

6 洪範版「真摯又嚴肅熱情的超國境的團結與友誼」後有「，是完全可能的」六字。

7 洪範版無「一九六七年……有如山崩海嘯。」此二段落與一個句子，「六六年」為「和一九六六年的〈最後的夏日〉。」後的一個新段落之開始。

8 洪範版無「在獄中……不知馬先生尚倖而健在否？」此二段落。

9 洪範版此處無分段，其後的「他被前來具保的妻……就是八〇年發表的〈雲〉。」與本段落為同個段落。

10 洪範版無「八九年四月……他的話竟不幸成為預言。」此四段落。

11 洪範版無「懷著基於這樣的批評的憂思……歷史的連帶。」此三段落，其後的「從政治上論」為洪範版第七節之開始。

12 此處為洪範版第七節之結尾，其後的「從二十幾歲開始寫作以迄於今」為第八節之開始，初刊本全文則只分為七節。

13 洪範版無「一九九三年五月……較大的成績。」此三段落，全文以「這一切並未為晚。」為結尾。

為民族和人民喉舌1

一九五〇年韓戰爆發，美國武裝力量干涉海峽，我民族陷於分斷。受到美國遠東戰略和國家利益的支持，台灣展開長達四十年的「反共·國家安全·威迫性」統治。這四十年嚴酷的政治，固然促成了資本肆恣的累積，取得「奇蹟」的發展，但也付出了沉重、複雜的代價。報業的獨立與自由的喪失，是其中之一。報紙成了維續冷戰局勢的思想監控、壓抑和宣傳的工具。

看來，八七年解嚴後的發展都在償付過去四十年戒嚴體制所負的債務。報紙從極端反共宣傳、極端壓抑本土價值與事物、僵硬的官方思想教條，一變而從極端反共宣傳發展成極端反華反民族——民族分離主義宣傳工具；從極端壓抑本土價值與事物，一變而成為極端的地方主義、唯台灣主義；從極端僵硬的官方思想教條，一變而成為台獨法西斯教條的傳聲筒。立場鮮明昭著的台獨報刊，最少有三個報系。其他大報小報，或陽「統」陰獨，或形「不統不獨」而實不統親獨，維持現狀，民族分裂構造長期化……林林總總。歷史將為這一時期言論人的奇談怪論留下使後人匪夷所思的畫像。

在偽滿時代，也有不少政客、文人大談「滿洲」非中國論，大談「滿洲」的「獨特文化與歷史」，大談「滿洲」文學與中國文學兩立論，大談滿洲人非中國人論。這些偉大的言論，在「大東亞新秩序」、「大東亞決戰文學會議」、「日滿提攜」的政局與口號下，以報紙、雜誌、文學評論、文學作品的形式極囂於塵世上。曾幾何時，日本戰敗，滿洲王朝猝然崩解，一切狂囂的言論頓時銷聲匿跡，煙消雲散。就在此時，在天下滔滔儘事偽論的時代，幾個敢於守住民族志節在實踐上頂住狂瀾的個人、地下刊物和言論，才顯出明亮的光茫，為一時代的癲狂，保持了尊嚴，洗卻羞恥。

我讀《大明報》的次數不多。但每次讀之，《大明報》在民族問題上明快堅決的立場，使我心存感激。當然，辦報光是立場的宣示是不夠的。對言論的公器性心存畏敬，對萬千讀者心存愛重而不欺，以勤篤敬業之心為人民與民族喉舌，以大智大仁和大勇的風格挺立於曲學阿世之時代……這些中外偉大報人和報業付出巨大代價為後人留下的倫理，是艱苦辦報如《大明報》唯一而且有力的支柱。

我衷心祝賀《大明報》的四週年慶，我和千萬讀者一樣，感謝《大明報》上下同仁艱苦的勞動，感謝他們在我們民族史上一段歪扭和困難的時代，守住了原則，保持了氣節。

約作於一九九三年
本文依據手稿校訂

1 本篇提及《大明報》四週年慶（一九九三年十二月九日），據此推估寫作時間應在一九九三年，然本篇於《大明報》未得尋見，故依手稿校訂。

勞動黨關於台灣五〇年代白色恐怖政治案件的基本立場[1]

今年五月底，建築工人曾梅蘭在台北六張犁找到他的胞兄徐慶蘭的墓。徐慶蘭是農村的農業工人，生前是花生油坊的工資勞動者。一九五一年左右，他在故鄉苗栗和中共在苗栗銅鑼的地下組織發生聯繫。次年，特務人員逮捕他的時候乘隙逃亡，五二年被捕，不久槍決，屍身沒有發回。四十年後，曾梅蘭苦苦尋找的墓石才被發現。

不料以徐慶蘭的墓為起點，一口氣發現了命運與徐慶蘭相同的兩百個墳墓。一九五〇年到一九五三年，國民黨當局以「匪諜」罪名，槍殺了四千名左右，長期監禁了八千人左右（這還是保守估計）。這就是著名的「白色恐怖」，指的是以「共產黨人」的罪名，大量秘密逮捕、拷問、槍決和投獄，造成長期風聲鶴唳、人人自危、互相懷疑、互相陷害自保的恐怖氣氛。六張犁公墓上兩百個孤墳，便是當年白色恐怖中遭國民黨處決後草草掩埋，四十年後才重見皓皓白日於今天。[2]

由於國民黨的長期反共宣傳，有人也許會說，既然涉嫌共產黨，被殺也沒辦法了。這是因為在國民黨宣傳下，很多人相信共產黨人是該抓該殺、死有餘辜的惡棍。

那麼我們就看看徐慶蘭是什麼樣的青年。他是佃農的兒子。由於家貧，學歷只有日據時代小學（公學校）的程度。他為人孝順父母、友愛兄弟。田裡的活，他幹得又好又快，村子裡出了名。農地改革前，地主把佃給他的田收回去，徐慶蘭到花生油坊當工人養家。他正直、勤勞，沒有任何不良嗜好，是一個品質很好的農村青年。

六張犁公墓的那兩百個墓石下，埋葬著不少像徐慶蘭那樣正直、有理想的青年。他們有醫生、有高等知識分子、老師、新聞記者，也有許多農民和工人。

這些人到底為了什麼而走在一起，前仆後繼，死而後已？

十九世紀中後，西方帝國主義將侵略的利爪伸向東方，伸向中國。我們台灣的淡水、基隆、台南和高雄四港，就是恥辱的《天津條約》下，和大陸許多港口一道被西方武力強迫開港。從此外國資本、商品和政治壓迫、經濟掠奪洶湧而至，中國淪為悲慘的半殖民地、半封建社會。而台灣則在甲午戰後淪為日帝完全的殖民地。

為了解救中國於危亡，許多仁人志士都在問：中國該怎麼辦？中國該往何處去？

這時，中國的工人階級認為，當時的中國，是由官僚資產階級（利用政治和國家權力，透過辦銀行、辦商業，利用財政權力等手段收奪自肥的資產階級）、買辦資產階級（為外國資產階級掠奪中國而分潤利益）和地主階級所統治，這是帝國主義下中國危亡的根本原因。因此，中國的勞動者認為，中國的工人和農民，首先要聯結成堅固的同盟，並且以這個同盟為中心，進一步擴大團結愛國的、反帝國主義的民族資本家、知識分子和市民，共同推翻代表上述官僚資本家、買辦資本家和地主階級的國民黨統治，建設一個由中國工人和農民階級所領導的新的民主自由的國家。

從一九二〇年代初，無數的中國工人、農民、知識分子……為了這個理想，投向了革命。一九四六年以後，越來越多像徐慶蘭那樣的熱血、正直的台灣青年也投向大時代的洪流。

就是這樣的理想、這樣的運動、這樣的人，長期被誣蔑為該殺該死的「匪」類。不因為什麼，只因為世界上不問中外的剝削者、掠奪者和既得利益者，對於工人和農民要求廢除人壓迫人、人吃人的傳統制度，建立由工人和農民和廣大勤勞人民當家的公平正義的社會這樣一個運動，充滿了刻骨的仇恨！因此，從二十世紀初開始，無以計數的，為了工人和農民的真正的解放，為了打倒帝國主義和封建主義，為了民族的自由與國家獨立，為了世界的和平、正義與進步而鬥爭的勞動者、農民、窮人、知識分子和各種社會運動家，在歐洲、在東方、在遼闊的第三世界，都不斷地遭到地主、貴族、軍閥、資產階級和帝國主義的警察、偵探、軍隊和法院百般偵查、秘密逮捕、殘酷拷打、問吊、投獄和槍殺……，並且對他們進行廣泛的誣蔑，說共產主義是危險的思想，充滿了殘酷、錯誤和陰謀。共產黨人是國家、教會、自由社會兇惡的敵人，卻往往戴著蠱惑人心的假面，因此必須加以趕盡殺絕。

然而，從二十世紀初，一個反對世界資本主義的體系，也就是一個反對世界資產階級對世界工人無產者的剝削體系的運動，亦即世界各被壓迫民族、被壓迫人民和被壓迫階級自求解放的運動，也就是國際社會主義—共產主義運動，不斷地在血泊中發展，堅苦卓絕、前仆後繼。到第二次世界大戰結束，大量殖民地半殖民地取得了獨立，對世界大資產階級和帝國主義者、殖民主義者造成巨大損失。然而，他們不但不甘於損失，而且變得更加反動和凶殘，在戰後世界範圍內，逐步強化對工人運動者、對民族解放運動者、對進步的知識分子、工農、教授、文化人進行全面的撲殺運動。而美國尤其在舊帝國主義英、德、法、義、日本各國在二次大戰中崩潰的戰後，「挺身而出」，成為鎮壓各國各民族工農運動的劊子手。到了一九五〇年六月二十五日，韓戰爆發，世界範圍內的資本主義和社會主義的對立，左右對抗，帝國主義和民族解放的對決，達到了高潮。在全球範圍內形成了資本主義和社會主義、剝削者和被剝削者的兩大陣營在軍事、政治、思想各領域的廣泛對抗結構。這就是世界冷戰結構。

一九四九年十月，經過二十多年的國共鬥爭，中國工人階級的新國家宣告成立。代表舊時中國官僚資本家、買辦資本家、地主階級和大資本家的國民黨流亡到台灣來，風雨飄搖，真是窮途末路，朝不保夕。

但一九五〇年六月，韓戰一聲砲響，美國為首的世界資本主義國家立刻宣布軍事干涉朝鮮半島的內戰。台灣海峽立刻被第七艦隊封鎖，美國宣布了支持、援助和鞏固國民黨在台灣的統治，悍然干涉中國內政，把台灣變成美帝國主義反對新的中國工人國家的軍事基地。

而恰恰就在美國全面援助、鞏固國民黨政權的條件下，在美國完全默許之下，國民黨不惜大量冤殺，不惜大量製造冤假錯案，展開了株連廣泛的政治肅清，進行廣泛的秘密偵捕、酷刑拷打、投獄和刑求。六張犁公墓上兩百個小小的墓石上，都刻有執行槍決的日期。其中絕大多數都在韓戰爆發的一九五〇年六月二十五日之後。換言之，國民黨這次凶殘的屠殺，完全是在美國軍事、政治、外交上毫不猶豫的支持下，肆無忌憚地進行的。

但如果我們把眼光放得更開闊些，我們會發現世界「冷戰秩序」的形成，正是韓戰前後數年的白色恐怖所譜寫完成的。一九四七年，在土耳其和希臘，美國占領軍和當地反動派殺害大量的「共產黨人」、民族主義者和進步工人與學生。一九四八年，美國麥克阿瑟將軍和韓國總統李承晚聯手在濟州島集體屠殺了七萬農民，以鎮壓左派農民的蜂起。在美國，反動參議員麥卡錫在韓戰後發動了清共恐怖，使成千上萬的工會領袖、教授、文藝工作者、文化人、科學家被調查，被迫離開工作崗位，言論、發表、思想等自由因「反共」名義遭到嚴重摧殘，逼得不少優秀的藝術家、知識分子流亡歐洲。在日本，韓戰後美國占領當局與日本舊戰爭派合作，從政府、高等教育、工會、文化傳播機關……大量清洗被視為共產黨人的社會主義者、工會運動家、農民運動家、進步知識人、導演、作家和教授、科學家，迫使他們離開工作崗位[3]。在南非，一直到今天，反對種族隔離，主張黑人平等的社會、政治、經濟權利者，大量以「共產黨人」的「罪名」被拷打致死、失蹤、判刑、殺害。在印尼，六〇年的一次反共肅清，殺害了三十萬人。在馬來西亞、在菲律賓、在中南美、在阿爾及爾、在非洲……成千上萬無從計數的人們，戴上「共產黨」的帽子被追捕、刑殺，至今不絕。因此，台灣五〇年代殘酷的白色肅清，還應該放在這樣一個世界史的框架上去認識，才能明瞭其中更深層的意義：世界上勤勞的人、貧困的人和在不公平制度下受苦的人，在自求解放的鬥爭之中，都面對著同樣艱難的命運！

那麼，台灣的勞動者應該怎麼理解台灣五〇年代的白色恐怖歷史，至此，也可以思過其半了。

（一）包括台灣的白色恐怖在內，世界白色恐怖的性質，是資本家、地主、殖民主義者和新舊帝國主義者為了鎮壓工人、農人和窮人起來反對人壓迫人、人剝削人、大國壓迫小國……而進行的暴行。無數工人、農民和進步的知識分子，為了工農勞動階級的解放和自由而英勇戰鬥，最後付出最寶貴的生命。他們是工人階級最忠心、最勇敢、最優秀的兒女。

(二)美帝國主義一貫善於以「自由」、「民主」、「人權」來裝扮自己。但全世界殘酷撲滅工農勞動者的暴力恐怖，無不在美國以經濟、軍事、政治、外交所支持的反共、法西斯、軍人專制政權的特工軍警所執行。台灣工人階級一定要從六張犁公墓事件中認清美帝國主義的真面貌。

(三)台灣白色恐怖，對工人階級而言，起到這樣的作用：

(1)白色恐怖的暴力所造成的威嚇作用，鞏固和確立了國民黨政權。這個政權，是過去騎在中國工人、農民、民族資本家、愛國知識分子頭上肆意壓迫，勾結外來勢力，荼毒中國的舊政權的延長。

(2)在美國強有力的支持下，在白色恐怖造成的威迫下，國民黨在台灣建立了高度獨裁的政權，以「反共」、「國家安全」的名義，進行周密的特務警察統治。這首先就以「保密防諜」的名義，剝奪台灣工人一切團結權、爭議權和協商權。發動勞資爭議，組織獨立工會的人，立刻會遭到老板、政府、特警指為「共產黨」，輕者約談，重者拘捕偵訊，工人階級毫無權力可言，在戒嚴體制下，幾十年來只能任外資、官資、私人資本任意壓迫與剝削。

(3)因此，一九五〇年後，台灣無法組成獨立自主的工會。國民黨、特務、工人叛徒、資方走狗全面掌控「閹雞工會」，不但對工人無益，反而成為資方和政府幫凶，加害工人的權利。數十年來，工人工作權沒有保障，生活水平跟不上，社會政治地位低下，成為資本壓迫下的工資奴隸。這一切的根本原因，是台灣利用白色恐怖，把工人運動、工人為促進自己的權益、改善自己的生活的一切活動和運動、組織，都打成「共產黨」，對工人階級進行嚴密打壓，來保證資本和企業的絕對利益。

(4)八〇年代中後，戒嚴「解除」。台灣資產階級為了繼續壓迫台灣勞動階級，目前朝野兩黨都在炮製新的白色恐怖，宣布台灣潛伏六萬個「匪諜」，要制定「間諜法」，企圖利用過去的反共恐怖製造輿論，在必要時重新展開反共白色恐怖，用它來繼續鎮壓、打擊台灣工人進一步為自己的生活、權益的改善所做的鬥爭，企圖使台灣工人在反共恐怖下永遠做資產階級和資本馴服的奴隸。

(5)回顧台灣的現代和當代歷史，工農階級運動興旺，工農勞動階級的社會、政治和歷史地位就高；反之，則淪為沉默、悲慘、無助、被人漠視的存在。一九二〇年代，在文化協會、農民組合、台灣共產黨、民眾黨、台灣工友協會的領導下，台灣工農勞動者意氣風發，創造過光榮的歷史。光復後，台灣工人階級在數量上空前增大，但因為白色恐怖的戒嚴政治，受到最全面的分化、壓服、愚弄、任人宰割。因此，我們要認識到：

a.「白色恐怖」，追根究柢，是壓服、摧殘和消滅工農勞動階級運動的暴力政治，對此，我們要有獨立、清醒的認識，對統治階級為「白色恐怖」所炮製的一切對工農階級運動的歪曲、詆毀加以批判，堅持反對舊的和新的白色恐怖。

b. 台灣工人階級是美蔣白色恐怖結構長期、直接的受害者，是台灣工人階級任人榨取、壓迫的沉重枷鎖。揭發白色恐怖的歷史、批判白色恐怖的輿論，是台灣工人運動重要的思想內容之一。

c. 台灣工農勞動者，在具體的六張犁事件問題上，基本擁護「台灣地區政治受難人互助會」和「五〇年代白色恐怖政治案件處理委員會」的方針和立場：

1. 以「廢除國家安全法」為終極目標。
2. 有關單位應及早開放並公布過去的政治案件處理檔案。附帶死刑者下葬地點。
3. 對冤案、假案、錯案應予賠償。
4. 對法外迫害（如對刑滿者、不起訴者任意拘留、監禁）應予補償。
5. 應即停止對前受刑人及其家屬的特別管制和歧視性待遇。
6. 應暫停六張犁公墓的遷移計畫，並撥地建塔安靈。

d. 勞動黨將堅定不移地，為了反對和防止朝野當局正在陰謀炮製的新白色恐怖而鬥爭到底！

初刊一九九六年十二月《勞動黨三屆全代會以來中央文件選編》（勞動黨三屆中央委員會秘書處編印）

1 本文按初刊版、參酌手稿校訂。根據文章開頭的時間線索，推定寫於一九九三年。

2 初刊版無「六張犁公墓上……白日於今天。」，此處據手稿補入。

3 初刊版無「，迫使他們離開工作崗位」，此處據手稿補入。

勞動黨關於一九九三年年底縣市長選舉的方針和立場[1]

一、國民黨在台灣的延命與發展

（一）一九四九年，中國工農階級為中心的中國人民，推翻了代表官僚資本家、買辦資本家、地主資本家的國民黨統治集團，建立了新的工人國家。國民黨倉皇流亡到台灣。

（二）一九五〇年韓戰，形成全球性資本主義陣營和社會主義陣營的冷戰構造。美帝國主義和世界資本主義、殖民主義國家全面干涉、侵略、圍堵社會主義陣營的戰略中，美國給予國民黨政權強力的政治、經濟、軍事和外交支持，對內以「白色恐怖」消滅工農階級的政治運動，對外反對與干涉新中國的工人政權。

（三）在白色恐怖的血腥暴力下，國民黨全面壓服台灣的工農勞動者，讓他們受官僚資本、外來資本和本地私人資本恣意剝削。台灣「經濟繁榮」的歷史，其實就是反共恐怖、戒嚴「安全」

的藉口下，工人橫遭壓榨、資本不斷肥大的歷史。

(四)從一九五〇年到一九八七年，四九年流亡來台的國民黨統治集團在台進行高度獨裁統治。它一方面壓服台灣工農階級人民，一方面用工農階級的乳血養大台灣各資產階級；一方面使台灣資產階級以分贓形式透過「地方自治」，分得地方上的經濟和社會利益。縣市長選舉，其實就是國民黨控制、安撫台灣地方士紳資產階級的手段。但國民黨統治集團，則絕對性地控制台灣政治、法律、政府、軍隊、財政、金融等部門，並以龐大「公營」基幹產業的控制作為自己的社會基礎。

(五)曾經日政時代的一九二〇年代到三〇年代初，高舉反帝、反封建、民族與階級的全面解散等旗幟而奮起、犧牲的台灣工農階級，也在一九四六年起，高舉反對國民黨官僚資本、買辦資本、地主資本，反對美帝國主義的主張而與國民黨進行鬥爭。不幸，韓戰以後，大量的台灣工農階級優秀的兒女，仆倒在國民黨白色恐怖的牢獄和刑場上，在美蔣聯手鎮壓下崩潰。

(六)台灣工農階級在白色恐怖中被壓服後，國民黨官營資本和台灣地主士紳的集團資本在美援下快速發展，以台灣工農階級的膏血肥大化而獨占島內市場。一九六五年，中小企業加工出口工業的資產階級興起。到了七〇年代初，他們以反國民黨、反共、親美親日的主張，以「黨外運動」之名，登上政治舞台，進行雖然政治上保守卻艱苦的民主化運動。一九七九年高雄美麗島事件後，這個運動逐步發展成反國民黨、反共、反社會主義從而反社會主義中國、親美日、主張台灣獨立的運動。但是，在反對國民黨法西斯獨裁，追求民主化、自由化的主張上，有一定覺悟的台灣工人階級曾經支持過中小企業資產階級的黨外民主化運動。

二、台灣本地資產階級的誕生

(一)一九八七年，蔣氏父子前後去世。由於過去近四十年間國民黨確實沒有像日本人一樣以國家權力刻意培植「外省系」巨大私人獨占資本，壓抑台灣本地資本，所以二蔣去世，四九年流亡來台的立監委、黨政軍特法政官僚體系迅速瓦解，而代表台灣本地大資產階級、財團資本、被外省人接收的官業資本、新金融資本和現代城市土地地主食利階級的「本土化」國民黨逐漸形成而確立。當前李登輝體制下，大量台灣大資產階級進入國民黨的黨、政、軍中央領導機關，成為所謂的「主流派」。而舊時蔣時代黨政軍官僚，在喪失或行將失去權利之時，淪為「非主流派」的上層。

(二)這「非主流派」上層，一方面不能忘情於昔日的風華，一方面捨不得放棄他們熟知的巨大的國民黨經濟資源，看不見必然沒落的命運，最後只能在歷史行進的腳步中淘汰。

（三）以李登輝集團為首的台灣大資產階級政權，正在全面進行在政府、黨和政權的奪權和改編過程。當前的「十四全」，將安排大量台灣大企業、大財團的代表進入黨中央。而今年年底縣市長選舉，國民黨將安排各地方金牛、士紳資產階級取得組織地方政權，以支配、擴大和鞏固台灣資本家、地主從中央到地方的權力和利益。

（四）台灣縣市長，是各地資產階級、士紳階級政治和經濟利益的中心。他們通過縣市政權，獨占各地方土地、房地產、土木建築、地方公路交通、農會、信用金融、特種營業的巨大利益，而形成李登輝政權在各地方的權力和階級基礎，是正在成形的台灣本地資產階級金權腐敗分贓利益的政權的基本單位。

三、民進黨的性質

（一）在六〇年代，黨外民主運動代表一部分沒有或拒絕被收編的台灣士紳階級和外省籍非黨民主人士的利益。

（二）七〇年代到一九八七年，黨外運動代表崛起於六〇年代初中小企業加工出口產業資產階級和富有的上層中產階級的利益。

(三)八七年以後，中小企業的利益轉向大陸的市場。民進黨的反共反中國而獨立的政綱與支持它的台灣中小企業資本發生根本性矛盾。目前，它代表富裕、反動、反共的台灣中產階級，主張反國民黨、反共、反大陸、親美日的台獨反共立場。

(四)因此，民進黨和國民黨在政治上相當一致：

(1)對待美日資產階級國家的政策上，兩黨都採取友好、奉承立場。

(2)對中國大陸，兩黨基本上都反共拒和。國民黨說要統一，是「反共統一」、「和平演變統一」，本質上是拒和拒統，和民進黨反共獨立，本質上一樣。

(3)在對待台灣工人階級的利益、對待工人階級權益上，兩黨基本上漠不關心。一旦工人階級力量壯大起來，兩黨都一樣會採取鎮壓態度。這是因為民進黨需要資產階級、老板們大量的金錢支持，來支持龐大開支。而民進黨越有機會取代國民黨統治台灣，台灣資產階級就越要用金錢投資民進黨。國民黨和民進黨都是台灣資本家、新興地主的政黨，他們本質上不會照顧工人、農民和窮人的利益。

(4)和國民黨一樣，民進黨反對工人階級的政治運動和主張——社會主義運動。目前國民黨和民進黨的鬥爭，僅僅是政權爭奪的鬥爭，而不是不同階級、不同利害、不同哲學思想的鬥爭。

（5）因此，一旦國民黨金權腐敗特權政治令人民失望而失去政權，台灣的財團、大資本家、大地主、大老闆很容易轉而支持同樣反共、親美、反工人運動的民進黨。到頭來，兩黨皆一丘之貉，對台灣工農人民，都沒有利益。

四、今年年底縣市長選舉對台灣工農人民的意義

（一）對國民黨而言，是台灣本地資產階級政權掌握縣市政權的一次選舉。台灣大資本家因李登輝取得「中央」政權，又在這次「十四大」奪取黨權。他們要在年底縣市長選舉中奪取和獨占地方縣市政權，藉此鞏固地方士紳、地主、資產階級的巨大利益。

（二）國民黨和民進黨在今年縣市長選舉中的鬥爭，是台灣資本家、地主、地方資產階級內部的鬥爭。它們誰勝誰敗，都是台灣資產階級內部事務，和台灣工農人民的階級利益無關，對改善工農人民的生活與利益都沒有幫助。

（三）不斷被腐化、金權化的台灣選舉制，是資產階級以金權金力購買權力的機制。因此，參與選舉遊戲，基本上是花大錢選舉當官，當官後以權謀利，把選舉花去的錢加倍拿回來的過程。一九八七年民進黨成立，逐步納入這昂貴的選舉機制，不但使民進黨漸失反體制性格而增

加了現行體制性，也迫使民進黨逐步納入金錢、賄選、貪瀆所包圍的資產階級腐朽政治之中。

（四）作為貧苦工農階級的政黨，我們基本上不迷信選舉，基本上認為台灣選舉是一套有錢人花錢輪流做莊，長期支配工農人民的把戲。工農階級永遠沒有足夠的財力和機會透過資產階級的選舉取得政權。

（五）在目前，我們應該立刻擺脫「國民黨－黨外或民進黨」的框架看問題，因為兩黨對工人階級而言，都是資產階級一丘之貉。因此，我們要保持清醒的頭腦，不在兩個資產階級政黨激烈競爭中和任何一邊站邊搞聯盟。不相信任何一方政治交換的諾言，被人利用。

（六）對新K連線[2]，我們固然要注意到它「反金權」、「反腐敗」、「反貧富差距」的口號，也要清醒地認識到它對過去在國民黨內曾經為虎作倀的歷史有沒有反省，注意到它反共、反工人階級的反動本質所造成的局限性。

（七）總之，勞動黨要堅守信守黨綱所規定的、自己鮮明的階級立場和歷史定位，不對朝野兩個資產階級黨寄予任何幻想，並且在台灣各資產階級為自己利益在地方選舉中內鬥時，不失去我們清醒的頭腦，不迷失我們揭發和批判的視野，保持我們獨立的立場。

（八）另一方面，我們要在這次地方選舉中進一步在廣泛的各階級人民中進行觀察、調查與研究，理解人民群眾面對金權、社會不正、腐敗、政局紛亂中的思想感情，廣泛聯繫在工運、婦運、環境運動、少數民族運動等社運領域中的個人與團體，擴大自己與群眾的聯繫，發展我黨的社會連帶，點點滴滴，積蓄力量，千萬不能喪失自己的立場，在群眾面前失去我黨獨立的政治與思想面貌。

我黨中央將在漫長的選舉前後時期，與大家保持聯繫，在選舉問題上，至盼我黨全員在認識與行動上保持高度一致。

初刊一九九六年十二月《勞動黨三屆全代會以來中央文件選編》（勞動黨三屆中央委員會秘書處編印）

1 本文按初刊版、參酌手稿校訂。手稿篇題作「勞動黨關於今年年底縣市長選舉的方針和立場」，對照初刊版篇題，推定寫於一九九三年。

2 即「新國民黨連線」之簡稱。

六、七〇年代華文小說討論會紀實 1

陳映真：首先，我讀過了廖咸浩先生的評論，覺得非常感謝；我們相差了兩個世代左右，基本上，他至少相當大的一部分理解了我的作品。一個作家的作品受到下一個世代的人的理解，是相當重要的事情；我感謝他這樣的理解，並對他這樣的理解，感到喜悅。比如說，談到我小說裡面關心的兩個主題之一——也就是在台灣的兩個族群，自一九四九年、五〇年以來台灣的中國人讓世居在台灣的中國人之間的關係的問題——他是第一個評論家，能夠看出我是從階級矛盾的觀點來詮釋所謂的族群矛盾。對此，我感到非常欣慰。

其次，我在參加這次會議時，看到別的作家對自己的作品都能夠侃侃而談：是怎麼寫的？要表現什麼？我覺得他們比我幸福多了。我有一個阻礙，談自己的東西感到很彆扭，很不好意思。長期以來，有些學校出過題目，要我談談寫作的歷程，我都毫無例外地拒絕過，但在此次會議中，卻幾乎不能躲閃地要我回顧自己的寫作經歷。以前，我曾經用另外一個筆名寫自己，這像面具一樣，是用第三人稱的觀點來說另外一個人，這個方法給我很大的啟示，於是便故計重施，用許南村的筆名，把陳映真當第三者去凝視，將它寫出來。我只是想寫陳映真這個人成長的歷程、他所處的時代跟社會。

在台灣戰後四十年的歷史，有個非常明顯的特色，就是國家民族內戰和國際冷戰兩個結構相交迭的時代。在中國，尋求「中國往何處去？」的運動，也就是中國工農階級運動，或者是無產階級運動、社會主義運動、共產主義運動，開始勃興。實際上，不管在台灣、中國、第三世界、全世界，這是一個非常重要的運動，影響了一個時代的思潮、藝術、文學，不管其是否建立過一個體制化的社會主義政權。可是在我們四十年的歷史裡，我們都假裝或真正相信，台灣跟這樣的運動無關。這是不對的。在這一期的《聯合文學》（一九九四年一月號）有我的一篇報告文學，花了我一個多月的現地採訪，記錄了台灣「省工委」在苗栗山區宣言最後崩潰的那一段歷史，不但是真實存在的，也是另外一些論述者所無法想像的故事。我像是一個頑皮的小孩，忽然看見另外一個故事、一個事實，或者像愛麗絲一樣，一跌跌到不同的世界。由於時代的變化，很慶幸地，我有這樣的自由及可能，把這一段我所體會到的台灣戰後不一樣的遭遇寫出來。這是第二點。

第三點，廖先生在文中也很注意地提到：外來的勢力或帝國主義對台灣社會所造成的影響。我要補充的是，像聶魯達那樣的作家，在死之前，都不太相信由帝國主義殖民化所分割出來的疆界——他的祖國是整個遼闊的中南美洲。可是，我們不能否認一件事情：帝國主義殘留下來的東西，起到極大的作用硬生生地把非洲、中南美洲，按照帝國主義的方式，分割成幾個所謂的「國家」，但當帝國主義結束，或形式上結束的時候，其所留下的矛盾，對自己母體文化的破壞，依然存在。我以這樣的觀點來看台灣的四、五〇年代，雖然民族的分裂是外來的勢力，或冷戰、內戰結構的殘留物，在台灣的歷史上非常明確產生了從未有過的反民族體制。我個人覺得這是在外來勢力影響下，一個民族所受到的傷害，留待有心人加以克服。

另外，我想談一談廖先生提出的一個非常有趣的觀點，就是中共（中國）已有「帝國」的相貌，我了解他的說法和一般的不一樣。現在有一些流行的詞法，認為中共對台灣運行帝國主義的威脅：實際上，帝國主義有社會科學上嚴肅的定義。資本主義發展到高度的國家獨占資本主義階段，工業資本和金融資本結合起來，對外輸出資本，劫取別人的勞動力、資本和原料。如果，今天我們不把兩岸的經濟關係，看成是一個民族內部的分工的話，帝國主義恰恰是台灣而不是大陸，是資本從台灣到大陸去奪取超廉價的工資下的剩餘，財富是從大陸流向台灣，而不是相反。我並非要和誰爭辯，但是用「帝國主義」這個名詞時，最好還是回到比較嚴肅的、科學的定義。我深刻了解到廖先生這種提法和一般的不同，我只不過是由他的論述裡，觸發一些感想而已。

第四點，這幾天碰到許多朋友，非常懷念少年時候，施叔青、黃春明、尉天驄我們聚集在明星咖啡屋的日子。每個人一生當中的幸福之一，就是有那樣的時日，年輕人邊喝咖啡邊等印刷廠把書印出來，看著還有熱噴噴印刷油墨味道的小說，別人的小說寫得那麼好，真是衷心高興，捶人家的肩膀，說：「你這傢伙這篇寫得真不錯。」像這樣的日子，我覺得非常幸福。我的一生有兩次這樣的經驗，一次是我們一起在辦文學刊物，一次是我將屆不惑之年，因為創辦《人間》雜誌，和年輕人相處四年難忘的歲月。我特別感謝姚一葦老師，因為當時年輕，對自己寫作並沒有很大的信心，再加上思想的矛盾，我曾經單獨地去找他，吐露內心的苦悶。寫完一篇小說，就迫不及待地打電話給姚老師，很興奮這篇寫得不錯，第二天跟他約好之後，就覺得很怯，這種東西怎麼拿給人家看呢？……到了他的辦公室，簡直拿不出手。不像今天的年輕人要我看文章，都指定好了的，他告訴你什麼地方好，你一定要看出來，甚至要寫個序。怎麼兩代之間會差這麼多？畢竟成長的過程不太一樣。

我跟春明兄不一樣。春明兄寫作時像一個多產的媽媽，不斷地懷孕，隨著嬰兒的長大，他會眨眼睛、會動、有表情，然後出生了，我們就一起看到那個嬰兒。我這個人比較懶，需要有人鞭策，是尉天驄兄不斷地打電話提醒我：「這期的要交了，不交不行，要住到你家裡去了。」沒有他這樣的鞭策，我想我的作品會少非常的多。感激在這段時間內，給我友情、教育、啟發的無數的朋友，一直到今天，還可以聽到這樣的聲音：陳某人，你別的東西人家都可以替代，唯獨你寫的作品無法替代，還是繼續寫吧！我理解這是真正愛護我的朋友，藉這機會向他們表示謝意。

其次，目前的台灣文學有一些論說，有的論說是好的，是否層次能更提高一點，把台灣文學論提到更科學的面向，更具社會科學或文藝批評的水平，不要停留在道德論跟感情論的階段，這才是我們的福氣，而不是僅僅是粗糙的感情論層次，這樣對大家都沒有好處。

廖咸浩：今天我剛搬家到淡水，東西放下後，立刻趕來開會。搬家意味著開始有一個新的天地，找到新的天空和海洋——我之所以提到這點，在當年我首次讀到陳先生的作品時，也有類似的感覺。他引導我進入一片新的領域：就像陳先生剛剛講的，當年他進入那個世界時，好像愛麗絲撞進一個完全不同全新的世界。我們那個年代的年輕人在讀陳映真先生的作品時，多多少少都有一種強烈的激動，回想起來，當時不大能夠分辨。像讀〈我的弟弟康雄〉，感動得落淚，這似乎只是年輕的本能。過了這麼多年回頭看而且用很學術的眼光來看，是因為我在他的作品裡面，一方面看到了慘白，一方面又從慘白裡面看到了熾烈的紅色；在台灣裡面看到了憧憬中的中國。換言之，用一種比較學術性詞語來講，包括我和同輩分的朋友，都從其中作品看到了他對於階級宰制關係和民族宰制關係非常動人的處理。尤其是他早期的作品，特別予人這種感覺，作品中強力的張力是很多當年流行的作品中所看不到的。

雖然連陳先生對自己的作品都有這樣的批判：只是中產階級的自剖而已。好像沒有很積極的意義。但我認為，略帶殘缺的作品特色，反而能讓我們強烈地感受到裡面的力量。陳先生晚期的作品，可以說是比較 P. C. 的，也就是politically correct，政治上非常正確。就立場來講，我們完全沒有辦法挑剔，但總是覺得比以前的作品力量稍微弱了一點，這當然不是我個人的創見，只是有同感。這就跟搬家有關聯，剛搬去新家時，覺得非常新鮮，是一個新的天地，有新的天空可以飛翔、新的海洋可以航行，可是住久了之後，就會忘記這曾經是一個新的天地，已經開始慢慢的定型化。

從我的視界所看到的陳先生的轉變過程，就如他個人描述的，是一種邊緣人到另外一種邊緣人的過程，而這些過程都跟社會主義和民族主義有關係。以前，他之所以成為邊緣人的原因，只是比較單純的文學體制的壓迫，但現在他再一次成為邊緣人的原因，可能比較複雜，就是他受到了兩種挑戰：第一個挑戰跟社會主義有關係，就是後冷戰時代；第二個挑戰是和中共霸權化的現象有關。我現在開始避用「帝國主義」這個詞，用「霸權化」描述比較精確。事實上，在冷戰時代還沒結束之前，對馬克思主義的反省已經開始了；到了新馬克思主義、後馬克思主義出現時，在文學評論裡再度提出對於普羅英雄樣板化的問題。這個問題過去在張大春先生和唐文標先生的對話中，有一個很精彩的呈現——唐文標先生提到他（張大春）把勞動階級的人物醜化了，而且講話也不真實，沒有覺悟。重要的是「醜化」勞動階級這個問題——是不是在描述勞動階時，就一定要「美化」它、「理想化」它、「浪漫化」它？這是社會主義、寫實主義學派寫作流派很嚴重的問題。這個問題在接近後冷戰時代或現今後冷戰時代時，可能更嚴重，因為大家看得更清楚。可以這樣說，一些弱勢論述，包括女性主義論述，都可能有這種現象。就是將內容所描述的弱勢者，給予浪漫理想化的形象。所以我提出的第一個問題是：創作本身的力量與其影響力之間的關係是什麼？

第二個問題，我大致在歸納一般人對陳先生作品的看法。對於台灣勞動階級的本質化問題，至少陳先生在〈萬商帝君〉中，已經多多少少注意到了。陳先生的作品裡面，絕大部分比較美善的階級，還是定位在農村傳統純樸的中國人，這一批人可能真的是在消失之中，這樣的現象對陳先生造成怎麼樣的衝擊？也就是他以後要如何去尋找那一個他所謂的「原出的中國」，那被宰制階級的原型。在傳統的中國農村勞動階級逐漸消失的過程裡，陳先生對此應如何重新出發？另外，就是關於民族主義的問題。剛才陳先生對資本主義的定義，有他的描述方法，我利用「帝國主義」這樣的詞彙，但說的是霸權化可能越來越明顯。這是一種相互的關係：台灣對大陸經濟的影響，具有強烈的帝國主義味道，和西方的經濟體系是一貫的，關係緊密的；中共對台灣則有一種軍事或文化上強烈的霸權心態。在這樣新的形態之下，陳先生對本土原先的定義真現在很流行的「本土定義」之間，開始形成了一種張力。這是我作為他的仰慕者，以及多年來一直關心他寫作生涯的讀者，非常有興趣的議題。

陳映真：這是一個很難得、非常有意思的對話，我從他提出來的問題中，感覺到他的善意。在善意下討論問題是比較有意義的。

首先，台灣基本上沒有無產階級文學的問題。嚴格來說，無產階級文學起碼要有一個條件：就是他所描寫的主人公，不管他是什麼階級背景，總要有這樣的信念，要有階級的自覺，而且他覺悟到這個階級可以創造明天的世界，透過他們的團結和鬥爭可以創造歷史。我自己界定自己的小說，是帶有一點進步性的小資產階級的文學，還不算是真正的事有黨性的文學作家，所以基本上還沒有將農人、工人美化的問題。這是第一點。

第二點，常常有人問我，夜行貨車跑到南部了，那又怎麼樣？這就好像說：娜拉出走了，那又怎麼樣？也許她被老鴇騙走了，淪為妓女也說不定。這恐怕是另一種層次的問題。夜行貨車往南邊是或是走向群眾，都只不過是一種象徵，作者不一定對階級或台灣的南部，有很大的期望。

另外一個問題，雖然他沒說得很清楚，但我個人覺得比較重要的是，中國社會主義運動變化的問題。總而言之，我對於鄧小平開放改革以後的趨勢，是表示憂慮的，中國工農聯盟是否存在？工人階級勞動力重新商品化、大量農村階級再分化、從農民轉變為現代都市出賣勞力的無產階級、童工、女工、婦女重返廚房……等問題。反過來說，中國的革命的確成就了很多民族至今未有的成就，可是我們為了提高民族的積累，犧牲了相當大的一部分，我覺得這是比較深刻的問題。我擔心的不是這些，而是中國是不是有一部分的社會科學對這個問題進行自由、科學、客觀的研究。

談到中國的霸權化，我跟廖先生的意見就比較不太一樣。與其說是霸權化，不如說是反霸的熱情或者立場比過去弱了很多。在毛澤東時代，還有革命外交；沒有革命外交，中國進入聯合國就不會引起第三世界國家那麼大的喜悅。中國為了資本累積、為了當前權宜之計，犧牲了這些原則，支持被壓迫人民、支持黑種人民的鬥爭。與其說中國已經走向霸權，那它是在某個特定的範圍，在蘇聯垮台以前；蘇聯垮台以後，中國可以說唯一稍微能制約帝國主義在國際獨斷的國家。中國從鴉片戰爭後，沒有自己的國防，自此開始有自己的國防。說它是霸權化，還需要比較細緻的討論。

最後，他提出一個非常好而且深刻的問題，就是台灣文化論述方面的混亂。就台灣獨立論而言，並不是爭吵就能解決的。目前在社會科學界、文學理論界裡有一個非常重要的課題，就是針對台灣社會性質論展開一個比較科學的討論。台灣的社會史，到底從荷蘭人一直到明鄭、清朝，是什麼性質的社會？是中國人壓迫台灣人的社會，還是有另外的解釋？像這些，沒有社會性質論也就沒有文學論。文學應該寫誰，應該怎麼寫，應該寫什麼？對我個人來說，是比較難解決的問題。我希望，一方面把文學評論提得更高一些，不管用什麼方法論。另外，從左翼來說吧！台灣社會論、台灣社會構造體論、台灣社會性質論或台灣社會史論的建立是極為迫切的，沒有這樣的論述，就沒有辦法比較科學地來討論台灣的歷史、社會的內容、文學文化的方向。

李昂：我有一個問題請教陳映真先生，也是長久以來的疑惑。陳先生習慣以「許南村」的筆名寫評論文章。在〈後街〉一文中，敘述「二二八」事件，寫一個外省人被打，總有一個台灣人被抓；不知是蓄意安排或平均分配：只要有一個外省人被打，就一定會有一個台灣人被關。作家陳映真先生讓我心悅誠服，覺得真是兩岸作家的第一人，我不認為他對台灣本土有所「虧欠」；但是針對評論家許南村而言，我卻發現他在處理政治事件上的取向上，對台灣人不大公平。「二二八」死掉了不知多少台灣精英分子，我覺得不是用一個外省人夾雜一個台灣人的方式就能解決的。

陳映真：我無法很精確地掌握你的問題，我不知道你是不是認為二二八事件中外省人殺了更多台灣人，而我只是把它分配平均：外省人死一個、本省人也死一個。假如是這樣，這是一個誤解。我對「二二八」有不同看法。簡單地說，當你把鏡頭focus（對準）二二八事件時，會發現很多台灣人被殺；當你把focus往後拉時，同樣的，一九四六－四八年時期，全中國類似「二二八」的事件，不知道有多少。一九四五－四九年的台灣社會，主要是重新再編入中國的半封建、半殖民地的系統。「二二八」的前一年，台灣有過一次很大的學生運動，聚集了兩萬人，就是所謂沈崇事件，當時首次提出「Yankees Go Home!」(「美國佬回家！」)的口號，自此之後，台灣從來沒有這類口號。示威者也高喊「中華兒女不可辱」。這與一般人的想像不大一樣；當時主要是反對內戰、希望民主的生活、地方自治等——「地方自治」則是國共兩黨在「雙十會談」時所訂下的要求。

實際上，主要的問題是從什麼角度看一九四七年的不幸事件？是階級之間的矛盾還是兩個民族之間的矛盾？如果把它看成是階級之間的矛盾，就不會有台灣人、外省人的分別。分類不是以省籍來界定，這是我基本的想法。陳儀政權，從上層建築而言，代表著當時中國的大地主階級、官僚制度階級、買辦階級、大資產階級。這樣的一個政權，這樣的體制，不僅在台灣有反人民的效果，在全大陸上也是一樣，否則百萬大軍就不會撤退到台灣來。

黃春明：我要提出的問題和李昂有點不約而同。剛剛，陳映真回答廖威浩的一句話，令我覺得模糊和誤解，希望能有更詳細的說明，廖教授所說的大陸已經帝國主義化，或者說是霸權主義化更恰當：但陳映真先生的回應是：大陸若是帝國主義的話，台灣更像，比如台商到大陸投資的情形。所謂帝國主義者，船堅砲利，是對準別人門口，強行將之打開的，像英國、美國、德國、蘇聯。台灣地區也好，大陸地區也好，都遭受過殖民地與半殖民地的經驗。如果把目前台灣到大陸投資的情形也比喻成帝國主義的話，我個人覺得並不恰當。簡單地說明：台商能到大陸投資，一方面是大陸的統戰；二方面是台灣中小企業走到末路，台商就像打棒球的外野手，一個訂單打過來，在台灣已經接不到了，高飛球飛到大陸，他們就跑到對岸去接，在那裡設廠，因為大陸有接球的條件。這是種經濟結構的形成，並非台灣本身有條件成為帝國主義者。

尉天驄：今天我們開會很輕鬆，討論四〇年代到九〇年代，但是當年我們寫作的時候，並不是很輕鬆。映真當初「進去」（編按：指陳映真因「民主台灣同盟」案坐牢一事）時，我們沒有想到他會出來。我常說要好好珍重，如果能活到六十歲要慶祝一番。到現在，我還常跟映真、春明辯論，我跟映真說，如今日子過得比以前好啦，你老婆也非常漂亮，可不要再胡說八道了吧，最好不要再寫共匪了。

但是我們常想的一個問題：從四〇年代到五〇年代全世界處在「熱戰」、「冷戰」的時代，無論中國人、台灣人，都很不幸——兄弟相殺、互相猜忌，管它二二八、二二九，老實說都是悲劇。現在這個年代，大家說是「後冷戰時代」，有人就說：「唉呀！和平了！」映真、春明常問我：後冷戰時代和平了嗎？我們的孩子都長大了，他們的時代是否比我們的更好呢？可能飽受大砲長槍驚嚇的戰爭沒有了，而另外一種「吃人不吐骨頭」的戰爭又來了。大家都記得在「明星」的時候，大家常為寫的文章爭吵，尤其是春明這傢伙，脾氣一不好，就要跟人家打架。但那時候，大家都是一個心，到底中國往哪兒去？台灣往哪兒去？我們應該往哪兒去？當時，我們叫春明作「八等生」，因為七等生一天到晚失業，春明也經常失業，小孩生下來後，他每天只有五塊錢給太太買東西，於是就不停寫作。幹什麼呢？我們在思考應該怎樣活下去？現在想來，都已經過去了。

如果沒有解嚴，今天開會，說不定有人會說：陳映真早就應該槍斃了，黃春明應該捉去關。但現在卻很輕鬆。雖然我不贊成映真的很多看法，關於未來應當如何發展等。但是有一點，還是映真所看到的，台灣社會惡化的妙地皮、炒股票、炒選票的風氣，一直蔓延下去，將來怎麼辦？映真比較響應社會主義的道路，但在這方面，我主張我們不必爭吵政治的問題，大家應該在這個環境中繼續誠懇地寫作。

陳萬益：今天這個研討會相當感性，而且是最後一場。如果大家肚子不餓，我建議主辦單位稍微延長時間，讓大家再繼續講下去。我還是想讓陳映真先生講幾句話。我第一次看到陳先生，是在民國六十六年，鄉土文學一場很關鍵性的座談會裡面。陳先生是在座聽眾，應邀起來講幾句話。記得他的第一句話是，「哎」，嘆了一聲，然後說，「我是愛國的」。這句話到現在都令我非常感動。那時候我所看過的陳映真的小說，及他的神情、講話的聲音，至今都不會忘記。今天，第二次在現場聽到陳先生演講，我一樣地感動；陳先生的演講確實是最具感性與魅力的。可是討論會中，偶爾有那麼幾句話，譬如說，他批評現在台灣文學的論述，沒有站在社會科學的角度；以及在鄉土文學論戰時候延續過來的、經常使用的「分離主義」字眼。

這個時代，這個時候，我們能夠這樣溫馨地回過頭看四〇年代到九〇年代，台灣文學裡有成就的作家——這是個多麼好的時機，大家一起來關心、開創更好的台灣文學作品，更好的文學論述。但是，在這樣的過程中，卻常聽到陳映真先生一句、兩句的「分離主義」的批判。我不知道，是不是可以丟棄這個名詞，以正式的評論與研究，結合各種觀點，不管是統或獨，都無所謂，讓我們台灣文學的評論、創作或研究，有個更輝煌的前景。

王浩威：我剛剛很猶豫，想舉手又不想舉手，我自己感覺，也許就像張小虹所講的「焦慮」，很容易陷入一種自戀自秘的情緒中，不管這種自戀自秘的情緒來源何處，不管這個認同的大的對象是什麼，可是馬上會感受到：無論我現在再提什麼問題，勢必會二分法。大家都知道要用科學的方法來思考這個問題，但真正面臨時，又無法實行。陳映真先生在〈後街〉的文末提到：「面對著兩百座英靈的墓石，他有這謙遜的誓約：堅定、珍愛地守住他『後街』的半生給予他的啟發和教育，在學習和劇作上爭取較多、較大的成績。」事實上，陳先生是非常一貫地在思考這個問題。我很擔心，或很懷疑，或很猶豫的是，這個一貫的信念是否就是真的唯物的，辯證的？舉個對立的例子來說，比如西西，她就是用不斷認知的過程，不斷地在強調「變」的過程，而施叔青，即使她寫的是一個香港人的大論述的歷史，她在不斷認同方面，反而沒有像陳先生這樣的約束，而是無所謂的、勇於去面對各種不一樣的認同。

我在西西或施叔青的作品中看出，她們對於認同的問題，有一種有意無意的唯物辯證的態度。

施叔青：我以為老遠從香港跑來是參加一個文學會議，沒想到十幾年來台灣的文學變化這麼政治化，這是令人很訝異的，也覺得很惆悵。今天早上齊邦媛先生在開幕詞上就強調把政治和文學分開，剛剛王浩威講，張小虹講：我有認同混淆的問題。我從鹿港到台北，從台北到紐約，紐約到香港，到目前為止，我住過三個島。台灣是最大的；紐約曼哈頓島比香港大；台灣又比香港大；香港是最小的島。雖然他們都把我歸為無根的人，東飄西盪的一個女鬼，張小虹評論我的文章〈祖母臉上的大蝙蝠：從鹿港到香港的施叔青〉文末說：「『何處是家／何處不為家』，在藝術創作、地理位置與心景圖像上，施叔青應該可以心甘情願地為異鄉永恆的異客，只因在放逐的路上，漂流最遠的往往是離家最近的一種方式。」張小虹非常文學式的演繹，我沒有辦法接受，因為我覺得我的家在台灣，我是台灣人，而且引為豪。我還要回家，也許是我的娘家，可是是我的家。

陳映真：首先我感謝這麼多朋友對我的發言表示關切，真誠地相信每一位發言人都沒惡意。當然在這樣的口頭討論裡面，難免有一些誤解，我盡可能地把話說清楚。

我剛才說一般人提到中國是一個帝國主義國家，蔣介石政權是一個帝國主義政權，台灣是蔣介石政權的殖民地，這樣的說法禁不起社會科學的分析。我們都知道，在蔣介石背面撐腰的是誰，如果台灣是一個殖民地的話，跟日據時代有些不同。日本總督後面還有代表日本獨占資本的日本帝國政府。日本在台灣的總督府，以國家的權力，在台灣拓展日本的獨占資本，像三菱、三井透過各種糖業資本、土地的獨占，透過法令壓抑本地貴族，不讓台灣的資本成長，然後吸取大量的剩餘資本到日本。這是一般殖民地的規律，我們都很容易了解的。

現在要說明的是李登輝上台後，一個台灣人的本地官商資產階級國家實際上已經形成，過去我們所咒罵的國民黨已經蒸發了，可是，我們的社會科學界、政治運動在講「國民黨」、「國民黨」，我認為是一個缺陷。其實，兩位蔣先生去世後，國民黨已經不存在了。李登輝政權，從「陽光法案」的立法過程，我們可以看出的的確確是土著的、非常富有的官商階級業已經形成，不管台灣是否獨立，對那些階級來說，已經出頭天了。國民黨已經不存在了，它已經蒸發了，只有看板還在。

另外，我剛剛並不是說台灣是一個帝國主義的經濟，當然不是。帝國主義的經濟，首先它是一個獨立的經濟，但台灣的經濟並不獨立。台灣的經濟發展，一般學界可以接受的說法是依附性的發展，用洋鬼的話講是dependent development，它的發展是很多外來因素介入的結果，比如美援的的支配。我剛剛說的是，如果說是帝國主義者，我們從社會科學的觀點來看，一定要主張台灣跟大陸是兩個民族、兩個國家的話，如果是在這樣的條件下，那麼帝國主義恰恰是台灣，而不是大陸。

反面來看，我認為這是一個民族內部的分工。以台灣經濟史來說，從一九四五年到一九五〇年，台灣經濟和大陸經濟有所聯繫，而且出乎台灣獨立論者的說法——總是覺得台灣的經濟高於大陸——當時的經濟生活告訴我們，事實剛好相反。

一九五〇年韓戰爆發，兩岸絕對分離。台灣在國際冷戰和內戰的結構發展中依附於美國，為了包圍中國共產黨，先提出「反共復國，強兵主義」的發展策略，然後成為一個依附性發展的台灣。這樣的一種依附，使得台灣的資本有三大部門：公營企業、美援、國民黨和國家政權扶植起來的財團資本。一直到六〇年代，才有所謂的「媳婦」型的加工出口業和中小企業資本。第三類資本由於沒有和中國國民經濟、中國的民族經濟發生任何資本累積的聯繫，它的資本累積和擴大再生產的過程，一直是跟美國、日本向外聯繫。所以陳玉璽先生有一個研究，認為台灣沒有民族資產階級，台灣的中小企業資本是依附於日本和美國而成長的。所以它不像菲律賓的民族資產階級那樣，對於外來的資本有矛盾的抗衡情緒，反而是統一面多於矛盾面。跟日本合作的，比較親日；跟美國合作的，比較親美。

一九八七年，我覺得從台灣經濟史來說，發生極大的變化。台灣資本主義，特別是中小企業資本主義擴大再生產和資本累積的過程，頭一次和中國民族經濟發生結構性的關係，而且這關係不斷在擴大中。

如果不把二者當作是民族內部的分工的話，那老實說，資本向大陸輸出，然後在那裡以超低工資來吸取勞動剩餘，這當然是帝國主義。雖然這是社會科學主義的分類模式，但我認為它只是暫時情況下的民族分工。所以說到帝國主義，台獨派的朋友應該想到這一點，因為他們認為這是兩個民族、兩個國家，而台灣恰好是帝國主義，財富是從大陸流向台灣，就像是第三世界國家的財富是流向中心國家，而不是相反一樣。

另外，王浩威很希望我們這代人不要老是搞現實主義，寫人民、寫工農兵、左派運動。實際問題在於我所關心的歷史具體的存在完全被湮滅了，我覺得我不是說我有什麼艱深的使命感，只是不小心掉進歷史的漩渦，我看到歷史的整個過程，我認為應該寫，應該關心這個。

我身為作家，應該被容許擁有自由，而不是說：「唉，你早期寫得比較好。我比較喜歡你早期的作品，末期的寫得不好。」我想這都有點太尖銳了，你應該讓他自由發展，讓他變或讓他不變。這是作家自己的權利。我想學術和文學有一個共同，公平的地方，是「好不好」算數，不是「變不變」算數，寫得好不好是首要條件。說這個人很會變，七十二變，我想不僅要變，還得要好。這是我提出解答的二點。

那麼另外一個問題是，一般說法：政治和文學應該分開。這是非常善良的願望，特別是被政治打過棍子的人，這個願望特別大。我挨的棍子不可謂不輕。可是我還有一個比較理性的認識，特別是殖民與半殖民地，甚至新殖民地國家或者社會，老實說，文學永遠離不開政治。

三〇年代台灣的作家，台灣的左派運動者從第一線上退下來的時候，首先退到文學的陣線。這就是所謂「第一次鄉土文學論爭」的問題，第一次的普羅文學、文化的運動，是從火線上退下來的左翼悍將們，用文學的形式進行爭論，因為是左派，其特點就是對文學藝術的不在行。說到鄉土文學論戰也是一樣，用社會科學的角度分析，它就是一種政治論爭。大陸在解放前與解放後的論爭，無疑都是政治上的論爭，這是沒有辦法的事情。問題在於，如何把論爭提升到比較好的層次，不要還沒進行到三分之一就去丟帽子：你是左派、共產黨、工農兵……等。我覺得這樣的論爭就非常沒有品質，傷害非常大。

企求文學和政治分離是一個值得尊重的善良願望，可是它並不是十分具體的東西，我要求的，不是文學與政治分離，而是兩者結合得比較好，比較科學，比較符合社會科學與文學中較高的論述層次，而不是僅僅停留在「台灣人出頭天，中國人欺負台灣人」的層次上。

現在有一種說法，認為日據時代是好的，皇民文學是好的，為什麼？僅僅是因為它讓我們覺得我們不是中國人。我常常跟台獨的朋友說，就算台灣民族要形成它的歷史，也要挑光榮的歷史作定讞。你可以不要當中國人，可是你也可以不要當日本人，不能說皇民化運動給我們最大的遺產是，讓我們覺醒，原來我們不是中國人，我們也可以不是中國人。

以現代流行的詞彙「後殖民」來講，上頭的講法也說不過去。全第三世界沒有一個自主的民族，不以反省的心情回顧殖民時代深切的傷痕。不能因為討厭中國、憎恨中國，就把一切責任推到它身上。我覺得到時候吃虧的是自已。我的意思是說，我們可以有統獨不同的立場，可是在論述上面，要稍微用功些。台灣在過去不幸的政治體制下，都沒有機會做出一個比較好的論爭，爭論一開始就分你是統派、獨派，是共產黨、工農兵。這是非常傷痛的一件事。好的論爭，是可以使我們知識的累積得到很大的豐收。

比如說一九八〇年在韓國展開的「韓國社會構造體」論爭，一直論爭到一九八七、八八年，戈巴契夫出來後，才稍微沉寂下去。這個論爭使得韓國的社會科學有極大的收穫，科學地認識自己的社會性質和構造有很大的發展。我們希望，將來如果有論爭的話，應朝這方面走。

事實上也不必諱言，所謂鄉土文學跟台灣文學有什麼差別呢？概括的說，鄉土文學是我們親身參與的；很清楚地，它針對的是外來的文學，說得誇張一點，是反對帝國主義的文學、殖民主義的文學，外來的，透過中心國家販賣進來的文學。這樣的論爭其實在整個第三世界都有，在菲律賓、馬東西亞以及廣泛的第三世界都有兩種文學，一種是用英文、法文寫的論述，讀英文的paper還帶點倫敦體。這點我們比不上別人；另外一種就是掙扎地用自己民族語言來寫的文學。其實不應把問題的焦點老放在台灣，而應該把焦點量在全世界，這樣才可以看得更深遠。

實際上鄉土文學論戰是「文獻猶在，遺老未死」，是很容易查證的事情。台灣文學的爭論則是針對中國文學，它千方百計要與中國文學切斷；它當然可以切斷，在理論上也可以發展。可是不要發展到說，我們離開日本的距離比離開中國的距離還要近。這是我的一些感受。

初刊一九九四年十一月時報文化出版社《從四〇年代到九〇年代：兩岸三邊華文小說研討會論文集》（楊澤編）

1 本篇為「從四〇年代到九〇年代：兩岸三邊華文小說研討會」第三場討論會「六、七〇年代」上半場現場紀錄。研討會主辦：《中國時報》；時間：一九九四年一月八、九日；地點：台北市誠品書店敦南店；與會者：陳映真、廖咸浩、李昂、黃春明、尉天驄、陳萬益、施叔青、王浩威；記錄整理：鍾靈。本文篇題為編輯所加。

祭文[1]

一九九四年二月二十日，五〇年代白色恐怖受難人家屬、五〇年代政治案件處理委員會、台灣地區政治受難人互助會、勞動黨、勞權會、夏聯會等各單位同人，和台灣政界、文化界、文藝界著名人士，敬奉香花和素果，際此南國春日，聚集在台北市六張犁公墓，向去年五月在公墓發現的兩百名五〇年代政治肅清中的受害人，以及截至目前具體查出姓名、案情的千餘名同時代受害人的英靈，焚香默禱，表示我們最深沉的哀思和至為崇高的禮敬。

一八四〇年代，帝國主義的砲艦東侵，台灣和祖國本部同時被迫恥辱開港。從這一天開始，一直到抵抗一八九五年台灣割日的農民游擊蜂起，一直到割日後一九一〇年代無數的武裝抗日起義，台灣人民為了反抗東西帝國主義，做了前仆後繼，犧牲苛重的、正義的、民族主義和愛國主義的鬥爭。

一九二〇年代，隨著國際被壓迫人民反抗運動的發皇，隨著全世界殖民地．半殖民地民族民主運動的展開，台灣人民的反帝鬥爭進入了全新階段。台灣文化協會、農民組合、民眾黨和台灣共產黨，結成了廣泛而有效的共同陣線，開展了反對日本帝國主義，追求民族解放和振興中華的鬥爭。一九三一年，日本開始了侵攻中國大地的軍事和政治行動，台灣和反日抵抗運動遭到全面鎮壓，運動潰敗，志士投獄，個別的人在獄中和出獄後含恨瘐死。

一九四五年日本戰敗，台灣光復，祖國統一。一九二〇年代以降，關於中國未來的道路，中國的仁人志士在封建主義、官僚資本主義路線和新民主主義變革兩條路線中，進行了長期理論的、政治的、軍事的激烈爭論和選擇。從一九四七年開始，台灣人民優秀的兒女，也積極參與了祖國當時這個巨大爭論和選擇。一九四七年二月蜂起事件之後，以新民主主義改造和振興祖國的民族民主運動，在島內有了蓬勃的開展。

而您們，正是這一波牽動了全中國人民的救亡運動中，在台灣，把一生只能花開一次的青春，獻給了激動的祖國的一代英華。

一九四九年末，一個殘酷撲殺政治異己的肅清運動在台灣展開。由於指導層的嚴重錯誤、變節與失敗，機關遭到致命的破壞，同志和群眾株連廣闊，仆倒在血腥的刑場上。一九五〇年六月，韓戰爆發，美國侵略艦隊封斷海峽，在美日兩國反共結托下，民族分斷形勢被固定下來，使得劊子手更肆無忌憚地展開恐怖的肅清。約莫三千人在馬場町殞命，八千人投獄。新民主主義變革運動在台灣遭到了毀滅性的打擊。

您們一代熱血和青春的歷史，四十年來，被冷戰的烏雲和濃霧深深地湮沒。然而恢恢天網，疏而不漏。六張犁公墓荒煙蔓草中出現的兩百個墓石，竟在四十年後，以滔滔的雄辯，訴說了這慘烈的歷史風雷。

靈其有知，魂兮歸來！為了使台灣人民當家作主，過上幸福的日子；為了反對苛酷獨裁的統治，爭取人民的民主權力；為了戰勝內外之敵，振興中華，您們獻上了壯烈的青春，流盡最後一滴血，英勇地倒了下去。您們是真誠的愛國者，是民族優秀的兒女。您們將永遠活在我們心中。

悵望雲天，哀哉尚饗！

約作於一九九四年二月

本文依據手稿校訂

1　本篇發表於一九九四年二月二十日「五〇年代白色恐怖受難者春季慰靈大會」。

我寫劇本《春祭》

我平生寫的第一個劇本《春祭》，就要在三月十四日假台北市國立藝術館演出。對我，這是破天荒第一遭的事。

我寫過小說，寫過隨筆，寫過散文，但沒有寫過嚴格意義上的詩，也沒寫過劇本。還是個文學青年的時候，台灣的詩壇儘是「現代派」的作品。我從思想上排斥「現代主義」，寫過文章批評過「現代主義」。至於戲劇，我和戰後成長的一切人一樣，演出與觀看戲劇的生活十分貧乏。戲劇作為文藝形式，在戰後台灣，一直很不旺盛。後來明白，國民黨很怕戲劇。除了政工性舞台和劇團，台灣的戲劇基本上不發展。戲劇創作和演出被捏得很死。

一九八六年吧！人間雜誌社和日本石飛仁先生「事實的劇場」合作，在台灣演出了「報告劇」，名為《怒吼吧，花岡！》，我自己和一些年輕朋友參加了演出。

二戰末期，日本帝國主義在華北強擄民伕，押赴日本各廠礦當奴工。在飢餓、虐待和苦役中，每天死亡者數十人。有耿諄者領導密議蜂起，發動自殺性的抗議蜂起。事敗。刑死者又百餘人，耿諄隊長被判死刑，適逢日帝戰敗，免死於千鈞一髮，遣返大陸。

日本和平主義的文學家和藝術家，將這一段可歌可泣的反抗暴動，寫成報告文學，刊行木刻連環圖集。石飛仁則編成「報告劇」在日本流動演出，目的都在使遺忘歷史罪行、飽食傲慢的日本國民面對民族集體的犯罪記憶，引為戒鑑，誓永不再啟侵略戰端。

依我的體會，報告劇和報告文學有很多相似之處。兩者都在題材與內容上受到實人實事的嚴格限制，在文類上卻是文學（戲劇、小說）的一種。兩者都主張表現歷史和生活中矛盾的核心，讓讀者或觀眾認識生活和歷史的本質，從而興起改造生活與歷史的思想與實踐。但兩者稍微不同的是報告文學盡情使用一切文學表現的手段，但報告劇卻有意識地排除一切表演和塑造舞台幻覺的手段。

這次寫《春祭》，在形式和技巧上做了一點變化。我用古典的「合唱隊」（chorus）——一群歷史的使女代替報告劇中的主要敘述者。我也加入了簡單的表演。加入一些場外聲效。加入獨白。但我保留了報告劇中的現場照片和歷史照片的幻燈投映。

戲是從歷史的使女登場開始的。她們風聞六張犁公墓上出現了二〇一座屈死於五〇年代白色恐怖刑場的英塚，感歎歷史事實雖被湮滅一時，但終能大白於天下。她們到公墓去採證和記錄，從墳場中呼喚出來當年心懷壯志，少年橫死的鬼魂們。於是徐慶蘭、黃逢開、張添丁、張伯哲和張志忠的亡靈陸續出場。他們以獨白、對白的方式，道出一段被強權湮滅的悲慘、壯烈的歷史；一段激烈的青春；一段艱難的生與死的抉擇，一段對於所愛者最深的執念；一段不辱志以生，寧慨然以赴死的決心，以及求死不得，含垢倖活，度著自懲的煎熬與痛苦的餘生……。

對於五〇年代白色恐怖的歷史，勢將繼二二八事變的歷史之後，成為我們社會關注的焦點。我常常想，對於這段淒厲的歷史，我們再也不要握拳揮舞、怒聲抗議。我們要的是深刻的歷史學和社會科學的研究，以及從苦難中昇華結晶的文學、藝術和電影作品。

一九九四年三月十四日，「五〇年代政治案件處理委員會」等開催的「綠島夜曲文藝晚會」，便是以審美的形式，通過創造和文藝，共同安慰、反思和昇華這一段悲淒無告的風雷的一個演出。這也是為什麼《春祭》寫成一個具有「祭儀戲」(ritual play)意義的劇本的緣由。我虔敬地把這齣戲獻給民族的國殤，既以慰一代英靈，亦以向廣泛苦難的遺屬道一聲由衷的「辛苦」。

最後，我對導演鍾喬，對人間民眾劇場的年輕演員和職員們一個月來的辛苦，表示衷心的感謝。《春祭》特殊的內容和形式，《春祭》演出的特別環境，使你們的一切努力在我的心中長誌難忘。

一九九四年三月

初刊一九九四年三月十三日《中國時報・人間文學》第三十九版
收入一九九五年八月行政院文化建設委員會《春祭》

春祭[1]

——歷史報告劇——

註記

幻燈

腳本

〈1〉

人物：

歷史使女甲

歷史使女乙

史甲：我們是兩個歷史使女，風聞台北市六張犁公墓上，出現了五十年代初一場政治屠殺中的兩百個屈死者的墳墓，我們就知道，歷史又要彰顯他的正義。

註記

幻燈

腳本

史乙：那是多麼叫人敬畏的正義啊！

史甲：我們看得太多了。一場巨大的自然災變，可以把一個文明完全掩埋在密林和曠野之中。

史乙：暴君以屠殺證人、湮滅證據、曲筆偽造，來湮沒一段犯罪的歷史……

史甲：但考古學家往往為我們解讀出一段古代的罪案與沉冤。一場易代革命，會揭發前朝黑暗的隱秘。

史乙：當重見天日的犯罪文獻，被謀殺者的屍骨和倖存證人出現，就會在歷史的證人席上大聲控訴。

史甲：是啦！時日已到，到六張犁去。當歷史從暴君的鐐銬解放，當一個歪曲和謊言的歷史結束，一個新的歷史時期就等待展開……

史乙：我們就得忙著聽證、調查，忙著紀錄和論述。

註記

幻燈

台北市六張犁公墓，「第一」、「第二」現場。

腳本

史甲：走！我們，到六張犁公墓上去。

（幕前繞行）

（音樂）

（幕啟。舞台陰暗）

註記

幻燈

腳本〈2〉

人物：
歷史使女甲
徐慶蘭的亡靈
歷史使女乙
黃逢開的亡靈
張添丁的亡靈

史甲：是什麼鬼使神差，
讓暴君為他刀下的屍體
豎立墓碑，留下罪證？
讚美吧！這就是歷史可敬畏的正義！

史乙：時日已到。讓被湮滅荒丘四十年的亡魂起來說話！

註記

幻燈

腳本

歷史來採取他們的證言！

（音樂。以下史甲史乙一邊說一邊在舞台上揚撒冥紙）

史甲：讓一切鎖鍊和枷鎖斷裂。

讓冰冷、沉重的大地洞開。

史乙：讓奈何橋變成希望和真相的通衢大道，

讓遺忘之川乾涸，叫歷史的記憶巨細不遺！

史甲：醒來，台灣勞動人民的好兒女。時日已到，歷史專程來傾聽你的證言。

史乙：起來，中華民族的好子孫。時日已到，歷史來採集你們的申訴。

（揮動仙撣。揚灑冥紙）

（音樂。效果）

（史甲乙在舞台中揮動仙撣，在暗中退）

註記

幻燈

徐慶蘭遺照。

曾梅蘭[2]與其他前政治犯整頓六張犁公墓現場。

曾梅蘭哭墓之照片。

腳本

〈3〉

人物：

徐慶蘭之亡靈

徐慶蘭：我是徐慶蘭。苗栗縣銅鑼鄉人氏。一九五二年八月八日，和黃逢開哥命斷馬場町。

去年五月，下著傾盆大雨的那些天，我的親弟弟阿梅蘭終於找到了我的墓塋。

沒過幾天，阿梅蘭和一群老同志、老難友全來了，在這塊拋荒四十年的墓地上割草、找墓，終於讓他們找出了兩百個身屍不曾回家的同志們……

那一天，阿梅蘭，你在墓碑上認出了我的名字，你哭了。我就站在你的身旁。我也哭了。可是心裡是高興

註記

幻燈

腳本

的。四十年了。阿梅蘭，你來得真好。

我知道，這幾十年中，你始終不曾忘了我。沒有你四十年來堅心決志，為了找我這幾根骨頭，尋尋覓覓，今天，這兩百把屍骨也不知要被沉埋到幾時！

阿梅蘭，你來得好啊！哥哥，想念，想念你呀！

（掩面）

（音樂）

（腳光。黃逢開）

註記

幻燈

黃逢開遺像。

腳本〈4〉

人物：

徐慶蘭之亡靈

黃逢開之亡靈

黃逢開：我是黃逢開。苗栗縣三灣鄉人。一九五二年八月，和徐慶蘭同一天在馬場町上絕了命！

（趨徐慶蘭）

我說，阿慶蘭，你莫要傷悲。你我都有一個有情有義的兄弟，倒是要欣喜才是。

徐慶蘭：逢開哥！

你說得很對。上公學校，我和阿梅蘭兩個窮苦佃農的兒子，中午只能一個便當共著吃，一點點蘿蔔乾炒蒜

註記

黃照片OFF

幻燈

腳本

花，兩兄弟讓來讓去。

那一年宣傳「三七五」；但是地主家卻搶先來退耕我們的地。我和大哥打工，老三打柴，阿梅蘭跟阿爸當學徒，小小年紀，幹泥水匠養家。

我們抓起來了，槍斃了，阿梅蘭無緣無故也抓起來，關了十年。可他一點也不怨。這些年來，尋尋訪訪，想找的就是我們這幾把骨灰屍身。

黃逢開：早在一九四九年底，黨機關被全面破壞，我就不能不離開我那一窮二白的家，在三灣、獅潭山區裡勞動，開闢基地……四、五口人的生活重擔，全落在我弟弟阿逢銀身上。

那一年，我們在七古林山區的香茅油廠隱蔽。消息傳來，逢銀叫人帶走了，你記得吧？

徐慶蘭：記得。你背著別的工人流淚。你說，現在家裡能幹活的，只剩下一個還在上小學五年生的妹妹。你怕養家的重擔會把妹妹壓死了。可是你說，要苦就苦一家，苦到了底，破了家，斷了根，也要翻掉這吃人的社會，讓千家萬戶苦命的人，再不做牛做奴，過上像人的生活。

那時候，我陪著你流淚，但心中卻充滿了力量。一樣是窮苦佃農的兒子，偏是你就那麼明白。早聽說，公學校一年生到六年畢業，你都第一名。

黃逢開：苦命的孩子會讀書，有什麼用？直到有一天，我在山腳下一家小雜貨鋪遇到了老彭。這不就跟你在花生油坊見到老羅一樣嗎？他們為你講大陸內戰的形勢，講蘇聯、美國、日本的時事。他們介紹大陸土改的情況，帶你參加窮人的讀書會……讓苦命的人增長了改變生活、改變世界的知識。看吧！那不是張添丁嗎？

註記

幻燈

情報局祕密檔案有關張添丁案一頁之照片。

腳本

（腳光。張添丁）

徐慶蘭：正是他。一個車間工人出身的支部書記。

註記

張頁OFF

幻燈

吳思漢照片。

吳思漢〈追慕〉一文剪報影印照片。

腳本

〈5〉

人物：

張添丁之亡靈

徐慶蘭之亡靈

黃逢開之亡靈

張添丁：我，張添丁，台北市人氏，鐵路局台北機場的一個工人。

一九五〇年十月，在馬場町上喪了命！

一九四七年起，吳思漢和李水井常來鐵路局台北機廠和機務段。吳思漢，台南人，日本京都帝大醫學部出身。光復那年，他在《新生報》上發表〈追慕祖國不遠千里〉，描寫他如何在戰爭末期從日本取道朝鮮，經

註記

幻燈

情報局秘密檔案上「李水井案」頁照片。

腳本

東北，入重慶，尋找祖國，參加抗日，這文章震動了台灣讀書界。

就是他，改變了我的命運。吳思漢說，窮人要起來創造和改變歷史。他說，結束黑暗、腐敗的中國，再造一個光明、幸福的人民的祖國，就要靠我們中國的工人，靠祖祖輩輩受苦和遭人羞辱的人。

徐慶蘭：一九五二年我們被送進了看守所，吳思漢、李水井的名字就在受苦的押房中流傳。

張添丁：李水井是台南縣人，死時才三十一歲。日本山口商專出身。他領導的「學生工作委員會」，犧牲了十幾個醫學士和大學生，三十幾個台灣各大專院校生送進了長期監牢。

黃逢開：牢房裡還流傳著郭琇琮、許強這些閃亮的名字。

註記

幻燈

郭琇琮醫師遺像。

許強醫師照片。

腳本〈6〉

人物：

徐慶蘭之亡靈

張添丁之亡靈

黃逢開之亡靈

張添丁：郭琇琮，台北帝大醫學部畢業，士林名望家門的兒子。許強，台北市人，台北帝大醫學部出身。

徐慶蘭：日本人醫學老師說，如果將來有東方人獲得諾貝爾醫學獎，那個人一定是許強。這是一九五二年我進了押房時還在傳頌的故事。

張添丁：比起我們受苦的佃農，這些人要求名、求利，每扇門都要為他們開啟。但他們卻為公平幸福的社會，為了振興祖國，背叛了自己的階級和家門，和受苦的人們走到一塊。

徐慶蘭：進了押房的那年，看到多少才二十出頭的大學生。他們有的和我一樣背著一個待決的死刑判決，卻每天唱歌、說笑，教窮苦失學的佃農的兒子講普通話，教咱們寫信，為咱們寫答辯狀。

黃逢開：他教我們唱好聽的歌，唱〈祖國進行曲〉：

（OS：我們的祖國有多麼遼闊廣大，它有無數田野和森林……）

徐慶蘭：還記得〈什麼花兒開〉這隻歌嗎，那些大學生教的。

（OS：山上的荒地是什麼人來開？
地裡的鮮花是什麼人來栽？
……）

註記

幻燈

腳本

〈7〉

人物：

黃逢開之亡靈

張添丁之亡靈

黃逢開：那時我們身上都掛著沉甸甸的死刑，每天就寢的時候，都會想，感謝這一天，讓我的心臟繼續跳動，使我能給失學的同志補了課，從文化更好的同志學了知識；感謝這一天，我又盡情地唱了〈國際歌〉，讓我更加理解到，當「奴隸們做了天下的主人」，當「鮮紅的太陽照遍了全球」，人類會變得更加文明而幸福；感謝這一天，如果明天凌晨劊子手來點了我的名字，就因為多了這一天，讓我更加明白，一個人的毀滅，如

註記

幻燈

腳本

何在廣大人民的勝利和祖國的復興中永生……

張添丁：我的組織在一九五〇年三月遭到敵人破壞。六月初，抓走了六十多個人，組織全毀。在黑牢裡，酷刑拷打呀！又聽說韓戰爆發了，強盜們眉開眼笑，展開了更加肆無忌憚的逮捕，一波又一波同志們被押進了黑牢……我心如刀割，前途中看不見一絲希望。

拷訊終了，送進了看守所，被捕以後第一回聽見年輕同志們熱情洋溢的歌聲。他們歌唱對黑暗和暴力的嘲笑，歌唱對爭取勝利最堅定的決心，歌唱對光明和幸福的渴慕……

我淚如雨下呀！我的心便又自此重新躍動起來了。那首歌這樣說：「原野是長遍了荊棘，讓我們燃燒得更鮮紅；天空是布滿了黑暗，讓我們飛躍得更英勇……」[3]

註記

幻燈

馬場町清晨照片。

腳本

黃逢開：到一九五二年，牢房裡的歌越來越多了。那年八月八日凌晨，我和阿慶蘭被帶出去，被卡車連同五、六個人送到馬場町。比起押房來，那是一個涼爽的清晨。草地上偷偷地閃爍著發亮的露珠。當他們為我矇上眼睛，我竟清晰地聽到同押房一個小姜的歌聲。

（ＯＳ：我們的祖國多麼遼闊廣大，
它有無數田野和森林。
我們沒有見過別的國家
可以這樣自由地呼吸……）
我傾聽著這歌聲，心裡切切地想念著我那勞苦一生的阿爸、阿媽，想著親愛的弟妹，直到劊子手們的槍聲響起。

（ＯＳ：槍聲大作，突然寂靜。）

（眾拭目，作淚下。音樂。燈暗。）

註記

這張照片
尚未找到

幻燈

希臘（或土耳其）
戰後新聞照片。

腳本

〈8〉

人物：

歷史使女甲
歷史使女乙

（燈漸明、歷史使女甲、乙在腳燈中顯現）

（煙雲。音樂）

（舞台暗。幻燈：六張犁墳地）

史甲：一九四五年，二戰結束。分別以美蘇兩國為首的兩大陣營，快速升高了緊張對立。

史乙：早在一九四七年，美國在土耳其和希臘，替代英國充當政治警察，和當地右派政權合作，殘酷捕殺成百上千的左翼工人、農民、教師、學生和黨人。

註記

幻燈	腳本
麥克阿瑟與李承晚合照照片。	**史甲**：一九四八年，麥克阿瑟將軍和李承晚聯手，在南朝鮮濟州島集體屠殺了要求民族統一的農民。
美軍在韓戰戰場之照片。	**史乙**：一九五〇年，韓戰爆發，世界冷戰達到了高峰。美帝國主義以聯合國名義介入韓戰，並且武裝封斷台灣海峽，一面登陸仁川，直逼鴨綠江岸，窺伺中國東北。
人民解放軍渡過鴨綠江照片。	**史甲**：十月，人民解放軍渡過鴨綠江，兩戰美軍，把美軍打回三十八度線南。
	史乙：韓戰推高的冷戰，在所謂「自由世界」，到處引燃了政治異端撲殺的狂潮。
麥卡錫參議員照片。愛因斯坦，歐本海默，卓別林等人照片。	**史甲**：一九五〇年，美國麥卡錫參議員展開反共整肅，剝奪了無數美國科學家、戲劇家、電影導演、大學教授的人格權和工作權。

註記

這張照片尚未找到

幻燈

日本左派人士「公職追放」新聞照片。

蘇卡諾照片。

蘇哈托前將軍照片木刻。反美大遊行。

美國星條大旗。

腳本

史乙：同一年，麥克阿瑟和日本右派一道，把進步作家、知識分子、社會活動家、工、農運動家大批趕出公共生活，鞏固天皇制，培植保守、親美政權。

史甲：一九六五年，反共親美印尼軍人蘇哈托，推翻蘇卡諾政權，以清共之名，捕殺六十萬人，血流成河。

史乙：在亞、非、拉大地上，爭種族平等、爭工農人權、爭世界和平與進步、反對帝國主義的人們，都被反動派和帝國主義者扣上共產黨人的帽子，被國家暴力非法逮捕、拷問、投獄、處決的事件有增無已。

史甲：在人類漫長的歷史中，從來沒有見過這樣的時代，全世界分成非楊即墨的兩大陣營，互相醜詆、對抗、仇恨和鬥爭。

史乙：大國的利益成了扈從國的利益。霸權的邏輯強加於嘍囉國的邏輯。為了豪強國家的利益和邏輯，跟班的國家統

註記

這張照片尚未找到

幻燈

蘇聯國旗。

美國國旗。

國共內戰社會混亂照片。

情報局祕密檔案「張伯哲案」頁。

腳本

治者不惜付出民族分裂、同族相仇、兄弟相殘的代價，謀一黨一家的私利。

史甲：骨肉同胞互相造謠、醜詆。同一個母親所生的兄弟，互相輕賤和怨毒。

史乙：祖國美好的河山，在外人指使的內戰中化為焦土。民族優秀的兒女，在外人供給的匕首下被拷問、刑殺，投入黑暗而漫長的牢獄……

史甲：悲愴啊！您們這一整代激動而苦難的魂靈……

（音樂，簫音，甚悲戚）

史乙：英雄的魂靈，莫要傷悲，說吧！受苦的靈魂，說出四十年的沉冤和積恨！

（舞台燈漸明。歷史使女揮動仙撣。雲煙作）

（張伯哲的腳光漸亮）

註記

張照片OFF

幻燈

腳本

〈9〉

人物：

張伯哲之亡靈

黃逢開之亡靈

張添丁之亡靈

張伯哲：我是張伯哲。廣東潮州人。一九五〇年十二月，他們把我拖出去馬場町，在我的胸膛上開了兩槍。去年五月，是簡照子在六張犁公墓上找到我的墓碑。善良的簡照子她哭了。她還記得我在獄中對同志們瞎鬧的話。來日誰活著出去，誰就到我墓上燒香。簡照子真就去買了冥錢和線香。

黃逢開：我進到押房，你已經走了兩年。可是你的種種，一直

註記

幻燈

腳本

在押房裡流傳。張伯哲，中山大學出身，在台中一帶農民中，他看來就是個本地莊稼人，講一口流利的潮州話轉過來的閩南話。他們都這麼說。

徐慶蘭：你把整個中部地區的佃農、教員、學生都組織起來了。你留給你堂上老人家的遺書，有人偷偷傳抄。你說：

「星星之火，可以燎原。如今，星火果然把中華大地燒得遍地火紅！」

張伯哲：從偵訊室送到看守所，判定了死刑，心境反倒安泰。那也算豪言壯語吧。吹牛皮的，哈哈……

但是，當你還受著無窮無盡的拷打時，哦！那是什麼樣的日日夜夜……

（OS：木棒重擊身體之聲。哀號聲。從口鼻強灌冷水及呻吟聲。哀號、尖叫、喘氣聲。）

註記

幻燈

腳本

（OS：何苦一定要遭這皮肉之痛。你們的頭子蔡孝乾全說了。天早塌了，你怎麼頂？頂不住的，說了吧！哈……）

（OS：政治問題，政治解決嘛。要法律解決，光憑老蔡供出這麼多你的材料，現在就可以把你拖出去槍斃……）

（OS：他媽的，拖出去！跟共產黨講什麼道理！）

（毆打聲，呻吟聲。FO，音樂FI↓FO。）

張伯哲：你感覺到一個巨大的牆，正在無法挽回地崩塌著。你忍受著酷刑拷打。你咬緊嘴巴，除了血水，你堅決不讓一個同志的名字，一個機關的地址、一個約定的時間，從你破碎的嘴巴中流洩出來。

但是，當你終於明白，機關是從上而下遭到破壞，當你知道竟是老蔡自己垮了，洪幼樵、陳澤生全變節了，當你知道自己最信賴的同志被敵人運用，被敵人培養成最致命的線索和內應，在冷酷無情的拷問中，強

註記

幻燈

腳本

大的失敗主義向你最脆弱的人性，發動最凶猛的進攻。

張添丁：天地蒼茫，卻只剩下你一個人孤獨無依地面對著敵人的獰笑。在拷問中，你才知道，有些同志早已被捕。眼看著一個一個掉入敵人的陷阱，你連瞎編口供的時間都沒有。你五內摧裂。你痛苦、絕望，感到萬念俱灰……

（亡魂皆掩面，涕泣樣）

（音樂）

黃逢開：經過保密局的拷問室幾個月的煎熬，轉送到軍法處看守所，人是早已有了必死的決心。出了幾回表面文章的審問庭，果然是「二條一」起訴。每天清晨，你看著同志們從別的和自己的押房押解出去，走向刑場，你的心境反倒有一種奇異的平靜。

註記

尚未拍到

幻燈

夏日稻田傍晚（落日）照片。

腳本

徐慶蘭：是的。那心境就彷彿做完了一天的工。像是該割的稻都割了。像是該插的秧苗全插好了。夕陽西下。仗打完了。勞動結束了。你安靜地抽著菸，等待天黑，黑到伸手不見五指，黑到螢火蟲在田梗上畫著閃亮的圈圈……

註記

幻燈

腳本〈10〉

人物：

張添丁之亡靈
徐慶蘭之亡靈
張伯哲之亡靈
黃逢開之亡靈

張添丁：這時候，他們每個禮拜只准許你寫一封信回家，字數不准超過兩百個字。阿爸、阿媽都是文盲。寫給弟妹代讀吧！寫來寫去，無非是，說在獄中生活一切都好，身體勇健；說孩兒不孝，讓父母擔憂；說弟弟妹妹要努力向學，報效民族和國家。

張伯哲：許多小伙子們寫信給未婚妻，給新婚不久的妻子。裡

註記

幻燈

葉盛吉遺照。

腳本

頭的人拚命說生活好、身體好，要外面的人不要擔心。外面的人說她也一切安好，說一定堅貞不二，等人回來。裡面的小伙子一遍又一遍讀著這樣的信，一個人流淚。明明知道沒有活路，卻捨不得把真相告訴外頭的人。

徐慶蘭：也有人老婆、親人全斷了消息，一個人孤單地被憲兵帶出押房，走向馬場町絕命的凌晨。

張添丁：李水井案有一個葉盛吉。台南新營人。他新婚不久被捕時，妻子已懷有身孕。

在他絕命前不到兩個月，他的妻子為他生下了一個男娃娃。和他同囚一室的人都說，葉盛吉當了父親的喜悅，幾乎使他忘記了背在他身上的沉重的死刑。

一九五〇年十一月十二日，他寫了這樣的一封信給從未見面的嬰孩兒子，在獄中傳抄著：

註記

幻燈

葉遺書真跡照片。

張棟材遺照。

腳本

（ＯＳ：見了你的照片，我的心中不知道怎樣的高興。

在當天夜裡，我睡不著。

我不信，毅兒，大漢、眼睛、鼻子、嘴都像我嗎？

我很幸福。

我們雖然沒見過面，我們雖然生活在兩個世界裡，但是

我因了你，在這不自由的鐵窗裡，得到了愛和希望！

……我盼你今後不斷地給我送來愛，望，光和信！……

毅兒，你聽！媽媽的搖籃歌，乖乖在你媽媽的懷裡睡

吧！）

寫信後的第十七天，十一月二十九日，這葉盛吉被帶去那絕命的刑場。這封信是他用領帶綁在腰身，在家屬領回屍身時，傳到家屬手中的。

黃逢開：嘉義青年張棟材，把他的遺書寫在一面白布上，縫進被鋪裡，請不死的同志送回家裡。他的遺書有這幾句，

註記

幻燈

張遺書真跡之照片。

邱連球遺像。

邱遺書真跡照片。

腳本

我至今不忘：

（OS：父母親鈞鑒：

兒一九四九年五月……參加革命先鋒隊（共黨）後……從事台灣人民解放運動，組織了『台灣青年民主自治革命促進會』。

……兒奔走革命，流離外鄉，歷三年之寒暑……在此臨別之時，思及雙親……兒不能盡反哺之義，……自慚悲憤，斷腸如割肺腑。……兒之宿願在人民解放也，惜乎中途挫敗，竟不能眼見祖國之長成與繁榮矣！然人類之前途已充滿輝煌之光明，懇請父母親切勿悲痛……）

徐慶蘭：屏東人邱連球的遺書也在獄中傳抄著。他留給三個孩子們的欲言又止的遺書說：

（OS：孩子們！咱們的身雖隔南北，但精神上始終是一起的，因為你們時常都在我的懷中！一九五三．三．二三）

註記

幻燈

遺書真跡照片。

遺書真跡之照片。

腳本

邱連球明確知道時日不多。同一天，他寫給他的家人：

（OS：能得與你們成一個眷屬，是我最感快慰的一件事。因

為，你們常會使我感著有無上的親愛與謝意。我願咱

們的心心永遠相印。）

寫最後一封遺書，他顯然已經聽見了死神叩門的聲音。

他把他內心中對親人骨肉之愛，傾倒湧泉而出，吶喊出

他對親人無限的眷愛。

（音樂開始）

（OS：我愛你們！永遠——

以我真誠的愛，永遠——

非此一時，非僅一日，非只一年，

而是，永遠！）

（音樂）

（眾亡魂掩面）

腳本
〈11〉

人物：

張志忠之亡靈
徐慶蘭之亡靈
張伯哲之亡靈
張添丁之亡靈

徐慶蘭：邱連球在一九五三年三月被劊子手帶走。我和逢開哥是前一年八月初。我和逢開哥都沒有結婚。但邱連球那對人世家眷極為親愛之情，也溫暖了我們走向刑場的道路……

張添丁：那時候，押房裡流行著一句簡潔有力的話：「futoku mijikaku」。

註記

是日本話，「短小粗壯」。二十出頭就要面向死滅。命雖然短促，但不足可惜，只要活得有意義，有內容，活得結結實實，不曾辜負一顆少年頭顱，又何足惜！

幻燈

情報局祕密檔案

有關「張志忠案」照片。

腳本

（此時高台上腳光漸明漸亮，照出張志忠遠眺的形象）

（眾屏息）

徐慶蘭：啊，你們看！

張伯哲：張志忠同志！

徐慶蘭：他，他就是嘉義人張志忠同志？我聽說他到過我們苗栗三灣……

張伯哲：是他。台灣省工委四個領導人，就數他一個人至死不屈！

張添丁：在保密局，他被刑得體無完膚，刑得脫去了人形。為了保護同志和機關，他受盡最凶殘的酷刑。他，是張，張志忠，同志！

註記

幻燈

腳本

（張添丁掩面）

張伯哲：他的夫人季雲也犧牲了，留下一個獨生兒子，也不堪社會政治的歧視，二十出頭，上吊自殺。

多少年來，張志忠已經成了黨人戰鬥，勝利和至死不屈的光榮的精神象徵。

（張志忠腳燈大亮）

（雲煙起。音樂）

張志忠：好同志，你們再別說張志忠如何如何了。

張志忠是個凡人。他也有缺點，他也會失敗。

我黨在歷史上遭遇了兩次毀滅性的破壞。一次是王明路線。另一次就數是我們台灣省工委。

對我們台灣來說，這次的破壞，把日據時代以來艱難發展的反帝民族民主運動的遺產，付之一炬，是一次慘痛的損失啊！

註記

張幻燈OFF

幻燈

腳本

美帝國主義的艦隊封斷海峽，形成了祖國長期分裂局面。這只是一方面。但省工委領導部門的嚴重錯誤，不能辭其咎呀！

幾十年來，倖活下來的同志們，日子過得十分艱難。幾個準備好要死、決心要死的同志，被大形勢所迫，含垢忍辱而生，內心痛苦，有誰知道？

這是省工委領導部門的責任。省工委對不起同志們！

我，有連帶責任！

（低頭，吞聲）

張伯哲：張志忠同志！

（眾掩面）

張志忠：每回我們有人被叫出押房，送到刑場的時候，押房裡就唱一首歌，送我們。

張伯哲：歌叫〈安息歌〉，叫人難忘的一首歌啊！

註記

幻燈

腳本

（OS：安息吧！親愛的同志，別再為祖國擔憂。
你流著血照亮的路，我們繼續向前走。
你是民族的光榮，你為真理而犧牲。
冬天有淒涼的風，卻是春天的搖籃。）

張志忠：可是這個祖國，這個世界，依舊叫人牽腸掛肚。這十年來，世界發生巨大變化，變得一時叫人不好理解了。但千條萬條，只要存在著非人性化的過程，就會有為恢復人性所作的鬥爭。對於受苦的人，對於被剝奪的人，對於承受屈辱的人，「解放」與「自由」，永遠是最激動人心的戰旗嘛！

（眾趨前，仰視張）

張伯哲：張志忠同志！

（音樂）

（張腳光漸弱）

一九九四年三月

註記

幻燈

台北市六張犁公墓英塚現場照片。

腳本

（舞台漸暗）

（歷史使女甲、乙上）

註記

尚未找到

幻燈

國共內戰照片。

美國星條旗。

腳本

〈12〉

人物：

史甲

史乙

史甲：當日本戰敗，台灣復歸中華。

一場聽不見砲聲的內戰，在台灣島上擴大。

史乙：中國走封建主義、官僚資本主義的道路，還是走新民主主義變革的道路？

史甲：台灣青年壯烈地回答了民族提出的選擇題，

以一生只許開花一次的青春，

以熾熱的鮮血和赤裸的肉身，

同鐐銬、酷刑和劊子手的手槍激辯。

註記

幻燈

美國國旗。

木刻，酷刑拷打圖。

六張犁墓地，close up

腳本

史乙：在星條大旗飄揚下，啊，
強盜們進行一場趕盡殺絕的大屠殺。

史甲：他們把成千個屍體連同一整段歷史湮滅封埋，只留下恐怖和謊言，瀰漫在島嶼上。

史乙：讚美歷史的正義吧！
是她教黑暗的大地，吐出兩百具屍首，見證四十年前駭人的罪行！

史甲：敬畏歷史的審判吧！
是她讓兩百座不語的墓石，高聲吶喊一場謀殺的細節，
控訴四十年前不可推諉的犯罪。

（史甲、乙揚撒冥紙）

史乙：安息吧！英雄慷慨的魂魄，
讓人民在你的血泊中沉思。

史甲：安息吧！壯懷激烈的英靈，

註記

幻燈

一九九四年春祭
現場照片。
一九九五年春祭。
現場照片。

腳本

讓民族在你的苦難中茁壯。

史乙：悵望雲天，

史甲：哀哉尚饗

（音樂：〈安息歌〉合唱曲）

（幕落）

初刊一九九四年三月十四、十五日《聯合報．副刊》第三十三、三十七版
初收一九九五年八月行政院文化建設委員會《春祭》
本文按文建會版校訂

1 本篇為陳映真據〈當紅星在七古林山區沉落〉（寫於一九九三年九月，發表於一九九四年一月《聯合文學》第一一一期）的報導文學創作的報告劇劇本，初刊一九九四年三月十四、十五日的《聯合報．副刊》，後增加註記欄和幻燈欄並修改為表格形式收入文建會出版的《春祭》劇本集。為求作品的完整性，本文按文建會版校訂。根據文建會版〈首演資料〉，演出時間：八十三年三月十四日；活動名稱：綠島夜曲文藝晚會；演出地點：國立台灣藝術教育館；演出團體：人間民眾劇場，團長／導演：鍾喬，舞台監督：田玉文，演員：萬蓓琳、賴淑雅、戈光宇、李志宏、陳建良、黃智琳、王靜

怡、李雯琪、陳佳汝、陳怡君。

2 文建會版兩處均為「徐梅蘭」，初刊版則無此段幻燈欄文字，據陳映真一九九四年一月刊載《聯合文學》的報導文學〈當紅星在七古林山區沉落〉一文，徐慶蘭與曾梅蘭為同父同母兄弟，因父親入贅，依婚約，哥哥徐慶蘭從母姓，弟弟曾梅蘭從父姓，本文據此，曾梅蘭用原來原姓。

3 引自〈青春戰鬥曲〉，詞：洛辛；曲：甄伯蔚。

時勢造英雄，還是英雄造時勢？

新黨的機會與局限[1]

自從一九五〇年國民黨體制在台灣完成其架構，三十多年來的政治型態是屬於高度專制，個人集權的獨裁統治。到了八〇年代中後期，才有一個新的政治實體——民進黨與它抗衡，但是它的政黨本質，台灣右翼資產階級的民主化運動，卻早在雷震時期就展開了，當時並不是以政黨的型態來運作的，因為一旦要組織就立刻遭受國民黨政府的鎮壓。

時至今日，兩黨體制已經相當緊密，好像誰也不能破除這種結構。但是今天突然出現一個新黨，讓每一個人心中引起一陣漣漪，在解嚴後，政黨紛紛成立，還沒有一個政黨像新黨一樣，至少當它在宣布成立時，會引起這樣的軒然大波，這是一個相當特殊的狀況。今天我企圖對新黨產生的歷史背景、社會意義做分析，讓我們對這件事有比較科學的認識，而不要長期停留在一種道德論及良心論的批評。

一

國民政府在大陸代表買辦資產階級、官僚資產階級的政權撤退台灣，其資產階級之結構是完全的粉碎了。這樣的一個政權在台灣可以說完全沒有代表性。台灣從歷史上來看，從不曾經是一個國家，但是五〇年代的國民黨在台灣局面，在歷史的長河中，是國共內戰，世界冷戰結構僵持下的一種存在，只是一個逗點。它的存在有幾個因素：第一個是國際冷戰結構，使得美國發展了對中國包圍封鎖的遠東戰略，從阿留申群島、日本列島、韓國半島，到台灣再加上東南亞國家、印度支那半島，這樣一個半圓形的封鎖線，美國和這些國家簽定了形形色色的相互安全條約、協防條約、軍事、政治條約，台灣在這樣的封鎖線上成為一個重要的據點。國民黨的繼續存在是源於美國的強力支持……。

第二點，外在社會條件，那就是前述的國際冷戰結構。第三點，國家暴力條件：一九四七年的「二二八」事件是代表著城市資產階級要求高度民主自治，要求發展產業，被血腥地鎮壓下去，而到一九四九年展開另一輪範圍更廣大，手段更為殘酷的白色恐怖屠殺，確立了個人高度獨裁的政治型態，如此便完成了反共的、國家安全體系的、依附美國的「波拿帕」國家的手續。如此的社會中，在戒嚴防堵下，沒有任何的工農運動，而公營企業可以在五〇年代後期肆無忌憚地累積資本及再生產。到了六〇年代美國資產階級資本長驅直入，沒有任何阻力，和五〇年代白色恐怖也有密切的關係。

本地資產階級的發展，在國民黨法政上層結構獨占，而任其發展，加上四大公司的發展，已逐漸為國民黨所奶大，而資產階級受惠於國民黨政策性的扶植，也不會想干預國家決策事務。但到了八〇年代後期，資產階級已經成長到一定程度了，同時也發現六〇、七〇年代利用獨裁、國家力量限制的方式來積累資本，並不適合在國際貿易形勢改觀、企業整合趨勢中，繼續擴大並累積資本以及再生產。更重要的是，他們發現自己的力量已經強大到可以參與政事，於是本地資產階級開始一個個利用各種名義，浮出檯面。這代表了本地私人資本大過了外省私人資本，也顯示了一九八七年以來「國家自主性」的降低，並且是有意降低，而李登輝的出現，就是上述一切因素的全面整合。

易言之，李登輝體制的形成與過程，就是階級與國家關係的重新調整，或者合理化。而過去經濟不強大的上層法政建築，跟下層的資產沒有政治代表的衝突與矛盾。隨著蔣家的結束，台灣人「國家」跟政權的登場，而得到解決。實際上就社會科學的角度來說，所謂「台灣人出頭天」，並不是所有台灣人民出頭天，而是台灣本地資產階級有史以來第一次掌握了政權：所謂的「主流派」是指這種劃時代的變化中，以本地資產階級為中心，掌握著政、經、軍事等的新族群。過去權力結構解體後，遺留下來就變成所謂的「非主流」。

二

很多人擔心，日後統獨鬥爭，會愈來愈激烈且明顯化。我認為恰好相反，過去所以有族群矛盾，是因為上層結構為外省籍法政精英所獨占，他沒有適當反映經濟基礎，也就是說，本地資產階級已經有力量可以參加政府，可是上面完全被獨占。因此衝突矛盾的本質被扭曲了，所有問題都推到外省人身上。而現在經濟基礎和上層建築之間比較合理化的時代，台灣社會的矛盾，會逐漸地以它原來的面目出現，而不會像過去一樣全部歸結於外省人欺負本省人。因此國民黨「十四全」過程之如此精彩熱鬧：黨的重組，加上大量的本省籍黨幹部進駐黨中央，於是黨台灣化，政府台灣化，財政經濟台灣化。這種經濟人口結構，按比例分配上層法政結構，反映本土化以及官商化的改變。

綜觀台灣政黨的社會屬性及階級性，其差異性鮮明而判然有別，國民黨的階級性是有今昔之別，在一九四五年到一九五〇年基本上是大陸的資本階級的延長，換句話說是買辦階級、地主階級、官僚資產階級的政黨；而在一九五〇年以後，在美國的支援下，它變成了一種新的官僚資本階級、買辦階級，以及到了七〇及八〇年代隨著經濟發展搞起來的城市地主實力階級，這些階級到了目前李登輝時代，就更加明確。而民進黨至少在七〇年代，代表了中小企業資本，因為中小企業必須靠著對外的循環，由日本輸入，向美國輸出，來完成資本的累積，因此對於獨占的國營企業，官商資本有抵觸情形，這就是它反國民黨保守性格的根源，而對外循環的需求，使它有親外國資本傾向，對於日本，美國是統一多於矛盾的。由於它的資本循環結構無關於中國，所以有一種至少是對中國冷漠的反中國的情況，與中國大陸的關係是離心的。

到一九八〇年以後，台灣戰後資本主義的資本，因為兩岸關係的和緩，把到中國大陸投資當成再生產結構不可分割的一部分。過去中小企業有民進黨作為政治的代言人，但是由於資本性質的改變，而民進黨排斥中國的態度未變，使得階級的利益跟階級的政黨的意識形態，產生了矛盾。國民黨完全是代表財閥金權的力量，民進黨代表了保守的「三師」，高級的中產階層。新黨的出現就源自此社會矛盾，以及國民黨的腐化，因此北部城市廣泛比較保守的軍公教人員，就成為它的支持階層。

在兩大黨的排擠競爭下，社會階級間的一些問題，適時提供新黨發展的機會：第一，由於資本主義獨占化的形成，打破了過去財富分配比較平均的局面，社會資源很快地向官商資產階級集中，錢跟權的結合與循環，將持續劇烈化。使得廣大的中產階級在泡沫經濟破碎後，對於未來，即使只是謀一安身立命的小房子的夢想也幻滅。第二，新興工業化國家和地區共同有的毛病，這就是社會倫理急速的破壞，在韓國、香港都有這種現象，台灣尤其是明顯。比如說，綁架、搶劫等的治安問題，空氣、噪音、水土等的生態環保問題，最重要的是勞動、管理倫理的喪失，工人不想工作，只想賭博，不服從上司管理。種種現象使社會顯得很紊亂，再加上金錢和權力的交易，社會秩序的脫序……種種，因高度工業化，都市化形成的亂象，導致市民不安，這是新黨的另一個機會。第三，國民黨為了堅決不搞三通，堅決為了其政權的利益，不跟大陸來往，民進黨是絕對的台獨，申言不願與大陸來往，因此必須在大陸市場循環以積累其資本的中小企業，失去代表政黨的階級。此時新黨喊出比較前進的大陸政策，可能會取得中小企業的認同，這是新黨的另一個機會。第四，資產階級的矛盾中，李登輝的出現，代表了上層法政結構不能反映下層經濟結構的矛盾，獲得解決；但八〇年代後期出現的中小企業利益，與政黨利益相左的矛盾，卻突兀地影響中小企業的生存與發展。新黨提出全面·全方位地向大陸發展，促進三通，保障台商在大陸的權利的主張，如果再能以理論、科學的方法來歸結其政策訴求，這便是新黨的又一個機會。

三

第五點是我個人的一個主張，就把它當成一個笑話來看待吧。我覺得新黨還有一個意識形態的武器，因為新黨是源自於新國民黨連線，國民黨既然要新，就不是信奉蔣介石版本的三民主義，而是服膺國民黨「第一次全國代表大會」宣言的新三民主義。宣言裡講得很清楚，民族主義是反對帝國主義，促進國家統一，要求與第三世界弱小國家聯合而不稱霸。而對與共產黨相處的進退維谷的難題，一直是國民黨的一個包袱，而新黨可以反共，不贊成共產主義，但它可以像「第一次全國代表大會」那樣，在特定的歷史條件上，在特定民族所面臨的問題上，重新看待共產黨，就好像孫文重新看待蘇聯的黨。

再者民權主義，是反對金權，中山先生主張「人民的民主」，要求扶助工農，因為每個人不但要有經濟的民主，也要有政治上的民主。如此給予「第一次全國代表大會」宣言現代化的解釋，現代化的理論發展，給予「新三民主義」當代的解釋，這是非常銳利的意識形態工具，特別是對中間偏右，長期受國民黨三民主義教育的廣泛市民大眾，是非常有號召力，而且有現實意義。

另外我要補充一點，來探究新黨的局限問題。就我觀察，他們一張嘴巴只會批評別人，對李登輝批評得淋漓盡致，言語之通暢，彷彿是勢不兩立的敵人。但新黨的成員，有些曾經是國民黨優秀的「學生」，對於國民黨的歷史責任，它的道德負債，不管他們願不願意都必須去承擔。對於這個問題，我也半開玩笑地給他們一個建議，他們可以學習日本細川首相那樣，穿得整整齊齊向全國一鞠躬：「我曾是一個國民黨員，由於歷史上各種的關係，國民黨在一九四五年到台灣以來，的確造成了很多負面、加害於本省、外省同胞的影響；我作為新一代的國民黨員，或與國民黨有密切淵源的人，對於這一段歷史，表示深深的遺憾。」

四

最後，我們來談談新黨的展望。就客觀條件上來說，新黨是有可能發展的。前面所談到「新黨的機會」那一部分已經說過了，現階段社會遺留下來的矛盾，兩黨都沒有辦法解決，而新黨卻有可能提出解決的對策，訴諸於社會中間、偏右廣泛的市民大眾的條件，他們是有的。所謂「時勢造英雄」，這樣的時勢很「可能」造就出英雄來，我還是強調有可能。另外是主觀條件，我比較難以去論斷，但不管是柔性政黨也好，不要個人統治也好，總是需要一個高瞻遠矚好的領導人，他有政治上的智慧，有現代化的知識，對台灣當前的情況，比較能看得準，不管是來自理論也好，或是政治家的直覺也好。而且新黨的這些人，看起來都很突出，可是在這裡面，我們找不到一個「頭」，因此在客觀優勢的條件下，我們也在期待在主觀條件上有一個領導人，帶領著這個黨，帶領著中間偏右的市民向前走。

第三點，我覺得很奇怪，有個迫在眉睫的形勢，居然當前政壇上的人都視若無睹，那就是一九九七的香港問題。一九九七年是我們民族的大事，這是自韓戰爆發以後，或鴉片戰爭以來創時代的巨響。中國人民把割讓給英帝國主義領土，用自己的國家力量，把它收回來，這是未曾有過的一件大事。香港收回中國的版圖，不管願不願意，是不能裝看不到的，這種震波不用到一九九七年，到了一九九五年在政治、經濟、文化各方面，就會產生效應。國民黨根本沒有能力因應如此的巨變，它還生活在自己創造的語言之中，跟蔣介石時代差不多，每一次國防部總政戰部報告大陸形勢，就是「共產黨權力鬥爭，分崩離析」非敗不可，然後又是喊出「善意回應」，「國際空間」，「加入聯合國」，搞他那一套，不實事求是找出癥結，不切實際的空話叫得那麼多，有什麼用呢？

至於民進黨，面對這個問題是很難的，他很難向選民交待「過去說的都不算」，然後跟中共談三通。因此留下來的機會，正在考驗新黨，怎樣去掌握一九九七年香港收回，或者在亞太地區經濟發展歷史，這個重大的時刻，是有可能的，它能不能理解這一點，關係到新黨能不能崛起，而成為一個新的歷史時期的政治力量。或者是糊裡糊塗被大時代的潮流所捲去而淹沒呢？

這是我留下來的幾個疑問，而不是結論。

初刊台灣中國統一聯盟《盟訊》，時間不明
另載一九九四年三月《統一論壇》（北京）第二期
本文按《統一論壇》版校訂

1 本篇初刊《盟訊》版未得尋見，故依《統一論壇》版校訂。《統一論壇》篇末附語：「作者為台灣中國統一聯盟前主席。原載台灣中國統一聯盟《盟訊》。本刊略有刪節。」

回顧鄉土文學論戰

一九七〇年代「台灣鄉土文學」的提起，是針對一九五〇年以降支配台灣文學二十年之久的、模仿的、舶來的「現代主義」文藝思潮的批判和反論。因此，沒有先對於一九五〇年以迄一九七〇年的台灣「現代派」文學做分析的認識，就不能充分理解一九七〇年代的鄉土文學運動。

一九四五年到一九五〇年，台灣文學從日本法西斯軍國主義的沉重壓迫中甦醒，陳儀政府以超額的掠奪，支應中國大陸內戰無法滿足的財政需要。陳儀集團在政治、財政、經濟、司法上的獨占支配，沉重的稅負、苛酷的米糖收奪、社會終結期普遍的腐敗……使台灣作家和渡台大陸進步作家，以短評、短文、詩歌、隨筆、評論的形式描寫和針砭生活中存在的矛盾。對中國現當代文學的閱讀，熱情清算殖民地文化的殘留和學習祖國語言、思潮，成為當時台灣作家、知識人和文化人的熱潮。一九三一年以後被日本戰爭當局鎮壓的、現實主義、干涉生活、(反帝)反封建的文學傳統快速恢復。就在這一個時期中，渡台大陸系文學評論家和本地作家、評論家之間，進行了一次「新現實主義」文學的論爭。這論爭的哲學、社會科學和歷史學的水平，今日視之，有四〇年來不及的思想高度，尤其顯示四〇年間台灣文藝思潮在極端冷戰荒廢歷史中的退嬰。

冷戰和「現代主義」

一九四九年國府退據台灣。一九五〇年，韓戰爆發。美國斷然決定武裝干涉台灣海峽。在第七艦隊封禁海峽的同時，國府放手進行一次徹底、堅決、全面的反共肅清（red purge）。從一九五〇年迄五四年，估計槍決了四千人，並且以不等的刑期監禁了另外的四千人。其中最後釋放的終身刑政治犯，僅僅在五年前獲得釋放。進步的文化人、作家、劇作家、評論家在這次肅清中悉數被殺或被囚。著名作家楊逵在四八年被捕，判刑十二年。

為了美國西太平洋反共戰略利益，美國以強權由外而內、由上而下地在本地無產階級、資產階級兩皆衰微的台灣，設立反共國家安全體制下高度權威主義「國家」。內戰和冷戰的雙重構造，在海峽分裂和對峙下使反共意識形態無限上綱。另一方面，美國經由強大對台灣經濟援助，透過教育體制的美國化改革和美新處的強力文化滲透，美國意識形態迅速取得霸權地位。

台灣文學思潮至此發生巨變。

現實主義的、反帝反封建的、新民主主義的一切文藝思潮、文藝作品和創作實踐，徹底遭到殘酷的打擊和禁絕。中國現當代文藝和文藝思潮在台灣完全斷絕。

五〇年代初期由政府和軍部推動的「反共抗俄文藝」、「戰鬥文藝」雖然不了了之，但極端的反共主義支配了一切，遑論文壇。

在這個背景上，從美國新聞處，從香港，從精英大學的外國文學系，從大陸流亡來台汪偽時期的「法國象徵主義」，從歐美畫壇的畫冊，匯集成一股「現代主義」風潮。這個風潮主張文藝的絕對純粹性，反對意義、反對具象、反對情節、反對故事。意義即內容的消失，相對地使形式不斷地膨脹，在表現形式上(語言、敘述、構圖、顏色)不斷地晦澀化，怪異化。在藝術作品中歷史、時間、人、社會隨意義的消失而消失。外在一切約定俗成，可以溝通的符號被取消，作品流於人類最混沌的心理世界的、無政府的進流。

「現代詩」、「現代書畫」、「現代音樂」、「現代小說」、「現代(實驗)電影」，在五〇年成為文壇顯學。「五月畫會」、「東方畫會」、《現代詩》、《創世紀》、《筆匯》、《現代文學》、《文學季刊》、《歐洲雜誌》……紛紛在五〇年以降結社和創刊。一九五〇年到七〇年，是台灣經濟由進口替代工業發展到依賴美日資本主義在太平洋分工中的加工出口基地的時代，是勞力密集的、加工輕工業的時代，卻在美國意識形態統治下輸入作為成熟期高度發展資本主義的文藝思潮「現代主義」。這和台灣戰後資本主義化進程一樣，有深刻的冷戰政治意義。

現代主義的反歷史、反意義、反政治性格，一方面和左翼反帝民族解放運動的現實主義文學針鋒相對，一方面也符合大肅清時期恐怖氣氛下不敢干涉現實的需要。現代主義也是崇揚歐美「自由世界」先進文藝的一個思潮。肅清的政治恐怖；土改中地主的消失；獨立佃農農村的形成；農村女工流入城市；農業衰退……這些台灣社會重大的變化，人們不能在同時期「現代主義」文藝中找到蛛絲馬跡。在反共富國強兵政策下，台灣戰後資本主義的累積過程中，沒有工人的可以感知的、意識化的反抗，正如沒有現代主義文藝作品對充滿變化和矛盾的社會和人，加以揭露與記錄一樣。

西方校園的左傾和「現代詩論戰」

六〇年末，受到中國大陸文革的影響，連續二〇年世界景氣在先進資本主義社會中積累的矛盾，發展成北美、法國、東京知識分子的「反叛」潮流。反對美國對越南的干涉戰爭運動，黑種人民權運動，言論自由運動，民歌復興運動，教育改革運動，對中國、越南和古巴革命的高度評價，激盪了美國、法國、歐洲和日本的校園和文化圈。校園思想和社會科學的激進化，啟蒙了台灣和香港留美、留歐學生。

一九七〇年，美國片面宣布將釣魚台諸島於一九七一年隨琉球群島劃歸日本。留美港台學生和台灣的大學生不約而同地掀起反美、反日，保衛釣魚台運動。國府懾於美日支持其聯合國主席位，不但對美日示弱，反而對愛國學生施加政治恫嚇。至此運動左右分裂。左翼的運動奔向「認同運動」和統一運動；右翼發展為「反共愛國」、「革新保台」運動。七一年國際外交形勢陡變，中共在國際社會中日益引人注目，台灣遭受重大震盪，台灣知識界以《大學雜誌》呼籲改革，並在「民族主義座談會」中發生左右鬥爭，幾位民族主義派在「台大哲學系事件」中遭受鎮壓，保釣風潮落幕。

正是在這樣的背景上，一九七〇年到一九七四年台灣文壇開展了一場「現代詩論戰」。在六〇年代末接受了激進社會科學洗禮的海外知識分子，對於支配島內文壇二十年的「現代主義」文藝的中心——現代詩，展開了強烈的批判。

一九七二年任教於新加坡大學的關傑明，發表了兩篇論文，對於台灣現代詩提出了苛烈批判。現代詩中思想焦點的喪失、語言的荒廢、文學的民族特色之不在等，成為批判的焦點。接著有許多論文提出文學關懷社會、文學描寫民眾的生活、文學為民族的命運發言，反對晦澀，主張文學應該人人能讀。總之，文學的民族性、文學的民眾性等五〇年反共肅清恐怖以來不曾被提起的現實主義、民眾文學、民族文學等問題首次被提出，並以之批判台灣現代主義文學的買辦性、模仿性的「惡質西化」。而被批判的現代派，很快地以政治指控回應，指責現代主義的批判觀點有左翼、「唯物主義」，為中共統戰的嫌疑。現代主義批判的旗手有唐文標、關傑明、尉天驄、高信疆和蔣勳等。在同時期，蔣勳、吳晟已有深刻描寫生活的詩創作發表。

一九七六年，有一小股學術上、思想上的反帝民族主義的，並不強烈的波瀾。吳明仁的〈從崇洋媚外到民族意識的覺醒〉、林義雄的〈知識分子的崇洋媚外〉、江帆的〈談現代人與現代化〉，批評了戰後台灣文化界、知識界的買辦化和「崇洋媚外」和「人心向外，人心媚外」的現象。一九七三年，「使醫學說中國話」的運動產生了《當代醫學》雜誌。這些年輕醫生並刊行《健康世界》以推行醫藥衛生知識的普及運動。

鄉土文學論戰：現代詩論戰的延長

一九七七年前後，王拓、尉天驄、黃春明、蔣勳、江漢、張系國、舒凡和陳映真紛紛發表文章，討論文學的社會基礎、文學的發展方向、台灣文學的鄉土意識、民族文學等問題，並且引起彭歌、余光中、司馬中原、銀正雄、朱西甯和大量黨團作家和雜誌的圍剿、批評、反駁甚至政治指控。總地說來，七七年的鄉土文學論戰，思想內容上是七〇年到七三年「現代詩論戰」的延長，然而在台灣社會分析上，台灣經濟的「殖民地性」的提起，有新的發展。由於國民黨和一些「自由主義」的批評家公開對鄉土文學論者打棍子，彭歌並公開搞「點名批判」，指控鄉土文學既有台獨之嫌，又有「工農兵文字」之嫌。鄉土文學批判被黨和軍方擴大到「國軍文藝大會」上，一時風聲鶴唳，形勢恐怖，但也因此使「鄉土文學論戰」比「現代詩論戰」遠遠有名得多。

這時身經中國現代文字學幾次重要論戰的胡秋原先生和徐復觀先生，鄭學稼先生出面公開維護了鄉土文學。日本學界也介紹了這次的論戰。旅美長期研究台灣文學的學者也為鄉土文學辯護。論戰雖無從自由、深入發展，卻幸而免去了一場文學爭論的文字之獄。

極值得一提的是，在這場以鄉土文學界和西化派文學界（余、彭）夥同黨、政、團、軍的批評家之間的論爭，另有文學界以外「自由主義」學者也參加了爭論。現在可以查到的文獻有：張忠棟〈鄉土、民族、自立自強〉、孫震的〈台灣是殖民經濟嗎？〉、董保中〈談工農兵文藝〉和〈我們當前的一些文藝問題〉等等。一般而論，論旨在擔心鄉土文學「被共匪利用」，中共工農兵文學在過去曾造成如何重大危害，當前台灣文學存在著各種危害、有害的政治問題，台灣社會沒有對外依賴和殖民地的問題等等。

論戰的缺失

七〇年代台灣文學界的兩次論戰中，鄉土文學陣營有兩個重大的缺點。

缺點之一，是理論發展的不足。「鄉土文學」、「民族文學」和「民眾文學」都不曾有科學的界定。對於「現代主義」的批判和分析，理論上也嫌貧弱。對於為什麼以民族文學、民眾文學為主張，缺少進步社會科學為基礎的論證與開展，王拓提出台灣經濟的殖民地性，有重大意義，但限於當時以政治經濟學分析台灣社會的文獻不足，台灣社會科學一般地美國化和保守化，無法做出更深入的台灣社會構造體論和台灣戰後資本主義性質論。此外，由於政治上嚴苛的反共禁忌，爭論無法有系統地縱深發展，使鄉土文學論現代主義批判無法發展成體系性的理論構成。理論的發展不足，對於其後台灣文學迅速的商品化和荒廢化，以及運動的不曾持續發展，起到重要的影響。

缺點之二，儘管鄉土文學—現實主義文學理論有發展不足之處，但基本上批判了現代主義，使現代主義基本上失去了文學理論霸權的地位。但是，理論爭論以後，鄉土文學一般地在創作實踐上沒有很好地跟上來，一般而言，沒有或很少創意上好，思想上深刻的巨構。創作實踐上的嚴重落後，是鄉土文學道路一至八〇年代就比較容易地被都市文學、消費文學和新的模仿舶來文學（例如所謂「後現代主義文學」）所淡化。

新的閱讀和論述

現代詩論戰以後，匆匆已二十年。二十年間，台灣社會，政治、思潮有巨大變化。重讀、總結、批判地、科學地分析一九七〇年代的文學論戰及其思潮，時機應當成熟。目前的環境和條件，是比較有利於科學的、理性的論述。沒有這些總結，就不能做好對於當前台灣資本主義——及其文化的討論，從而從這討論的基礎上發展出當前台灣文學諸問題的新的討論的論壇。

初刊一九九四年三月《文藝理論與批評》（北京）第二期

〔訪談〕訪陳映真[1]

陳映真簡介：台北縣鶯歌鎮，淡江文理學院外文系畢業，一九六六年有幸獲得閱讀左翼理論書籍，思想逐漸左傾，一九六八年因「民主台灣同盟」被捕，繫獄七年；獄中認識許多五〇年代被捕的政治犯，從而再認識了台灣左翼歷史的真相；出獄後立即與蘇慶黎一起草創《夏潮》。重要著作《第一件差事》、《將軍族》、《夜行貨車》、《知識人的偏執》。鄉土文學論戰時倡導現實主義文學，不斷透過文學評論，透露出左翼思考觀點，他仍認為當時以迄現在，左翼並沒有提出一套整體台灣本土社會結構分析。一九七九年十月三日再度被捕，經過兩天兩夜才回來。一九八五年創刊《人間》雜誌，從而訓練出一批台灣左翼文化工作者；一九八八年中國統一聯盟成立，陳映真任首屆主席。徐復觀曾謂其為「海峽兩岸第一人」。現致力於五〇年代白色恐怖歷史的重建工作。

問：《夏潮》雜誌在七〇年代中期出現，在內容風格上，相當明顯的是左翼的運動刊物，在國民黨二、三十年來的戒嚴，白色恐怖統治下，《夏潮》何以能夠出現？以你自己本身的經驗來談談《夏潮》。

陳（陳映真）：談到《夏潮》，鄭泰安是創辦人，蘇慶黎、張國龍與《夏潮》也有關係，我是比較晚的，七五年從綠島回來，《夏潮》好像是七六年吧，我想我能幫你的是自己的經驗部分，我跟《夏潮》的關係，第二方面，是我怎樣認識《夏潮》？現在回想起來認識《夏潮》是怎樣的過程。我想從第二方面來講，台灣的左翼運動，最早當然是殖民地時代，在二十世紀初頭跟其他殖民地一樣，為了追求自身的解放，特別是共產國際成立以後，左翼是一個重要的領導核心，對於列寧的論述以及提綱，相當震動，對於當時的殖民地解放有很大的期望，在中國半殖民地時代，列寧宣布放棄帝俄時代對中國的不平等條約以後，中國對列寧的宣布簡直感激涕零，甚至連孫中山都受到相當深刻的影響，在這樣的情況下，當然是影響到半殖民地的中國的解放運動，產生反對帝國主義，反對封建主義，在這種情況下，一九二八年台灣的第一個無產階級組織，台灣共產黨成立，在一九二八年與一九三一年中間，台共對路線上有相當的討論，在歷史上這兩年有兩個綱領，對於台灣殖民地的解放運動，或者說無產階級運動的綱領，這可以說是第一波的左翼運動，當然在二〇年代、三〇年代，他們遭受日本帝國主義相當多的迫害，嚴苛的鎮壓，鎮壓一來後，所有的運動從政治鬥爭的火線及社會運動的火線退下來，投向文化的戰線，像文化協會，農民運動等等，總而言之這是第一波。

第二波是一九四六年，在二二八事件之前，一九四五年日本戰敗，中共黨中央就已經立刻從事台灣工作，派遣蔡孝乾到台灣，蔡孝乾當時從國民黨統治的地區，從遼闊的後方，千山萬水地掉一年的時間，才到台灣來。邊走邊接觸、找尋可合作的幹部，四六年才進來台灣，之後，就組織中國共產黨台灣省工作委員會，簡稱為「省工委」。這個運動到一九四七年二二八事件後，取得非常快速的發展，現在的台獨說二二八事件，一九四七年是台灣人運動的起點，現實的歷史背景其實並不是這樣。當然二二八事件給台灣的一般資產階級很大的shock（震撼），感到政府為何如此？二二八事件讓知識分子理解到除了台灣人，中國也有對國民黨不爽的，才從蔣介石的視野，移向中國，才知道中國還有一個內戰。也知道這個政府，不僅不受到台灣人的歡迎，也不受外省人的歡迎，最典型的郭琇琮，是從二二八的幻滅後，接觸到蔡孝乾後，有了重新的認識。第二梯次的階級運動，從一九四九年開始肅清，那年底從基隆中學案開始點火，到五〇年上半年，整個省工委的中央就完全被破壞，中央的三個重要人物投降，蔡孝乾、陳澤生、洪幼樵，除張志忠外皆投降，一九五一年五月，跟全世界的共黨一樣，有一種再建的功能，會自己長尾巴一樣，中央雖被破壞，共產黨有很奇怪的生命力，就是說，只要組織不是全部被毀滅，會自動地再集結、再組織。第二次的重建，沒有一個名稱，很自然地，突然地做起來，五月又重新集結起來，又檢討、批判過去的組織路線、思想路線的方向，以及工作的發展方針，然後又開始活動。然而不幸的是，六月二十五日韓戰爆發，韓戰爆發後，美國第七艦隊派來巡防、封鎖台灣海峽，國民黨繼續生存，也才知道這個地下黨還有一些不是中央破了就沒有了，還有人在。老實說第二次的集結，在經過檢討後，應該這樣說，路線上是正確的，採取又勞動又發展的政策，撇開了在城市的知識分子的工作，深入到貧窮的桃竹苗的山區，主要吸收的黨員以勞動者為主。可是畢竟沒有用，因整個局勢逆轉，地下黨到一九五二—一九五三年就宣告結束，一方面國民黨採取的是恐怖的虐殺，再來就是招降，這兩者相當巧妙地運動，使得整個地下黨被完全地破壞，這可以說是台灣左翼運動的第二梯次。

第三波就是這個《夏潮》，如果離開保釣運動，《夏潮》就無法理解。保釣運動跟地下黨、日據時期的共產黨，沒有關係，完全是戰後第一次，跟五〇年代以後、跟冷戰意識形態體系完全相反的運動。五〇年代，經過白色恐怖，日據時代以來的反帝反封建，以及階級解放的東西，整個地被剷除得一乾二淨。剛剛談到第二梯次的挫敗，殺了四、五千人，關了八千到一萬人，白色恐怖不只是殺了一批人恐怖而已，消滅的是一個哲學體系，怎麼看世界、怎麼看人、怎麼生活，毀滅了一整個系統的社會科學體系，毀滅了關於藝術、文學的論述，毀滅了哲學的歷史唯物論的辯證歷史。一種體系、一種意識形態、一種知識，整個地剷除，包括藝術、哲學實踐的方法，整個地被剷除，這是個很大的影響。直到你們這一代，像那一場五月學運（一九九一年五月獨台案），學生在台上的表現，對我們的生活沒有理解力，對我們的歷史、社會結構或者是國際關係，完全沒有分析的理解基礎。所以在這種情況下，五〇年代的白色恐怖在血腥的主軸上面，徹底、乾淨地摧毀了台灣在日本帝國主義下反帝反封建，直到新民主主義時期，這一整套好不容易才累積起來的左翼的、激進的主軸，完全破壞得一絲不剩，可以這麼說。

在此基礎上，五〇年代開始來了美國的那一套東西，大學生開始讀英文的教科書，什麼民主、自由、人權、現代主義啦，這些有空無損（台語）的東西，這種情況在很多的第三世界都一樣。可是不同的是，第三世界他們過去的國際共產主義運動以來所遺留下來的球根，多多少少都存在，像韓國，韓國的學生會那麼猛，實在是因為地下的力量還存在。所以他們可以透過文學的論爭，學生運動，會化妝出現，出來以後總是比較有深度，有歷史觀點，有global地球的觀點，銜接著過去民族的解放的perspective，視野，再翻轉過來。從五〇年代以後，校園裡較進步的像殷海光等，一直都是反共的、親美、親日，只有在對國民黨的態度上有所不同。國民黨是親美、親日、反共、反中國、擁蔣，那自由派是反蔣，其他與國民黨一樣，對美國的態度、對共產主義運動的態度、對中共革命的態度，都是一樣的。兩者只有擁蔣與反蔣的差別。這種在冷戰構造下，如果你自己沒有球根的力量的話；從世界史觀來說，殖民地、半殖民地戰後的option，選擇，重要的選項，就是社會主義。像拯救自己的祖國、發展經濟，希望用自己的方式割斷資本主義；所以這個選項，只有在冷戰結構底下的台灣，從開始先天就被排除，這個option完全被排除在外，社會主義不僅是一種立國的力量，而且是一種知識，一種思想體系。別的國家雖然也被排除，可是因為他們內部仍留有球根，仍有從二〇或三〇、四〇年代存留的這種力量，不管是文學界、音樂、戲劇、政治、社會或階級運動，都有存留下來一些人，有待無死的人留下來，台灣沒有。

所以你問到《夏潮》，提出非常好的問題，為什麼七〇年代《夏潮》好像一個從半天空掉下來的，為什麼？你有理由這樣問，因為沒有人存留下來嘛?!這個問題如果放到韓國，就不對了。韓國的左翼雖然被殺、被抓、被關，但是那些聲音仍聽得到，彌彌擠擠(台語)地仍有小道消息在流傳，然而我們都沒有。現在就要談到，為什麼會有《夏潮》。從結論來說的話，中國的無產階級文化大革命，對戰後世界史影響很大，當然文化大革命有明亮的一面，也有陰暗的一面。它明亮的一面，是要求大小國家一律平等，勤勞、勞動的人應該受到保護，得到好的教育，這些都是影響得非常深遠，包括日本的學潮，歐洲的學潮，美國的反越戰教育等都是。事實上美國的反越戰，是美國帝國主義侵略越南的戰爭，跟中國的文化大革命，兩者一齊震撼著美國。越戰說明毛主席對越戰的論述是相當正確的，這樣的情況下，台灣在五〇年代以後成長的、港台兩地成長的知識分子影響很大，因為留學美國。當時因為越戰的關係，美國已經採取一種外交政策，叫聯中反俄，所以其媒體內容大量地播放各種新中國的image，像周總理、毛主席等。遙遠的共產主義惡魔，忽然變成新生事物在美國媒體出現，這個對港台，尤其是華人的震動相當大。

據他們的回憶，當他們第一次在電視上看到共產黨的時候，不是好奇心，譁，嚇了一大跳，趕快把電視關掉，後來想想為什麼這麼好笑。這個的背景是，美國的學界，重新思考到的，對卡斯楚的重新評價，對胡志明、毛澤東的重新評價，對美國的重新評價，產生了反越戰運動，黑人民權運動，文化上有Joan Baez的民歌，這運動不斷升高後，以U.C. Berkeley為中心的言論自由運動，以及自由教育，學生自己管理學生等，這顯然受到文化大革命的影響。對港台的學生而言，初則恐懼，繼則驚訝，三則慚愧，白種人那麼樣地高度評價中國，這是六〇年代末期，我的一些朋友回憶，他們就開始讀書，搞讀書會，從美國的大學圖書館借了很多三〇年代的書，或毛澤東的著作，他們到這個時期才敢去借這些書，他們大概是六六年開始。保釣運動只不過是個觸媒。保釣只是個單純的導火線，由於六〇年代末期的情況，所以產生了左右分裂，釣運就進入認同運動，認同後就進入統一運動，然後四人幫垮掉。當時因為這樣，港台的留學生，第一次接觸左翼思潮，有些放棄了學位，專心搞運動，港台的一些學生就用印刷machine，可以民間的力量，不用排版，可以大量的將你的宣言reproduce，不僅在全美各地訊息的網絡流傳，以很少的價錢複製很多的文件，他們用雪片的戰略，不斷地把文件寄給學弟妹、親人，當然國民黨會截下來，但總有漏網之魚吧。這種知識、消息是這樣進來的。另外一個原因是僑生，僑生在戒嚴時期一直是警備總部相當頭痛的，因為他們僑居海外，較有那種被壓迫的，較有反省力，對著中國抱有強大的感情。且僑生在取得文件資料上相當快，但是台灣的學生就要慢半拍了。

應該說吧，《夏潮》跟整個的保釣運動是有很大的關係，《夏潮》在還沒改變面貌以前第一期到第三期，辦得像《Readers' Digest》那樣的刊物，後來是因為保釣運動，改變了形式的內容。《夏潮》的運動直接的是跟保釣有關，那麼它的背後是文革的影響。

問：而這樣子的保釣與《夏潮》連不起來，在《夏潮》裡的作者群多數沒有出國，及非直接受到美國左翼的洗禮，沒有一個直接的線索可以將保釣的成果與《夏潮》的群體聯繫起來，我們可以承認保釣影響的背景，然而《夏潮》那些人的出現與保釣並沒有清楚地聯繫起來。譬如，你自己本身不就是因為保釣的關係。

陳：我的歷程，老實說我們也必須實事求是，我不是天縱英明，一個人的一生中當然有一些chance，如果這些chance再重新組織，我可能變成一個台獨，也可能變成一個搞企業的，很難說，我就是因為坐牢的歷程，還有一位日本友人，從他那邊得到一些資料，像我這樣的歷程，是一種偶然，不能看作是一般化。還有一個是蘇慶黎，她的父親是蘇新，從小就被特務監視，上幼稚園特務常常在路上拐她，就被問，你家有哪些人來往啊等等，是在這樣的一種恐怖情況長大的，這種經驗到了台大哲學系，保釣的時候，很容易就激發出來。唐文標倒是從美國回來的。回想起來，必須說明的是，一方面在冷戰的結構下，冷戰的意識形態底下，《夏潮》有點是異軍突起，可是也必須承認我們當時是比較幼稚，當然我們提出帝國主義、階級、民族啦這些問題，可是現在看這些文章，比起海外保釣的刊物，還是比較機械、庸俗的。

問：那麼《夏潮》的人如何集結起來的？為什麼剛好會有這樣的一群人聯繫在一起？

陳：我自己就不要講了，唐文標雖然我沒有跟他仔細談過，可以了解他在海外接觸的比較多。像王曉波，當時政大的東亞研究所，很多禁書、匪書被反面地利用，會偷偷地拿出來影印，或是你所說的海外的朋友寄一些資料回來。王杏慶、王津平是海外回來的。唐文標的第一任太太是情治系統的，唐文標對蘇慶黎倒是相當地幫助。我想你問的問題是很合理的，就像是火把吧，點是點燃了，不過點燃的環境不好，或者是空氣太稀薄了，條件不夠下，形成這麼樣的情況，所以為什麼到八〇年代，《夏潮》的影響就沒這麼的大。我的看法是，《夏潮》的運動呢，有一個工作沒有做。在第一波左翼運動裡，對於台灣是怎麼樣的一個社會，是屬於哪一個階級的，是怎樣的物質的循環在支配整個社會，比如他們認為上面有日本帝國主義，下面有最反動的大地主階級，互為表裡。所以一九二八年與一九三二年的綱領，雖然不是長篇大論，且是將列寧的分析套用下來，這是很重要的，這是任何一個國家的左派團體一定要做的功課，因為他自認為他對於社會有一種科學的approach，對於社會關係、社會性質、階級關係，誰是主要敵人？誰是次要敵人？誰是同盟者？目前是什麼性質的社會？規定現在是什麼樣的性質的革命，明明現在是半封建的社會，怎麼可以搞社會主義革命，一定要搞資產階級的民主革命，不過因為這個社會的資產階級的薄弱無能，所以由工人階級來越俎代庖，可是他所執行的革命的性質還是資產階級的民主革命。然後才是新民主主義革命。這個不管你信不信，一定要這樣做。台灣的左派，台共的時候有這樣做，可是必須指出當時的日共也好、中共也好，他們也才生下來不久，所以理論也許不是那麼的強，因為當時共產國際的威望太高，差不多大家都照套共產國際的東西，這是它的缺點，不過沒有關係，有就好。第二波，當然中國共產有一套相當完整，不管是新民主主義，或是聯合政府啦等，在台灣來說，很簡單，就是解放嘛，迎接解放，迎接共軍渡江，所以那時台灣的黨員，實踐比理論還要重要，就沒有對台灣的社會進行特別的分析，這方面的理論差不多是空白的，這可理解，是中國共產黨的一部分嘛，解放全中國，解放全世界，所以當時台灣的黨員就照搬中國黨的那套東西，可是他沒有特別注意到台灣內部，因為當時的眼光，認為馬上就要解放，問題不在理論。

回到第三波的主題上，由於環境條件更壞，理論水平更加的粗糙。沒有注意到中國分成兩個，台灣起到什麼樣的變化，一直到今天，這個問題懸而未決，這個才是一個深刻的問題。為什麼台灣學運搞不開，我們根本不知道我們這條船要開到哪裡，我們的社會是什麼？基本的矛盾是什麼？誰是統治者，誰是被統治者？社會的動力在什麼地方？一直到今天，究竟為什麼《夏潮》的運動，以及後來會在文化運動開花一樣，在鄉土文學論戰裡，《夏潮》系統點燃了這個論戰，發展了這個論戰，即使在理論上也沒有好好地解決這個問題，我一直想要解決的，當前的台灣是個什麼樣的社會？

問：那麼當初您引進第三世界的理論，以及所謂依賴理論進來台灣，您認為那些是無法解釋台灣的嗎？

陳：其實那很簡單，就是認為台灣也是第三世界的一部分，可是沒有細緻地討論到台灣的社會的分析。

問：所以你談的，應該是一個運動的綱領？

陳：對，也就是綱領的背後的根據，對社會的分析。

問：當時《夏潮》的人如何加入？

陳：七〇年代產生的風潮，當時省工委被破壞之後是在極度的恐怖下，所以你問到為什麼沒有組織型態，其實是跟政治的嚴苛性有密切的關係，因為雖然大的肅清運動，到一九五三、一九五四年整個已經把省工委破壞了，可是一直到七〇年代、八〇年代中期以前，還是以莫虛有的方式，大量地戴上紅帽子，像余登發案子，中泰賓館事件，都把事件描繪成共產主義的恐怖仍在台灣潛伏，甚至對台獨的官方說法，就說成是共黨的外圍組織。七〇年代的思想運動，主要是重新認識美國的思想體系所否定的國家；中國、古巴、越南，特別在台灣是重新認識中國，特別是一九四九年的中國革命，這提到很關鍵的一種種族內涵，比如陳鼓應為什麼被捕呢？就是海外留學生送他一卷數學家陳省身的錄音帶，當時有很多的著名的學者，跑到大陸去參觀訪問，回來後就講中國各種各樣的事情，講文化大革命，而且我們要了解全世界的左翼對中國的文革的評價是如何的高，文化大革命的成就，被認為是公社式的國家成立，跟一般的state不一樣，在建立一個state的革命中，都會說前面的state是如何的壞，新生的國家是如何的好，建立政權後，也會繼續說黨中央政權會如何的好，可是只有中國共產黨告訴人民說要造反，國家是會腐敗的，黨幹部是會腐敗的，這種不斷革命論取得非常高的評價，我還沒坐牢前也受到這種評價的影響。我閱讀日本左派的書籍，對文革的中國謳歌得不得了，當時像沙特，還拿個紅小書，在巴黎街頭散發毛語錄，當時世界上的左派在資本主義體系下，已經處於絕望的狀態了，根本撼搖不動的情況下，中國的文化大革命給全世界的左派很大的影響，在這個影響下，當然六〇年代末期、七〇年代初期的學生運動，毛澤東占了一個很重要的意義，毛澤東主義又延續到美國對越南的侵略，這種組合在理論跟思想上，很深刻的，當時中國喊的是革命外交，聯合黑種人、第三世界被壓迫的人反對美國為首的帝國主義，現代人恐怕很難想像當時的情況。

這種思潮在台灣引起很大的迴響，本來在這以前，對國民黨的反抗是照美國所要的方式來改革的，可是基本上是反共、反對中國大陸，跟美國聯盟，是右翼的自由主義思想，一直到今天這種右翼的自由主義思想仍起了相當主導的作用，包括台獨也是一樣，堅持要在世界體系裡，堅持要反對共產主義，反對中國大陸，跟美國同盟，是這樣的情況。那麼保釣的左翼是真的全新地認識中國，保釣運動除了爭主權的時候國民黨的態度跟北京不一樣，國民黨說我們背後有共匪，美國、日本才是台灣的盟邦，不能破壞國民黨的聯盟，否則就是共產黨，另外北京的態度，神聖不可分割的領土那套東西又出來了，有一批年輕人就傾向北京，開始思考一個問題，為什麼我們都沒有注意到北京，它是誰？是什麼？就引起一個很熱烈的學習運動，讀書會、毛語錄、毛著啦變成很風行，然後就產生認同運動，identity，我是中國人，可是是哪一邊的人，是台灣或大陸？開始站邊運動，所以保釣運動就在兩岸民族、左右分裂情況下，問題就提到檯面來了，這是認同運動，認同運動就在文革高分貝的政治運動裡面，立刻跳入統一運動，是七一、七二年的事情，這是海外學生先叫起來的。一直到文革六七年結束，四人幫、林彪事件暴露後，跟全世界一樣，開始幻滅。日本的左派就開始低下頭來，不曉得如何地革命，從那以後，保釣運動整個地掉下去，是這麼的一個原因。回到歷史的架構裡，倒也不是統或獨，一九五〇年以後，完全因為冷戰結構被排除對社會主義的選擇，台灣、香港地區的知識分子重新要開始突破冷戰的框架，由於民族、地緣的關係，特別是中國是個社會主義國家，而且當時中國在世界的左翼運動裡，聲音又是非常的高，美共、日共、德共、法共都死了，所以才有新左派；新左派是對六〇、七〇年代狂飆運動的反思運動；在那樣的空氣下，中國港、澳的留學生選擇中國為左翼的中心，那是非常自然的事情。

問：從現在來看，如何看待《夏潮》的定位位置？

陳：我個人的看法是，第三波僅僅是停留在思想期的運動，它的形成是有斷層的，像韓國在日據時代的左翼運動相當強，它的民族壓迫感也很強，一九四五年以後，雖然在麥克阿瑟占領下被抓得很厲害，可是畢竟在土壤上連接北韓，空間也比較大，這種肅清運動不可能徹底，他們一直都有一種沒有斷過的傳承，用偽裝、用隱藏的方式，一有機會就在學生運動或者各種的爭論出現。台灣就沒有，在一九四九年到一九五四年為止，整個台灣重要的左翼傳統被徹底地清掃，共產主義、社會主義在冷戰結構下一直被認為是惡魔的理論，在這樣的情況下，過來的完全是西方的東西，存在主義、自由主義等。我特別要指出這一點，第三波不是自發性的，就是《夏潮》這運動也是從美國輸入的，它是港台留學生在美國那個環境，而不是在台灣的土壞，在美國受到改變，然後再回到台灣，是從外面打進來的，先天上就有它的缺陷。不管怎樣，我個人認為《夏潮》不能離開保釣運動來思考，它是保釣運動的一部分。

它是台灣歷史上第三波左翼運動，恰恰是透過美國這樣進來的，台灣才有機會脫離冷戰的思維，去看世界、生活、人，可惜的是，它有幾個缺點。第一個它沒有台灣社會內部的基礎，它是從外面轉了一圈回來，還是知識圈裡的一種運動，保釣的主要戰場在北美洲，這是非常奇怪的一件事，是北美洲留學生的風波，這當然受到冷戰格局的影響，因此在理論上跟第二波一樣，對認識台灣理論工作上完全付之闕如，這就是為什麼到八〇年代另外一種論述就取而代之，因為對於一九五〇年以後，直到今天，台灣的左翼運動還沒有能力清算五〇年以後所積留下來的問題，重新思考看待。比如說蔣介石的國家是什麼性質的，他是不是那麼簡單說外來政權欺負台灣人，一直到今天李登輝本土官商資產階級國家成立以後，我們的理論界也完全沒有力量來解釋，民進黨有點糊塗，可是也不曉得是怎麼一回事，像這個問題，如果社會裡頭有左翼，我想重要的標誌之一，不是說成立什麼組織，而是有沒有真正的左翼思考，對台灣社會局勢的認識，對兩岸關係之間的認識，保釣運動在這方面就有缺陷；第一個它主要的運動母體在北美洲大陸，為什麼不在台灣，當然有很多複雜的原因，其中一個是反共的恐怖，但這不能過關，共產主義無產階級運動什麼時期沒有碰過白色鎮壓，共產黨在陰森恐怖的白色地區裡，仍然頑強地結合人民而發展，不能用這樣來作藉口，當然因為長期封禁的政策，理論資料的缺乏，素養也不夠，而且現在重新檢視，當時的文章，連海外保釣運動的水平都不夠，顯得比較機械化跟庸俗主義。有一點必須說的是，它在啟蒙方面不可否認地，一直到今天還有碰到說「我是看《夏潮》長大的」，現在這些最年輕的四十幾歲了，雖然它的東西不是很深刻，它起了一種啟蒙的運動，比方說，怎樣看世界、階級的觀點，對中國的看法，對美國帝國主義的看法，台灣這個第三世界國家，一直到七〇年保釣才知道美國是個帝國主義這樣的觀念，可是在菲律賓、泰國，在亞拉非地區，而二次大戰後，就是美國佬滾回去。這樣一個學術風氣環境直到越戰爆發，在社會科學上都沒有人批評過越戰，只有我和黃春明用小說的形式批評它。一直到今天，有句話叫「戰後清算」，怎麼從二次戰後的冷戰結構，從學問的、知識的觀點去釐清，一直服從美國的政策，或者社會科學的派別是零星的，僅有局部的研究，而完全沒有政治經濟學的研究，像這種哲學、文學、藝術、社會科學總的反省，來尋求上接日據時代以來，比較radical的工作，一直到今天都沒有人做，這是為什麼我這個搞文學的人，最近辛苦地找了幾本書，有關政治經濟的書來翻譯，這本不關我的事，可是我覺得沒弄就走不出去，就是有些幼稚的話搬來搬去，老實說，嚴格的意義上，台灣沒有左派，一直到有一個台灣資本主義論、台灣社會性質論，比方像韓國，一九八〇年光州事件以後，韓國左翼的發展非常深刻，因為他們堅持用韓文寫作，不翻譯，所以韓國社會構造論爭非常豐碩，而且韓國的社會性質論，比起前期的中國社會史論戰、日本資本主義論戰，還有更大的dimension，是因為它的時間的優勢，到八〇年才開始，所以世界體系論它可以用，dependent theory也可以用，所以它不會像五〇年代、四〇、三〇年代世界其他地區的左翼的社會性質論，只能用古老的、古典的、第三國際那套東西來分析而已。所以它的成就很大，每個研究生、學生理論水準非常高。美國的學生運動六〇年代末期已經有小小理論家出現，他分析美國、分析世界，後來學運浪潮，這個人就是馬庫色，重新拿博士學位，現變成新左派的重鎮，台灣沒有嘛，我覺得這不能怪學生，是台灣整個知識界太美國，那麼多的PhD沒有一個老師告訴我們台灣的政經發展史，你從右派觀點沒關係，從韋伯的觀點也沒關係，你說一套來嘛！所以我希望我們出這一系列的書，能夠開始比較科學地來反省。總的說起來我覺得他有思想上的意義，台灣因為跟中國大陸的分離，所以很多東西沒有繼承過來，科學、玄學的論爭，東、西文化的論爭，這其實在三〇年代以前中國都已經解決過了，可是因為這種分隔的狀態，台灣有以比較淺的深度，小規模的，一定要run一次就是。現在這個還沒解決，就是台灣社會論的問題。

問：就我的觀察，《夏潮》是個集團，這些知識分子是如何集結起來的？

陳：很自然地，我現在回想起來，的確也沒一個組織型態，組織的生活，僅僅只不過是以文會友吧！人就靠過來，介紹過來，比方，《夏潮》的編務基本上都落在蘇慶黎身上，她常常會帶著資料找我們，向唐文標、王曉波討論，那我們會常常開會討論下期要做什麼，留學生有時會神神秘秘地回來跟我們聯絡，捐一些錢，基本上是同聲相求吧？走在一起，沒有什麼組織型態，基本上主要的生活是以《夏潮》的編務和發行為核心在活動，像座談會、開編輯會議、寫文章、投稿、跑印刷等。

問：外圍的人士如何吸引過來的？

陳：我們有辦一些活動，像搞校園民歌，我們徵求很多歌詞，就很多人填詞寄來，我們就舉行演唱會，然後是讀者會寫信來，會來雜誌社看一看，有些人是非常安靜的觀賞者，不曉得他站在哪裡，可是他每次都會看你的雜誌，類似我辦《人間》的時候，會走過來說：我年輕時看過你的雜誌，我那時才讀國中。

問：陳鼓應寫過一篇有關《夏潮》的文章，登載香港《中報月刊》，他談到人的部分，將《夏潮》的人分為三個等級，老、中、青三個等級，認為《夏潮》是有歷史的傳承，所以在每一階段都有人，這個跟我們剛剛談的不一樣，他這樣的分析法，很簡單地將《夏潮》這一批人看成是一個相對於黨外的集團，在當時具一定的影響力，這樣就變成你們在策畫，結果所呈現的讀者群與作者群之間，未必互相了解呈現出來的意義？

陳：他的講法蠻有趣的，事實上我的看法和他不同，像胡秋原，可以說是一個非常聰明、天才型的，二十歲就跟中共當局發生爭論了，而且從時間的座標看來，胡秋原當時的理論是左翼的，因他懂日文，後來因為各種因素，被監錮，他在國民黨的位置是極為邊陲的，可是我跟你講，一個人年輕時代走過左派，用句粗話來說，「狗改不了吃屎」，他對《夏潮》這些人，特別是來台以後，據他自己講，即使在大陸的軍閥改權時代，也沒有像當時這麼無恥媚外，知識分子講那種洋話的，真的很少，所以他心裡也很痛苦，他對《夏潮》這些人基本上有一種同情。我當時注意他很久了，從他的文章的反面去看東西，比如：我是想從他的資料裡面去了解中國三〇年代的思想，可是我從來沒跟他接觸過，可能每一期只看一篇文章。鄉土文學論戰發生以後，國民黨的確也是要整肅的，他是參加三〇年代文學爭論的，工農兵文學相當的熟，王曉波去找他時，第一步他就叫人找我的書看，這個老先覺，一聞就知道裡面有什麼，看完以後，第二步，就要人家帶我去見他，看了以後，第三步他就開始寫文章了。我當時在四面楚歌之中，牢剛出來，實際上我後來知道，他有中國古代知識分子的骨氣，只要他有能力，他願意用衣袖來遮蓋落難的人。所以他覺得《夏潮》這邊，第一個民族主義，第二個，在台灣這個徹底洋化的地方，你們這一點點左傾的思想也不為過，如果你這是中共的第五縱隊，他可能就有不同的想法，他覺得左傾是可以理解的，在台灣這種極端媚外、資本主義色彩濃厚的地方，青年人有一點左的色彩，他老人家可能暗喜。我覺得不能把他歸為《夏潮》的人，因為他是另一個源頭，像嚴靈峰過去也是，這都是前共產黨的，當然他對這邊有一定的同情，這個同情來自於他過去的信仰，對一個前左派來說，他對於台灣當時五〇年代以來極端反動的恐怖，也極為不滿，對這些人在一定程度上是給予鼓勵與支持，這個支持不是來自說你搞得好，而是說你要搞就支持你，那時這是不容易的，那時誰要給你站邊呢？特別是知道當局在注意時，他在情治系統有一定的地位，王昇對他是以師禮待之的，當時余光中在香港寫了一個小報告，把我的文章跟大陸新左派的比較，寄給胡秋原，鄭學稼就把余光中臭罵一頓，這是哪一門子的比較法！所以鄭學稼、胡秋原、嚴靈峰，這些人基本上對《夏潮》是同情的。可是他也沒跟我們參加編輯會議，他支持、同情、理解《夏潮》，我想這是事實，可是要我分類的話，我就不會把他放在《夏潮》的源流裡。當時鄉土文學是要抓人的，我想最後沒有抓人，他們的功勞不可沒，他們不斷地告訴國民黨不可以抓人，「像黃春明這樣的作家，頒獎都來不及了，還要抓人？」國民黨最後也改口說：我們支持鄉土文學，對於少數別有居心的要防範……。要不然當時的國軍文藝會議，大規模地聲討我們。

問：對其他作者而言您如何的分類？

陳：我沒有想到如何分類他們，不過你這問題提醒我一個問題，《夏潮》的確沒有一個明確的綱領，理由是我們沒有台灣社會分析論。講一個例子，中共提出一套新民主主義的理論，主要來自毛澤東對中國社會的分析，分析的結果是資本主義太少而不是太多，中國是一個半殖民半封建的社會，那這個社會需要的言論不是社會主義的言論，而是資產階級的民主革命democratic revolution，中國的資產階級太薄弱了，數量少，而且品質也不是很健康，為什麼，因為它是半殖民地社會，所以這革命就落在以中國工人階級為核心，聯繫中國農民，這樣一個力量來代替資產階級，進行一場資產階級的民主革命，這一場革命跟歐洲不一樣，它是新民主革命，它就有這種綱領，他就知道誰是主要敵人，誰是社會變革中的主體力量，誰是同志，這都出來了。《夏潮》沒有，只不過嚮往社會主義祖國，社會主義建設，罵罵帝國主義，第三世界國家政府應為人民服務，文學、藝術應該說出人民的心聲，認識中國共產黨，就這些，迷迷糊糊的。比如說陳忠信是過去《夏潮》很重要的成員，他是王杏慶和唐文標一手帶出來，他以前也是自由主義者，後來又到民進黨裡去，像林瑞明現在也是台獨的想法非常明確，所以沒有一個綱領，《夏潮》當時取得了一種相對進步性的一個位置，所以吸引了不少年輕人，關於文學、藝術、世界局勢、中國觀點等，可是它沒有一個非常統一的思想，沒有共同的綱領，所以隨著時局的變化失敗。

問：從社會運動的角度而言，必須尋求內部人員之間的關係，人的關係會在內部起著不同的作用，而且在《夏潮》結束後，各自在不同的崗位上起著不同的作用。

陳：比如說後來的《美麗島》，陳忠信進入《美麗島》，因為他現在的地位，所以我現在這樣講會很不好，不是很有根據，他進入《美麗島》的編務，就我有限範圍所知，是一種戰略的部署，希望能夠影響或者掌握整個刊物，所以《美麗島》刊物與以前的黨外刊物有一點不同，把《夏潮》的concern，像對世界的看法，以前只有《夏潮》一家，後來就有一部分帶入《美麗島》，個別的文章帶進去，基本上帶來一定的緊張，比方他們比較保守的系統下，名字就不要講了，就很有意見，蘇慶黎跟他們編輯內部很熟，左派這些人有些特點，就是思想比較活潑，文筆比較好，反應比較快，他們又需要這樣的人，可是呢就好像一切左右鬥爭一樣，標籤非常鮮明，這以前是左派，這以前是《夏潮》，所以當他起到緊張的作用。你當時已不是獨自一家了，可是你沒在群眾運動裡面。比方王拓、蘇慶黎、陳鼓應，他們是有決心透過群眾運動、選舉，為《夏潮》爭一席之地，像陳鼓應的選舉後來情勢出乎意料得好，後因中美斷交，不然選舉就走上去了。那王拓也參加《美麗島》的群眾大會，當時一直叫我下去，我當時是比較敏感的，我覺得去一定會遭殃。總而言之，《夏潮》想要參與地方選舉運動，後來因為種種因素失敗，這失敗有兩個原因，第一個是台灣的外交局勢關係，第二個是《夏潮》內部有一定的反對意見，相當的反對，所以說，主要的原因也就是這麼一個鬆散的組織。

問：在當時就社會運動而言，要跨步到政治運動的過程，應該會經過相當的討論，因為以階級運動來講要推翻的是資產階級代議式的民主，然而王拓與陳鼓應卻又跳入選舉裡面，這中間的決定過程有沒有經過議論？

陳：我們說固然在五〇年代肅清裡槍斃了很多人，整個左翼的系統受到全面的打壓，可是我們更要注意到有好幾千個是新出獄的，戴過紅帽子進去的，判了十五年、三年才出獄的，我們很有理由問：為什麼這些人並沒有起到很大的影響。他們被抓的時候如果是二十出頭歲，二十年以後是四十歲，從這裡可以看到重要的訊息。第一個，這些人等於深受大恐怖的影響，每個早上四點就有人被牽出去槍斃，然後彼此看到家庭怎樣的崩潰。第二個來說，回到社會以後也受到非常嚴密的監視，每個禮拜有人來查戶口，也規定什麼時候要去報告。所以就像一切的運動在大鎮壓、大恐怖以後的錯誤，變得非常右傾機會主義，世代主義非常強。他們會想，幹！沒死就很好了，出來還要養老婆小孩，做啥警察就要來管。我講這些的理由是什麼？本來應該左翼是台灣最強大的政治傳統，反抗國民黨政治傳統，為什麼表面上的反對運動都是資產階級性質的黨外。這裡面有幾個原因，比較優秀、有領導能力、理論能力的通通死光光了，年輕的像郭琇琮這種人絕對沒有活路，活下來的（我現在這樣講沒有什麼不對）都是比較冤枉的，有些是不小心被抓的，有些是工農民眾，這也是個原因。再下來就是說，大整肅以後長期的失敗主義，一種保守主義，在組織、在鬥爭上面極端保守，保守太多了，美其名曰慎重，因為這跟白色恐怖前，黨的錯誤組織有關。那時組織方針與中共一樣，非常嚴密、非常謹慎，甚至主張不要跟過去已經在日據時代出頭的左派人物聯繫，可是後來看到情勢這麼好，所以跟台共這些人有聯繫，一聯繫就很容易被抓。所以當時又過分大膽，我在苗栗採訪時，聽他們講，根本就是在客廳開組織會議，連警察到門口了說：「喂！你沒看到警察來了還不趕快散掉，下次就要抓了。」整個情勢就要渡江嘛，所以甚至警察跟你通風報信，甚至於來跟你商量，說以後你要怎樣怎樣，那個組織路線的錯誤帶來沉重的打擊，也影響到這些出獄的人，因為他們牢裡會討論這個問題，過度地又陷入另一個錯誤，整個黨外運動都是遠遠地看，只在私下品頭論足，這是一個很重要的原因。

問：我的問題是跟政治運動有關係。

陳：所以，戰後整個反國民黨的政治運動，左派完全缺席，這是一個很重要的關鍵，那麼缺席的安慰就是我們左派不是像右派那樣的急躁，私下會很隱密地討論行事，比如說某人的傾向不壞，就給他支持，可是你叫他亮出來，他絕對不會，這是很複雜很複雜的歷史結果，不能完全說：「幹！沒膽。」包括說他們在牢裡，一知半解地對組織路線的檢討，以及他們親身經歷的受到非常非常殘酷的打擊，都是親眼目睹那麼優秀的人，一個一個牽出去。相反來說，那黨外運動就有點初生之犢不畏虎，郭國基、李萬居啦，跟國民黨車拼，就是沒有被國民黨整編的士紳階級的反抗，一直要到第二梯次的黨外運動。在整個歷程中是缺席的，只是有個人、以個別的力量，注意那個候選人有好的傾向，便支持一下而已。所以說五〇年代那一批人在戰後台灣比較右傾的民主運動裡，一直都沒有參與。一直到第三波，陳鼓應跟張俊宏、康寧祥都很熟，這些同輩之間都很熟，後來思想不一樣，雖不一樣還是朋友！到後來像王拓這種在政治上企圖比較強的人，就想躍入政治部門。你問說我們有沒有討論，這裡有幾個問題，第一就是說，因為沒有組織生活，沒有非常清楚的綱領，大概就是一種默許，有一種共識，這樣的狀態下去搞政治，我們也不能夠提供人，也不能夠提供金錢，靠的是他們原先的知名度與人脈，連我的生態都跟他們不一樣，我以前跟黨外較沒有交情，他們有，比如說陳菊跟蘇慶黎很熟，蘇慶黎跟張俊宏熟，王拓、陳鼓應也是一樣，那他們之間就有一個生態網絡，像我呢就沒有興趣，連陳鼓應的選舉我都很少去，我只是幫他寫大字報。我覺得你這個問題問得非常好，一直到今天，我覺得左翼運動不能只看到這樣，你就要跟人家爭著選，我是一直覺得左派應該從群眾或者從階級裡面去開展，開展到一定程度，它也無不必然一定要選，你有一定的強固、廣泛的群眾支持的話，你可以用這些群眾跟比較進步的政治家交換，那麼組織還是要保持一定的戰鬥力。韓國的學生運動、反對運動就是這樣，他們對參加議會的鬥爭不是那麼機械地排斥，而是知道不會輕易地參加，話說到源頭就是，從認識社會開始來決定你要不要透過議會鬥爭的道路，還是要透過群眾的道路！這些我們都沒有！所以當時據我所知道的範圍裡面就是「好！就你們三個去弄看看」這樣而已，也沒有組織的綱領、策略，都沒有，那都沒錢，你就自己想辦法啊，陳鼓應就到處去拼命演講，好多錢就丟到台上來。

問：所以基本上，《夏潮》除了選舉外，沒有其他的群眾活動。

陳：沒有，真的沒有。

問：陳鼓應自己本身是如何轉變的？

陳：基本上，他是個自由主義者，即便是到今天，他也不會受到社會主義的思維影響。他在台灣的時候曾經對左派的方法論很有興趣，比方說社會主義的觀點，唯物哲學的觀點，偷偷地看這些書，用那些書寫文章，可以明確地說他是一個liberal，他主要的自由主義是跟著殷海光，由於受到國民黨的打壓，所以他的工作都受到影響，那這個人的反抗性很強，他的同儕經過保釣運動，使他受到非常大的震撼，以前的自由派是自由中國，相反地經過擴大化以後的文革，海外關於文革的資訊使他非常震驚，國民黨是他最大的敵人，那他又受到國民黨的壓迫，這是一個。那第二個就是他們夫妻倆，有一個很好的品質，就是對於受到政治壓迫的人非常關心，常常接濟他們，探訪他們，那時候沒有人敢接近的，那時候張俊宏最倒楣時候，我在牢裡的時候，就有人來探訪張俊宏，我說這個政治犯是誰啊！誰會來探望他啊！原來就是陳鼓應，他這點我很尊敬他。從自由主義變成對中共的同情，還有一份就是他的愛國主義，他對中國愛國主義的感情。

問：王曉波對他們去選舉的看法？

陳：王曉波是支持的，他受法家影響比較大，這不用避諱啦，他自己覺得他很靈活，有縫就插，有洞就鑽，找他助講的話他都會肯，他的態度就是這樣。而我就不一樣，像王津平跟我這麼要好，幾年前，他出來競選，我都懶得去，這也是我的缺點。

問：剛剛你談到陳忠信進入《美麗島》，是有一個策略性的，企圖去擴散左翼的思想，但問題就是說，《美麗島》出現時，《夏潮》停刊，《夏潮》停刊後為什麼沒有緊接著再度出刊？當時也興起很多的黨外雜誌，而黨外雜誌都是一波接一波，為什麼《夏潮》被禁掉之後，一直要到八〇年代初期才又起來？

陳：這是很簡單，《夏潮》在鄉土文學論戰時，不但賣得很好，而且暢銷，基本上是錢的問題，那後來運動的主軸轉到黨外的聲音，focus越來越亮的時候，我們這個雜誌就很缺乏運動性，因為我們自己沒有自己的群眾，自己在整個戰場上沒有參與，當然我們也做些推波助瀾的工作，實際上銷路就受到相當大的影響。剛剛說到陳忠信的事，我必須很負責地說，這是我的理解，這樣的說法出來，對陳忠信很不好，我只知道當時唐文標、南方朔、陳忠信這三個人非常親密的三角聯盟，他們大概整個支援到裡面去了，而且我被捕以後的事件，沒有陳忠信，他們根本是不打算處理的，當時比較右翼的就反對，那陳忠信說，這不是左右問題，這是人權問題，黃信介說他講得很對，我這篇文章對我幫助很大，我當時覺得雖然我被放出來，所以我當時做了兩件事，一個就是把我這篇文章登出去，把我整個被捕的情況講出來，第二個就是我寫的小說〈雲〉，為什麼我寫〈雲〉，我希望能做到對國民黨的破壞，那時實在很幹，所以這是個事實，到底有沒有這樣的策略，我必須負責地說：沒有。不過，無可諱言就是說影響陳忠信很大的唐文標跟南方朔跟他在一起在《美麗島》內，要出很大的力氣，工作必須要認真，他們在《美麗島》內的地位不穩，所以必須以非常賣力的工作，取得黃信介的信任。停刊總的說起來就是沒有錢。

問：就時間順序而言當時就只有《美麗島》？

陳：還有《鼓聲》、《春風》，不過都是因為沒有錢就停了，《夏潮》賣得最好是賣一萬多本。《美麗島》是個高潮，《美麗島》把台灣的反對運動都統合起來了，而且當時國民黨的壓力很強，它是在壓力下硬生出來的，可以說是《自由中國》以後，最受到全社會矚目的雜誌。

問：《夏潮》挑起了幾場的運動風潮，鄉土文學論戰、民歌運動，先談鄉土文學好了，比如我看鄉土文學論戰，我會覺得它跟文學沒有什麼關係。

陳：本來就是，你的看法非常準確。

問：如果它是個運動的話，那麼整個的思想形塑過程是怎樣的？

陳：我想如果要引起注意的話，不妨去查二〇年代、三〇年代或在中國、或在台灣，文藝理論的爭論，一直是左派運動極為重要的戰場。這是很奇怪，比如第一次鄉土文學論戰，或大陸文學的論爭，第三種文學啦、第三種人啦，這些其實日本也是一樣，以及在台灣四七年到四九年在《新生報》副刊所進行的新現實主義文學論爭。講得非常對，是左翼的陣營裡面，常常透過文學的論爭來發展它的思想，幾乎沒有例外，因為左翼文學理論有一個重要的東西，就是會問：文學是什麼？文學為誰服務？文學寫什麼？當前文學藝術工作的任務是什麼？都是這些嘛！那它主要目標是什麼？就是要推翻政府嘛！推翻現在的生產關係嘛！比如說，鄉土文學說我們要寫大眾，大眾是誰？這還要進一步的階級分析啊！那就得分析當時鄉土文學論戰時，台灣資本主義的發展階段是什麼？在經濟上，支配階級是誰？最底層的是誰？在文學上說people民眾這個字，在當前階級指的是工人或什麼階級。所以這個本身就是左派運動的大綱大領，為什麼寫它？人民是誰？街上哪些人是人民？那這就涉及階級分析；為什麼是他們？那就涉及社會分析；為什麼要寫這些人？因為他是改變當前歷史社會主要動力；你改變誰呢？那他的分析結果也不像台獨那樣泛泛外省人的國民黨，他可能分析出在國民黨這種獨特的state下面，所養育的財團資本，就像日據時代，大地主階級其實是總督府的幫凶，這個分析沒有出來不行。

你去查各國各個社會在不同的歷史階段的文學論爭，左翼的文學論爭，會覺得這跟文學有啥關係？老實說，是沒有關係，但也關係非常密切，你說沒有關係看你從哪個角度，你從社會分析的部分、經濟的部分，比方說外銷加工出口產業資本比例，看起來這跟文學有什麼關係？是有這一面，可是恰恰因為它的關係比任何文學都密切，它要解決文學寫誰，寫什麼，就是要說明這些鬥爭的性質是什麼，你就要寫什麼，那當前社會階級鬥爭的情況，首先就要了解階級矛盾是什麼？了解階級矛盾、鬥爭的本質，那麼了解整個變革運動的總方向，譬如一九三〇年當時是新民族革命，我們不談社會主義革命，很多歌頌民族資產階級的、上海民族資產階級怎麼受到帝國主義和封建勢力的壓迫，像茅盾那樣的東西出來了。那這樣的東西才能對文學的創作起到非常主導性的作用，它不僅影響到文學創作的實踐，也影響到批評的實踐，批評家也從新民族主義的道路批評你。批評你的社會矛盾做得不夠，它為什麼好？它體現了當前半封建社會中國，極少數民族資產階級受到雙重壓迫，它吃盡了苦頭以後，終於了解到中國如果要發展，就要跟共產黨合作，諸如此類的。可是台灣鄉土文學有這個味道，可是我剛剛講過，我常常反省，是我們的社會論不夠，在鄉土文學論戰裡，我們應該批出台灣社會性質論，王拓的貢獻是以非常素樸、非常粗糙的方式提出台灣經濟殖民地論，從歷史看起來，他這個有歷史價值，雖然他本身的漏洞非常的大，可是至少他形諸文字，敢於這樣講。那麼你如果說，此水平跟其他社會比較，比方說菲律賓的運動、韓國的運動，那我們就落後了，他們六〇年代就開始思考這個問題，他們六〇年代就對美國現代化主義幻滅，台灣是，嘖，在鄉土文學論戰曇花一現，它的後續的影響，理論上較遠。

問：整個的論戰時間大概什麼時候？《夏潮》之前就應該有了？

陳：對，大概一九七〇年唐文標提出現代詩的批評，也必須說這次的論戰提到一個層次，那些參戰的人是台灣的右派、現代派，跟大部分海外的留學生受到保釣影響的留學生，從海外寄稿回來參加論戰，像蔣勳也是在海外，新詩論戰就是重新認識文學，文學為誰服務？只有左派文學才有文學寫誰？為誰？怎麼寫的問題。那我個人的理解，鄉土文學論戰只不過是現代詩論戰的延長，它試圖理論化，比方說台灣文學與社會的關係，那前面只是說文學應該怎麼辦，應該老少都能懂，應該用民族的形式，諸如此類，那鄉土文學論戰時間較短，因為它介入政治的鬥爭，新詩論戰七〇年到七四年，鄉土文學論戰七七年就開始了。

問：整個風潮是怎樣的？

陳：彭歌那篇文章，就打出來了，緊張度提高了，我們盡量地抵抗，我們也寫一些文章，後來就是胡秋原出來干涉，國民黨自己召開會議，我們也有點被嚇到，本來以為他們要抓人了，後來他們不出手，我們也就算了，鄉土文學很可惜，沒有繼續發展，我覺得這課題還在。

問：比較重要的是它被鍾肇政、葉石濤等，認為鄉土文學論戰是所謂的本土文化論戰。

陳：說那個是沒有用的，台獨運動我們也不能怪啦，任何一個運動都會爭奪歷史解釋權，對我們直接參與的人來說，當時台獨的人都沒有想法，而且當時台獨的人，個別的人有這種想法，可是沒有像八〇年代變成一種「顯學」，那當時像葉石濤沒有吭氣、李喬也沒有吭氣，說不定他們還有點幸災樂禍，當時出來打仗的就是我們這些人，而且我們這幾個人的想法，我們自己很清楚，那我們的內心裡都是燃燒著文革的那段氣焰，不是說我們是哪一派，而是那個歷史時期很自然的一種現象。我們從新詩論戰就很注意這個議題，我從牢裡出來就跟唐文標講，要發展這個議題，那麼彭歌他們也很注意，我們是一直在做，引起他們的警惕經常在《聯合報．副刊》上寫一些方塊，最後一篇〈不談人性，何有文學〉就點名批判。獨派的是沒有這個問題意識的。也必須說明《夏潮》的參與當然是很重要的一部分，可是應該給予歷史一個公道吧！不見得是《夏潮》挑起來的，如果說從現代詩論戰這樣看下來的話，應該有比較公平的說法，另外一個很重要的原因就是高信疆的《人間副刊》，《人間副刊》在七〇年代初期登了關傑明的三篇文章，從哪裡引起的，然後所謂鄉土文學論戰，我還找不出文章，誰是第一個人講，當時是鄉土文學史，根據從哪裡來，我問高信疆，高信疆都想不起來，忽然間說這是鄉土，包括朱銘的雕刻、洪通等，包括小說家，忽然間就叫出這個名字來，我們是非常有意識地察覺到這個議題的重要性，然後編雜誌的時候，可說是《夏潮》點燃了，發起的，我覺得是事實，我覺得應該給個公平。

問：那麼引進新左派的理論就是比較自然了？

陳：我告訴你一個小小的秘密，因為什麼？因為我們沒有辦法用中共的語言，沒有辦法再回復到第三國際或台共的語言，我們就說這是現代理論，好像現代化理論也不是獨家之言嘛！當時實在很有意思的，講一句話都不能明說，所以帝國主義的問題、殖民主義的問題、資本主義的問題、第三世界的問題，老實說台灣的思維到現在都沒有世界市場的觀點，沒有世界體系的觀點，總覺得台灣就是國民黨跟黨外，或者中國人跟台灣人，世界地圖就是國家跟國家，比較沒有台灣資本主義跟世界資本主義的關係，在南北的關係，就是說在美國的干涉，所以台灣的左翼沒有起來，先天被這個體制排除，或者認為只要讓你們了解一點點外面的現實，你們一定會跟我們一樣，當然這是過度的樂觀，可是我們當時的想法，一直到現在，比方說別的國家解嚴以後，解嚴前的discourse論述一定是兵敗如山倒，然後一個新的完全不同的discourse出現，台灣是按照過去的discourse變本加厲地內在化，非常有意思，沒有見過這種pattern，比方說弗蘭哥的西班牙垮台以後，左派的戲劇運動、文學運動、社會理論簡直是一夜之間成為顯學，過去教會的、保守派的東西都丟掉了。台灣沒有，台灣所有的精英包括台灣大學，完全一窩蜂走向新保守主義，我個人覺得台灣的獨立運動，基本上是一種右翼的反共運動，冷戰時期的事情，很奇怪，很有意思。

問：保釣有沒有文章或者專書？

陳：現在沒有，美國的朋友不斷地講，都沒有保釣簡史，這個簡史不是要給自己，第一個要事實的記載，你們這一代才能記載，才能夠做批判；第二個自我批評，比方說為什麼這個運動是在北美洲，裡面的組織啊！路線啊！發生怎麼樣的問題，都應該有個交代。我一直希望保釣運動史能夠出來，這個涉及到從一九五〇到七〇年，這獨特的十年，就是the seventies，為什麼會有一種反冷戰時代的意識形態，然後忽然就消失了，這個很有意思，他媽的，這個問題一定要追究，所以我說你這個題目非常有意思，我不知道你論文什麼時候要交，這個一定要做，就是所謂戰後反省或是戰後結算的一個很重要的問題。保釣這一批人，你要跟他談保釣，他一定懶得談，因為這是一個挫敗的經驗。

問：從現在的角度來看，對於中國的改革，以及現代的開放情形，以你的統一的立場來看待中國與台灣的關係？

陳：中國知識分子跟台灣知識分子在為中國尋找出路時候，不但寄予期望更親自參加。比方說，蔡孝乾是一個從台共到中共的一個歷程，張志忠也參加台共的成立，台共在當時第三國際的支援下面，在最黑暗的時候，台灣的共產黨都沒有放棄把台灣的解放從整個中國的解放到全世界無產階級的解放提出來思考。這個運動受到慘重的挫折，殺了四千人，坐牢的七千人。然後在冷戰結構下，在外力干涉下第二度掉下去。在冷戰的構造當中呢，中國在強大的封鎖圈底下，進行了自己的現代化，我們也講了它是殖民地半殖民地，要獨立的話，社會主義一直是非常強烈的選項，這與二〇年代國際共產主義運動有非常密切的關係，中國和台灣恰恰是一個明顯的對比，中國選擇了人民群眾的鬥爭，這是一次非常了不起的革命，動員了貧窮、無知、沒有組織力貧苦的農民，建立了一個真正把帝國主義趕出去的一個新政權，這解放後，就毅然地不得不去參加韓戰跟美國打，然後就開始自力更生，跟世界資本體系切斷關係，這樣發展到的動員的方式，跟美國相對的就是collective的集體主義的方式發展。那麼基本上，從鴉片戰爭以後，付出了很大的代價，建立了自己的國防，在極低的水平下中國經濟取得了自己平衡，用我們這種消費主義來看，當然不成樣子，但有它自己的發展，冷戰基本上並沒有拖垮進步，這是完全出乎美國意料之外的，美國在冷戰結構中消耗了很多能量，帶來今天沒落的跡象。而中國基本上哪怕有那麼多的動亂、文革，是世界經濟發展史是罕見的，它的醫療、它的生活、每人平均熱量的攝取量，比較衛生等。台灣完全跟這個選擇斷了。所以我對統一的觀點，從歷史上看起來，比方說從荷蘭人、日本人統治下，到戰後的冷戰結構，基本上是一個帝國主義對外擴張，給中國帶來的後果，我的思考比較接近帝國主義衝擊下造成分裂的，所以作為一個左派，一定要解決這個問題。例如韓國，韓國經濟上南方遠比北方好，北方一直落後在文革時代，可是他們的學生、教授，如果有一個教授說要獨立，則其學術地位就不保了，同一個母親所生的小孩這樣的對立，是很羞恥的，特別是五〇年代的屠殺以後帶來的美國意識形態支配性，台灣戰後精英都是一面倒的情況。所以我覺得很簡單，一個左派分子，第一步不能承認、不能接受在外來勢力的干預下，第二個問題就是怎樣評價中國大陸的問題。把它說成水深火熱，事實上不是這個樣子，連文革時期中國經濟都在成長，不能否認有兩個原因，第一個是為了要保衛革命，建設中國自己的國防，花了很多非生產性的錢在國防上，第二個無可否認的毛澤東用自己的方法，完成民族的積累，就是說 national accumulation 整個民族的資本積累，不管用什麼方法，就在這種很低的生產率下面，又要進行社會主義的分配，帶來低度的平等跟平衡，是很難經得起世界資本體系那種壓力。你看世界資本體系，在戰後發生了多少次的不景氣，所以整個歐洲垮了，東歐也垮了，無可諱言中共也在改變，我常跟他們開玩笑講，這不是中國式社會主義，這是中國式資本主義。我把這個問題看成是民族內部的矛盾，像毛澤東所說的，如果人民覺得社會主義是愚蠢的，就放棄它，目前共產黨官僚主義腐敗，我想人民應該推翻它，我個人是深惡痛絕，當然也不能一概而論說所有的官員都這樣，可是哪怕十分之一，我絕不會接受說這個情況是難免的現象。我對工人主義、工人民主運動有比較高的要求，我個人覺得這個矛盾在經過那麼偉大的革命的民族裡面，是不大可能腐爛下去，最近我看到報導，大陸的工潮越來越厲害，這是很有理由的，因為他們從小就被教導，我們是工農階級聯盟的國家，黨的策略可以不斷地被質疑：我們工農還當不當家？共產黨在這件工潮上站什麼位置？所以我看中國大陸不會像台灣那麼快步入獨裁，我個人覺得應該對於戰後的社會主義中國調查，特別是開放改革以後，應該做科學的研究，這個研究大陸做不出來，為什麼？他們的政策高於一切，小平說這是好的，就不能說是壞的，這是我個人的感覺，所以為了台灣的左派，應該負起這個責任，我們也不罵中國共產黨，我們只是從科學來分析，目前這個制度下，你的剩餘是什麼積累的？當然你說剝削吧，在毛主席時候也是高度剝削，問題是在政治上他解決了這個問題，你跟貧農說，我們為了子子孫孫百代，幹部也是清廉自持，毛主席也是幾個月才吃一次紅燒肉，告訴你，大家在政治上通過願意這樣自我剝削，那沒問題，沒有剝削就沒有積累嘛！你創造了五塊錢的勞動，然後把五塊錢通通還給你，到哪裡積累呢？積累過程不管是不是社會主義，一定會有剝削，問題是人民一廂情願相信社會主義積累是可以透過政治來解決，因為它最終的目的是要消滅剝削，消滅國家。現在政治上不行了，幹部的確有腐敗現象，老實說我碰到很多中共老幹部，也是深惡痛絕。還有對台灣經濟產生非常展示性的作用，只要這個作用存在一天，反對帝國主義對面的民族主義弱小者，我想這個問題還沒解決，比方說帝國主義意識形態的支配，經濟上的支配，倒不是說像殖民地那樣支配，而是說它規定了我們經濟發展的方向、內容、性質，造成台灣沒有自己主體的經濟體系，在產量、品種、價格上，完全受到外面因素的影響，這種經濟不可能存在，因為世界經濟會不斷地改組，過去因為冷戰與國際分工，所以不但使你存在下來，而且有一定的市場，是因為這種國際分工使台灣對研究發展毫無興趣，它完全不必要自己決定，只要原料加工就可以生存，那你的外貿系統也在別人手裡，花研究經費也是無用。

問：即使台灣不管怎樣也都已經某種程度的資本化了，對岸的中國大陸也在邁向資本化的地步，那麼到那樣的情況您還是堅持一個national的國家，來作為要達成的目標？我覺得該是從建立在現有的情況下做努力才對。

陳：我想應該分成兩個層次，作為一個台灣的左翼，從日據時代第一波、第二波地下黨時代，第三波七〇年代，這整個傳統包括菲律賓、韓國的傳統是一樣的，民族獨立，只不過我不認為台灣是一個民族，台灣的解放運動是中國民族解放運動的一部分，一直都是，即使是從過去的保釣運動的經驗也是傾向中國，那日據時代，現在有些人說日據時代的台獨綱領有民族獨立嘛，可是實際上並不是這樣的，當時台灣在行政是屬於中國嘛，所以它對日本獨立，當時殖民地提綱、第三國際殖民地提綱裡面，對殖民地民族主義實際上有一個很簡單的邏輯，就是說，所有這些台共沒有一個變成台獨，在這樣一個傳統下面，這個矛盾一直都沒有解決，就是在帝國主義干涉下的台灣的分離，這個分離左派應該怎麼看，是接受它成為一個獨立的台灣呢！那獨立的台灣在目前世界經濟結構下是不可能的；第二個問題牽涉到現在中國共產黨又不是搞階級運動，它是資本主義的積累，這樣的情況下，我個人的理解就是說，馬克思恰恰不是不對，而是對得令人可怕，一定要經過資本主義階段，那可是在經過資本主義階段的階段論裡面，以前是認為可以跳躍過去，在共產黨領導下完成資產階級的民族革命，然後為社會主義階段準備好條件，現在中國的實踐、全世界的實踐，證明馬克思是對得令人發抖，就是說你沒有資本主義積累的話，是不可能的，可是另外也提供了一個在兩極對立下面，其實資產階級的高度積累也不一定會產生社會主義因素，在消費主義下面整個中產階級化，也產生心的問題，不過這是一個太廣泛的問題。第二個問題是中國共產黨已經不像個樣子了，我的回答那是人民內部問題，有必要時推翻它，重新來次革命，像老毛說的：重上井岡山。第三個問題，我覺得還要提到一個很重要的問題，在未來經濟規模會愈來愈大，比方說我們現在除了經濟外，還有電子傳播的問題，看第四台，簡直亞洲分不清楚了嘛，這個東西會產生一定的影響，但並不是那麼快。比方說歐洲自己的問題，雖然它跟隨著物質上的統合，使歐洲市場逐漸統合成一的超國界的歐洲，這個趨勢是在形成，但在形成過程是一個長足的發展，可是從阻力來看呢，我們也看到了相當大，從歷史遺留下來national interest在作梗的問題，可是做一個歷史唯物主義者不應該排斥這樣一個可能性，將來一個泛東亞的形成，那老實說，在左派裡面，早就有一種國家消滅論嘛！只不過是在帝國主義時代，現在在後冷戰時代，世界經濟秩序會是怎樣的秩序，現在還在formating重組，world system怎樣重新分工，怎樣去組織，它的矛盾會以怎樣的形式出現。現在的問題是說台灣現在這樣一種存在情況，是完全沒有地位的，比方說國民黨提出什麼國際金融服務中心，這就已經宣告了台灣沒有辦法獨立成為一個industrial quart，會變成香港用financial service來存在，那老實說，將來東亞成為經濟中心的話，你台灣不能像香港，香港、新加坡、上海、日本的什麼地方都可以成為經濟地區裡面所需要的邊陲或半邊陲的非生產性的服務單位，真的是沒有什麼展望可言，這個是很可怕的發展，香港化，媽的！那獨立就更不用說了，而且我們還相信物質的決定力量的話，現在台灣的中小企業對中國大陸的輸出，不但跟大陸中小企業私人性的發生聯盟，而且跟那邊的state也發生一定的聯盟，這種lines一定會產生，這種連鎖產生後，你獨立要到哪裡獨立，然後國營企業也會解體，解體到資本家手中，集團資本在過去可以靠冷戰結構吃飯，以後必須到像中國大陸的地方，他們說南向都是騙人的，資本有資本的智慧跟選擇，不必他們在那邊宣布，要可以去，早就去了，蘇比克灣能去的話早就去了。左派的另一個運動，我倒不是站在統一的立場歡迎這種資本的結合，這是一個我很矛盾的地方，我必須考慮這種資本的再組織、再結合當中，無產階級、勞動者階級在什麼地方，包括大陸農民階級的再分化，也應該成為左派的顧念。而不是說一刀切開，幹！大陸去給人幹幹啦！跟我們無關！這不是左派，是整個東亞地區裡面非常深刻的問題，如果東亞的新的經濟發展跟戰後四十年後一樣，這沒什麼好歡迎的，它付出了政治上的依附、環境上的破壞、文化的解體跟人的管理化，付出這些代價取得正當化，我們應是很汗顏的，這就是現在的台獨。所以中共的解體是全世界的問題，全世界社會主義體系的解體，比如說它的對立面是資本主義的蓬勃發展，可是又沒有，美國、法國、日本的生產力也是極速地衰落中。

初刊一九九五年六月東海大學歷史學系碩士論文《一九七〇年代台灣左翼運動——〈夏潮〉雜誌研究》（郭紀舟著）
收入一九九九年一月海峽學術出版社《七〇年代台灣左翼運動》（郭紀舟著）
本文按海峽學術版校訂

1 訪談人：郭紀舟；訪談時間：一九九四年三月三十日；訪談地點：台北，人間出版社。

史明台灣史論的虛構·編者的話[1]

史明《台灣人四百年史》是一部有一千五百四十頁、一百二十萬字的「巨著」，是目前最大部頭的台灣史著作，但是它並不是一部學術著作。史明是一個台獨活動家，他寫這本書就是要為台獨運動尋找歷史依據，所以人們說它是「一本運動性的書」。

史明，原名施朝暉，台北士林人，一九一八年生。一九三七年赴日留學，畢業於早稻田大學政治科。一九四二年轉赴延安，參加中共領導的抗日活動，戰後先後在西北解放區軍事幹部學校受訓和軍政大學任職。一九四九年回台灣，一九五二年因被國民黨通緝而逃亡日本。一九六〇年開始在日本從事台獨運動，一九六七年創立「獨立台灣會」，出版《獨立台灣》（後改名《台灣大眾》）並組織「獨立革命軍」。一九九三年十一月潛回台灣，被捕後旋即釋放。在李登輝國民黨權力優容下，他和幾位數十年來活躍海外的台獨派重要活動家們一樣，取得了在台灣推進台獨革命之充分自由。

一九九四年三月

《台灣人四百年史》先在一九六二年以日文出版，一九八〇年出版中文增訂本。作者自稱「站在四百年來從事開拓、建設台灣而備受外來統治的台灣人立場，探索台灣民族的歷史發展，以及台灣人意識的形成過程」。他力圖通過這本書鼓吹他的「台灣民族論」，進而發展台獨運動。

史明不是歷史學者，他不懂得怎樣進行歷史研究，所以台灣學者認為這只是一本「匯抄」，「漿糊剪刀的作品」，「沒有自成一家之言」，「對學院裡的台灣史研究沒有什麼影響」。史明懷著強烈的政治企圖，肆意歪曲篡改歷史，硬把它套進他的「理論框架」之中，書中史實和知識的錯誤俯拾即是，於是導出了許多錯誤的論證。從學術工作上來說，本來沒有必要理會這樣一本書。可是由於國民黨曾經長期禁止此書的發行，反而引起人們的注意。台灣一些青年人對於這本由以馬克思主義者自居的史明自詡為「站在台灣人勞苦大眾的立場」寫的書頗有好奇之感，對於書中揭發批判國民黨的部分（按：國民黨統治時期占該書的一半以上篇幅）則覺得讀來「痛快」，因此而此書發揮一定的政治影響。有人還說這是「第一本站在台灣人立場寫的台灣史」。有一位台大教授竟然抄襲史明的錯誤論點，說自荷蘭占領台灣後，「台灣幾乎已成為和中國不同的另一個『經濟圈』」。類似這種論點，經過一再引用，似乎謬誤便可以成為真理了。

翻閱史明的書，任何有起碼知性上的真誠的人，都會發現不論在史實上和論點上都有很多錯誤。我社編輯部組織了一些平素關心台灣史的朋友寫出文章，目的是讓沒有較深入接觸過台灣史的讀者知道史明的書有什麼錯誤，為什麼他的論點站不住腳。有關國民黨統治時期，我們寫得比較少。涉及中國大陸歷史部分的錯誤，就暫時不想理它了。

然而，在對史明進行批判的過程中，我們覺得，以科學的方法，以真正的歷史唯物論的視角，分析台灣各階段歷史的社會性質、社會構造和階級關係，從而建構科學的台灣社會史論、台灣資本主義發展史論和台灣社會構造體論，是當前極為重要的學術理論課題。一九二八和一九三一年，日據下台灣共產黨的兩個政治綱領，都對當時台灣社會構造進行了分析。一九五〇年韓戰爆發，台海分斷，台灣的社會科學界長期受到美國保守主義、自由主義社會科學的支配，因此一直沒有以歷史唯物論、政治經濟學的方法去分析台灣社會的研究積累。史明充滿粗暴錯誤的《台灣人四百年史》之所以能在台灣起到一定曲扭的影響，正是利用台灣長期反共保守學風下，台灣在進步政治經濟學上的荒廢條件，以偽託的歷史唯物論，欺世盜名，為反民族、反華、反統一的逆流服務，為反共和當代新帝國主義「拆散中國」的陰謀服務。因此，與其批判史明充滿知識與邏輯錯誤的《台灣人四百年史》，莫若以大量勤勉的勞動來建設台灣社會構造體論來得重要而有意義。

史明不是學者，而我們的文章卻從學術角度批評他的錯誤，這可能會「抬舉」了他。但我們本著學術的良知，希望史明的謬誤不再流傳，如果我們的文章可以給讀者起一點「導讀」的作用，並從而引起學子對台灣社會性質論的重視與研究，那就堪以自慰了。

最後，編輯部對執筆的幾位年輕學子辛勤勞動表示感謝。對台灣社會科學研究會在校訂上大量工作，也表示謝忱。王曉波教授在審閱書稿過程中給予寶貴的指導，尤足珍貴。一九九三年台北海峽學術出版社出版《台獨研究論集》中作者廈大台研所林勁教授論文〈從《台灣人四百年史》析史明的「台灣民族論」〉，徵得林勁先生同意，編入本書，這也應特別在此誌謝的。

人間出版社編輯部

初刊一九九四年三月人間出版社《人間台灣史叢刊9．史明台灣史論的虛構》（許南村編），署名人間出版社編輯部

另載一九九四年六月《海峽評論》第四十二期，署名許南村

1　本篇刊於《海峽評論》時，題為〈偽託的歷史唯物論——《史明台灣史論的虛構》編序〉。

演出隨想[1]

我第一次接觸「報告劇」，是一九八〇年代中期。由於王墨林兄的引介，當時的《人間》雜誌迎來了日本劇場運動家石飛仁的「飛天蜥蜴」劇團，以報告劇形式在台灣招集了一些青年，演出了《怒吼吧，花岡！》的漢語版。

依我自己的體會，報告劇和報告文學一樣，是激變的世局下的一種獨特的文藝形式。報告文學是文學形式的一種。同樣，報告劇在本質上也是戲劇的一種。但它們與其他文學、戲劇之根本的不同，在於它是真實的報告，從而具有新聞性、即時性和時效性。它們不容許虛構，不容許在人、時、地、事、因果等問題上摻入任何杜撰、不實的想像。但是在表現手段上，則在嚴守真實的條件下，可以運用一切小說、詩歌、散文等文學手法和一切戲劇舞台的手段。

就報告劇而言，除了材料上的真實性，還使用大量的、相關的照片，製成幻燈，打在舞台上，益增其真實性。例如《怒吼吧，花岡！》就使用了被害的敘述者（真實的歷史人物）、奴役中國勞工的現場、工寮和當年的新聞照片。這就十分突出地表現了報告劇的強烈的新聞性。新聞、紀錄和歷史照片（幻燈）的使用，可以說是報告劇的一個十分突出的特點。這些照片經放大後打在舞台上，發出震撼力極為強大的真實的迫力。

石飛仁的導演思想，有意將舞台性和戲劇性最大限度地壓抑。劇中設有一個主要的報告人，由這個報告人展開對某一事件的敘述，逐步引入事件當事人（真實的本人或由演員替身——特別是當著當事人已經物故）的敘述。幾乎所有的角色都只是像證言人和新聞、雜誌記者一樣，在舞台上手拿著稿本照本宣科，絕不在敘述中加入感情和表演因素。

這種戲劇形式，在革命、內戰、反侵略戰爭、社會運動、工人運動等最激烈的時候，起著宣傳、鼓動、報知、動員的強大作用，是可以想見的。而舞台、燈光之簡單、單純化，演員不被要求背台詞和表演，也有大大縮小和減少排演、表演的時間和資源，解決表演人才受到限制的優點。但一旦在富裕承平時期，沒有激動人心的社會變革期的生活，這種形式不免失之單調乏味。

因此，我在《春祭》的寫作設想上，做了這些改動：

（一）主要敘述者，沒有由一個調查五〇年代肅清運動歷史冤案的人出來擔任，而改由大家都習慣的，希臘古典戲劇常用的「合唱團」來擔任。我們的合唱團是「歷史的使女」，其實也可以改成土地爺與土地婆，作用是說明歷史框架，詠嘆白色恐怖歷史的國際背景，預告劇情發展，點出歷史的核心本質與意義等等。

（二）我們採用了劇場的一般技巧：化裝（特別是亡靈的化裝）、表演（如掩面飲泣、象徵性動作、揚撒冥紙等）。在台詞方面，結合了「照本宣科」（在台上看劇本讀）和讀台詞時的感情投入，搞兩者的矛盾統一。

（三）製作了場外聲（政治犯被拷問的場景，政治犯遺書原本的朗讀，等等）。

至於報告劇原有的幻燈片部分，我們則給予最大限度的利用。除了還可以找到的敘述者的照片（例如曾梅蘭[2]、黃逢銀等），還有刑場馬場町、台北市六張犁公墓照片、五〇年代冷戰歷史照片如麥克阿瑟將軍、李承晚總統、美蘇軍備競賽、韓戰、人民解放軍入朝鮮、美國國旗、昭和天皇、政治犯遺囑原跡等照片（製成幻燈片），取得了很好的效果。

此外，我們也使用了音樂來轉換場景，描寫和激發情感。

本劇在一九九四年三月十四日，初演於台北市南海路藝術館。在坐席僅六百個位子的劇場中擠著一千多名觀眾。演出過程因排練不足、燈光裝置不盡理想，有些瑕疵，但觀眾卻受到很大的衝擊，座中掩面流涕者不在少數，是一次成功的演出。這次演出的導演是對小型民眾性劇場饒有經驗的鍾喬先生，與他的「民眾劇場」同仁演出。

從我個人在這次演出中的體驗來說，有這幾點感想：

（一）以真實的歷史——特別是被權力所抹殺、湮滅的民眾史——為題材，或者以現實上被屈辱與挫折者的生活與現實（這現實又不為廣泛體制性傳播所注意和處理者——例如雛妓、兒童虐待、核電受汙染工人等等）為題材，配合大量幻燈片、新聞照片、錄影帶，加上舞台表現上的藝術技巧，發展報告劇小劇場運動，不失為當代現實主義劇場可行之道，也可以藉以補救當前小劇場實驗劇的虛無主義、形式主義甚至痞子主義過剩的缺點。

（二）自一九四五年以來，特別是五〇年以降，台灣以日本殖民／半封建社會轉變成四五年到五〇年間的半殖民地／半封建社會，再逐步地向五〇年以後半邊陲的依附型資本主義社會移行過程中，因冷戰和國共內戰雙重結構的嚴格限制而荒廢了歷史結算。因此，內戰歷史、冷戰結構、二二八事件、五〇年白色恐怖和無限上綱的國安體制造成的殘害，「黨國、法統、戒嚴體制」解體後台灣新生官商資本的權力之光與影等等，不但缺少社會科學的整理，更缺少文學、藝術等形象思維的總結。報告劇實不失為這總結的傑出的形式。

（三）希望近中能夠有機會和好的年輕劇團好好地排演，再演出一次。

初刊一九九五年八月行政院文化建設委員會《春祭》

1 本篇為作者對其所著歷史報告劇《春祭》的演出隨想。

2 「曾梅蘭」，原刊為「徐梅蘭」。據陳映真〈當紅星在七古林山區沉落〉（《聯合文學》，一九九四年一月），徐慶蘭和曾梅蘭為同父同母兄弟，因父親入贅，依婚約，哥哥徐慶蘭從母姓，弟弟曾梅蘭從父姓。

安溪縣石盤頭

祖鄉紀行[1]

〈清明〉

你們這一房，自從去台開基，兩百多年來，你竟是第一個回來的子孫……[2]

先祖百廟公入台開基，應該是在清代乾、嘉年間，距今已有兩百餘年。到我一輩，恰是開台後第八個世代。傳說開基祖兄弟三人，還背負了年邁的寡母，帶著祖宗牌位，渡怒海而來，定居在今日台北縣三峽一帶。

但是我見到過的族中最大的長輩，是我的祖母。我知道祖母時，她的雙眼早已失明。小時候，每次到中庄看到她，她總是用她的雙手摸著我的臉。「啊唷，心肝孫，大漢嘍。……」她會一邊摸索我的小臉，一邊這樣說，而且常常分不清是悲傷還是喜悅地流淚。從她的失明的雙眼乾澀地流下來的淚花，在她那特別陰暗的房間裡，迎著小小的天窗下的微光而發亮的記憶，至今猶在眼前。

這阿嬤在我小學五、六年級的時候過世。這之後，我的大伯父陳琳先生便成了我們家最大的長輩。我的祖父在我的父親十三歲時就過世了。我的叔祖父在一八九五年日本占領軍打到大科崁的時候，同中庄的一夥青年去擋日本侵略軍。「你叔祖父一上場，就被一槍打死了，你阿公告訴我的。」父親說，「你阿公聽說了噩耗，一個人去把弟弟的屍身揹回來埋葬。」

叔祖父陳火盛先生的墓，仍然在今日桃園縣中庄的公墓裡。墓石猥小，說明我家的困阨。上面寫著：「陳公火盛府君之墓」。

關於曾祖父以上的祖祖輩輩，即連父親的一代，也所知甚微。大伯父過世的時候，我已經是大學生了。在記憶中，大伯父先是住中庄，繼之，便依靠他的幾房孩子住到屏東潮州。每次他從中庄或者潮州路過，在我的生家或者養家看見他，印象裡，他總是鬚髮皆白。

從父親一代的回憶和經歷看來，到了祖父的一輩，家境已經相當窘困了，在父親的記憶中，祖父「身柄頎長」，是一個「極為慈愛的父親」。但家裡無地可種，也不是佃農。家道是靠著祖母賣一點鴉片土，賣一點據說聲聞鄉里的她的女紅度日。「窮人的孩子早當家」。大伯父因此早早就出了遠門，到深山裡去當拉木材的工人，以沉重的勞動，幫助寡母維持生計，勉強讓他的三弟和四弟讀完公學校。

大伯父的勤苦、孝德、友愛和慈愛，贏得了二房以至四房及其子孫們衷心的敬愛。到了晚年，他的耳朵越來越背，同他說話，就得貼在他耳朵去說，伯孫之間「筆談」的時候就多了。現在還常常記得的一次筆談，是他寫下杜牧的〈清明〉。

清明時節雨紛紛，
路上行人欲斷魂。
借問酒家何處有？
牧童遙指杏花村。

那一年，我上高中一不久。我看著他一點、一撇、緩慢地寫下這四句詩——中間不免有幾個錯字，心中充滿著驚訝和感動。這辛勞終生，少時失學的大伯父，是怎樣又什麼時候去親近了文學，至今並沒有答案。我趕忙從書桌抽屜中找到一本《唐詩三百首》給他。記得大伯父就在鶯歌家中客廳裡老舊的沙發上，安靜、專注地看了一整個下午，當他把書還我的時候，他說，「裡面找不到〈清明〉。」

另外一回難忘的筆談，是我寫給他看的。他說到我們在唐山的祖家。我隨即在紙上這樣寫：「大清國，福建省泉州府安溪縣石盤頭樓仔厝」鬚髮皆白的大伯父的臉立刻綻開滿是皺紋的燦然的笑顏。這是自小他就要他自己的兒女，要我這樣的侄兒輩銘記的地址。

一九八六年，父親為了續好一段家譜，取道美國，冒著政治上的麻煩，到大陸去，回到了兩百多年前的祖鄉。族譜上不明白的部分一下子就續上去了，但祖鄉的宗親，看著倖免於「文化大革命」之火的一卷厚厚的手抄族譜，感慨地對父親說，「從譜上的記載看來，你們這一房，自從去台開基，兩百多年來，你竟是第一個回來的子孫……」

兩百多年，也可以說得上代久世遷，脈盛支繁吧。兩百多年間竟然沒有過一個子孫回到石盤頭的祖祠去報知新生的支系，除了將近百年異族的支配和兩岸的對峙，恐怕主要是由於我們這一支系，世代寒微，沒有過功名產業，從而也沒有出過地主縉紳。在沒有財產就沒有教育的漫長的世代中，我家一系有幾輩人的文盲，也絕不難於想像。

然而，「大清國，福建省，泉州府，安溪縣……」這神奇的地址，竟而在世代貧寒、識字不多的我的家族中代代相傳，像是引領著在遙遠的海口孵化的魚苗，飛泅騰泳過萬水千澗，回到母魚自來的河湖的、魔咒似的溯本求源的本能，兩百年來，那樣強烈地召喚著我的大伯父、我的父親和我自己。

鼎沸

整個縣城飄著滿天黃土，沸沸揚揚，像一隻鼎沸的大鍋，火光和水煙瀰漫……[3]

然而，祖祠早已頹壞無存。那深深鐫刻在離鄉外徙的子孫們的心版上，那代代口傳，以便有朝一日外移的子孫一旦回到祖地時，可以立即辨識的「樓仔厝」，以及厝前的一棵老松，都已開成一片青翠的菜園，只有長一輩的人才記得往日坐落。父親兩百年後的返鄉，在祖鄉窮寒的親人中興起了重修祖祠的契機。一九九〇年，我第一次履實了大伯父自小栽種在我的記憶中的舊址，發現除了大清國已數易而成新生的共和[4]，泉州府改成泉州市，其餘皆一仍兩百年前的舊名。我看到了為重修祖祠核撥下來的一方土地，在來日祠堂庭前種了兩棵玉蘭花樹苗，和族親們合議了一個「有錢出錢，有力出力」的建祠方針。一九九一年，我看見祠堂的地基成形，族人用自己的勞動打造的花崗石條所砌成的四牆，已有半個人那麼高。

兩次回去的我的祖鄉，是個寧靜卻美麗的山圃寒村。這沒有出乎我的意外。一定是祖鄉困窘，才迫使子孫大量移徙於他鄉。但今年二月再訪祖鄉，卻發現整個安溪縣城正在經歷一場翻天覆地的變化，直教人瞠目咋舌。

整個安溪縣城，現在已經成了一個大建築工地，到處都是蓋好的或者正在蓋的樓房。建築的樣式粗糙而尷尬。仔細看看，很容易發現建材因過度旺盛的需求而缺貨，而品質粗陋。清溪（西溪）兩岸，全開闢成大片新興社區，樓房櫛比而起。拼裝車、東風牌中古轎車、機車、重型大卡車、中古的日本車穿街過巷，喇叭聲此起彼落，整個縣城飄著滿天黃土，沸沸揚揚，像一隻鼎沸的大鍋，火光和水煙瀰漫……

街上行人比過去多了五倍不止，而且行色匆促。新路舊路上多出了很多改建、新建的店面。家電產品、成衣、五金、百貨、旅社、食堂……規模不大，但做生意的人春筍一般地湧現。縣城朝西的地方，結成一個很大的賣場[5]，成衣、食品、小吃攤、菜市場……幾十個攤子，吸引了鼎盛的人潮。賣場附近的戲院，貼著「吉林省青年歌舞團」的劇照。照片上是村姑模樣的女孩，穿著一般的胸罩和內褲的「舞姿」。一個電影院正上演著無非暴力色情的港片。戲院外有另外一張電影招貼，預告即將上演的革命電影。在海報的上端，印著這樣一行字：「紀念毛澤東同志百歲誕辰」。

這是一個全新的安溪縣城。一個農業的、停滯的、被福建省長期劃成「重點貧困縣」的安溪，正在進行著蛻變，這蛻變顯得紊亂、吵雜，甚至還有一點倉皇、盲目，但卻充滿了前所未有的企圖、欲望和力求改變的焦躁。在縣人民政府和其他機關工作的朋友，大半仍是舊識，有些人調走了，有些是新上來的領導人。但不論是舊雨新知，這些朋友對於眼下的變革，充滿了期待和決心。

一九九一年秋天，安溪縣的領導部門決心要投入改革的呼召。他們認為，貧困的安溪在全福建省比較艱困的山區縣中，還算是離正在開發的福建沿海較近的山區，因此應該擁有相對優勢的機會。要搞開發，首先就要搞好基本建設，搞好供水、電力、道路、交通和通訊電訊體系。這首先就碰到開發資金短缺的第一道牆壁。

和當前大陸上許多地方一樣，資本拮据的安溪縣也採取了變賣土地的方法，以籌措開發所必要的原始資金。縣人民政府開始徵用財產上屬於社會主義公有性質的清溪兩岸土地，把使用權典賣給港、台、新加坡資本，蓋成社區、辦公室和廠房。縣人民政府用這筆資金，投向公共工程的建設。安溪現有發電力是四萬餘千瓦。正在興建、尚未投入的電力還有三萬多千瓦。但離計畫中的十八萬千瓦目標，還有十一萬千瓦的落差。由於廠礦驟增，當前電力供應吃緊。我住的旅社就採取分段供電的措施，讓人切膚地感到能源需求迅速擴大的緊迫感。在交通上，安溪面對著極為開闊的前景。一條貫穿了使安溪與福建沿海地區隔斷的東嶺山區的大隧道——龍門嶺隧道正在趕工開鑿，預計可以在今年十月間通車。此外，一條連接了漳平與泉州，橫跨安溪縣城的漳泉鐵道工程也已開始進行。隧道和鐵路就會像兩條重要的交通動脈，勢必為貧困安溪的開發，帶來根本性的、戲劇性的經濟、社會改變。

作為僑鄉的安溪，印尼、南洋的安溪出身華僑，這三年來對原鄉的捐獻性建設，也起著重要的社會作用。印尼僑商李尚大就效法愛國華僑陳嘉庚在湖頭捐了廣闊的「慈山學園」，學園內設有從幼稚園到專科的各級學校。大型綜合醫院「銘遠醫院」成了安溪縣中現代化的醫學中心，也是香港富商鍾姓兄弟所捐獻。幾個新加坡華僑聯合捐了規模宏大的城隍廟，聘請閩南著名的民間雕塑家黃連成塑造佛像，有令人驚歎的藝術水平，和大陸上不少重修的名剎名廟中新塑神像之粗劣不文，不能同日而語。

安溪經濟的發展，從外省引來不少勞動人口，使安溪人口不減反增。據估計，光是來自湖北、湖南的外省人口在這縣城就將近千人。奇特的現象是，一方面安溪自己因新建、新辦工廠而擴大勞力需求，另一方面安溪本地依然過剩的勞力卻比以往的任何時期都熱烈地組工到廈門、晉江、泉州甚至遠到廣東深圳去打工。中國大陸在近十年中資本的原始積累運動，和當年的台灣一樣，促成了農村過剩勞力湧向工業所在的城市，農民的階級分解和勞力的商品化過程，正在隨著經濟開發的進程快速地擴大著。安溪的非農收入增加了。湧向外鄉的廉價女工隊伍，從外鄉的電子工廠、製鞋廠、塑膠工廠和紡織廠，把省吃儉用剩下的錢匯回安溪故鄉，成了煮沸安溪經濟的主要燃料之一。

興衰

這個文化、經濟發達的古城，在兩宋的顛峰時代過後，逐漸走向了悲慘的沒落……[6]

然而，僅僅多一點的調查，就使我驚訝地發現，原來歷史上安溪經濟的甦醒，絕不是這「開放改革」才開始的。固陋不學的我，竟是在這一次祖鄉的旅行中，才知道安溪早在南唐建城，迨兩宋之時，安溪的經濟就曾極其繁盛一時的。

安溪縣文物辦公室的葉清琳先生說，「安溪自有悠久的歷史。她的歷史，就直接書寫安溪的大地上」。因為在安溪縣全境，包括我的祖鄉龍門、官橋和蓬萊，以及沿著東溪、西溪的兩岸，目前發掘的就有十七處新石器時代的遺址。安溪和中原的關係，從出土的一個唐代被貶居安溪的貴族墳墓看來，至少可以上推到唐代。但安溪社會經濟的鼎盛期則在兩宋時代。南宋的政治中心在杭州，而經濟中心則在泉州。當時的泉州，儼然是一個國際貿易的城市。從泉州溯晉江可以直達在安溪的源頭西溪和東溪。因此，繁盛一時的世界貿易之都泉州，商賈能夠依靠當時暢通的水路，直抵安溪來採買。當時安溪重要的物產是瓷器。由於優質的瓷土「高嶺土」幾乎遍在於安溪全境，安溪成為兩宋時代聞名海內外的瓷器生產基地。安溪的瓷品，透過泉州出海，運往印尼（在當時作為航運中繼站的澎湖出土的宋代陶瓷中，便有大量產自安溪各窯的），交換南洋的香料，成為「海上陶瓷之路」和「海上絲綢之路」。當時盛極一時的陶瓷產業，在今天的安溪全縣，猶留下已經發現的窯址一百五十餘處。一九七四年，在泉州近海撈起了當時貿易的海船，船中就滿載著以陶瓷換回中國的大量南洋香料。

依信史的記載，安溪早在距今一千四百年前的南唐大保年間正式建縣。嗣後經五、六百年而到兩宋極盛的時代，使安溪早已發展成一個相當完整的歷史縣城。從遺址看來，安溪自有城廓，有護城之河，城內有文廟也有武廟和城隍廟，街道略為狹窄，但皆有卵石鋪路的遺跡，是一個歷史久遠，結構和建制十分完整，文化、經濟發達的古城。

在兩宋的顛峰時代過後，安溪逐漸走向了她悲慘的沒落。有明一代，倭寇猖亂於中國浙江、福建沿海。當年繁榮了安溪、暢通了安溪和泉州的水路，引來一、兩千個凶殘的日本海賊隊伍，在安溪大肆進行殘暴的搶掠和燒殺，可以歷時四十餘日。每一劫後，安溪輒成為鬼城，安溪縣城和附近的農村盡成廢墟。往日因海路和內外貿易集散而充滿銀幣、酒香、笙歌與貨物的安溪，在自明初而明亡的一兩百年倭亂中，化為灰燼。

安溪的衰落，還不只由於倭寇的蹂躪。

為了抵禦海防，明朝當局在福建沿海和包括安溪在內的沿海山區占地屯田。在貧困的安溪，被官兵劫占屯田的面積就有一萬六千多畝。於是農民失所，無以為生，棄地流亡他徙者層出。

其次，是歷代封建豪門大族大肆在安溪搶占土地。例如，安溪出身的清代大學士李光地就是當地的大地主。其後李、唐、林三家占有安溪大部分的土地。早在明代，泉州的富商豪右，特別是李、陳二家，成了安溪最大的不在鄉地主。土地高度的集中，地租苛酷沉重，幾乎使整個安溪全地的農民皆成為泉州不在鄉地主的農奴。此外，安溪一帶封建寺觀強占大量土地，也使安溪農民淪為寺觀土地的佃奴。嚴重的社會矛盾，也是使安溪經濟凋敝敗落的重要原因。

墾拓

這艱難曲折的歷史，使安溪人，成為閩南遷台人口中人數最多的一群。[7]

倭亂、土地關係的嚴重矛盾和明末大飢等等，使得自明代以後，安溪的人口因在天災人禍中死亡和大量向外避難求生而銳減。貧困的安溪農民，北向溫州、平陽、江西流徙，東向廈門、同安、龍溪流亡，更有一路出海，遠渡大海，奔向台灣墾拓，尋覓另一個生活的天地。安溪人渡海到南洋者，是渡台運動以後的事了。

說到安溪人入台的歷史，也是一頁辛酸的亂世黎民流亡史。

遠者不說，出身於鄰近安溪的同安的鄭成功，在據金、廈抗清的時候，在安溪徵了大批壯丁。待鄭成功退據台灣，大批安溪兵丁就隨鄭軍入台，有全村四、五百人皆與鄭軍渡台的紀錄。為此，清當局不但派兵入安溪進行了報復性的剿戮，施琅攻台時，也大量徵用安溪兵丁，攻打台灣。安溪農民便是在這權力的爭伐中，帶著令人哀傷的矛盾，在同鄉相殘的過程中，進入台灣。清道光、咸豐年間，附從太平軍蜂起的安溪貧困農民，在太平革命覆滅時，為避開殘酷報復而逃亡台灣。此外，明鄭歸順，台灣收復之後，清廷為加強台灣的開發，安溪出身的總兵林儒招募大批安溪貧困的農民入台墾拓，成為佃丁長工，在台灣拓殖社會的底層艱苦地勞動。

正是經歷這艱難曲折的歷史，使安溪人成為閩南遷台人口中人數最多的一系。依據一九二六年日本治台當局的統計，當時台灣漢族人總計三百七十餘萬人，占台灣總人口的百分之八十八點四。在台灣漢族人口中，有百分之八十三點七的人口，即三百一十萬人是福建省籍。而遷台福建各縣人的統計中，安溪人四十四萬人，居第二，占百分之十四。待同安縣人再分為同安、思明（廈門）和金門三縣、安溪人一躍成為台灣人口中以縣籍計算人口最多的人。以這六十八年前的統計為基數，假設人口以二十年翻一番，安溪人在今天兩千萬省民中，依舊是人數最多的一群[8]。

毛蟹穴

傳說入石盤立基的先祖，鳩工建立祖厝，特地請來一位風水先生勘查地理。[9]

而龍門鄉金獅村石盤頭出身的我家一系開台祖百廟公三兄弟，在這歷史性的安溪人大遷移歷史中，只不過是一粒微塵吧。石盤頭是離開安溪縣城約莫四十分鐘車程的外山裡的小村社，現在總共只有七十戶不到的人家。這次路中所見，最大的不同，是那條通往石盤頭的山路邊，到處擺著百斤上下、形狀不同的花崗石材。而且越是接近石盤頭，石材的數量越多。在石盤頭下了車，一眼就能察覺的變化，是這原本古老、荒薄的山村，多出了許多新起的房子，有平房，有兩層樓房，都是當地自產的花崗石材砌起來的，和灰暗的傳統老屋，成了十分鮮明的對比。

車子在宗親陳振瑞先生家門停住。他驚喜的是我「突然」的來訪，我驚喜的是他蓋了新房，面路的一邊還開了店，賣一點日常用品和糕餅。縣城裡陪著來的朋友介紹，他這兩年搞花崗石材的開採，打成半成品，賣到縣城和台安，「一年可以多收那麼三、五萬。」他靦腆地抓著頭皮說。這些年來負責新建宗祠的陳振瑞、陳生注、陳永發，多少都做了些石材生意。生註先生不幸因腦溢血而失語，行動也不頂方便，幸好身體其他方面都算健好。

石盤頭也可說是今日安溪的一個縮影。村子裡的姑娘組工到廈門、泉州、深圳的勞動密集工廠打工，從每月三百人民幣扣除起碼的生活，寄回這山村裡來。村子裡的小伙或外出打工，或到石場打石頭，有機會就自己當家也做石材生意。有人去學泥水匠、燒磚、學裝潢、學油漆，於是村子裡的田地就只有老人家和女人去照顧。村子裡非農收入增加了，新蓋的石板房也跟著增加。有講究的人在石板門框和窗台上，打上不俗的藻繪。

石盤頭的經濟，基本上以農為主。為響應「山區綜合開發計畫」，出身安溪的印尼僑商李尚大出資金鼓勵石盤頭的農民種果樹，給每戶各發了兩株柿樹苗、一株龍眼樹苗。「種活了算送給農民，種死了要賠樹苗錢。」縣城來的朋友笑著說。從一九九三年起，石盤頭年輕的勞力組工外出的多了，非農收入在村子總收入中的比重增加了。長期在村委會搞會計統計的陳振瑞說，「村子每人年平均收入從一九九一年的五百三十元人民幣，提高到今年此時的六百九十元。一家以三口計就是二千零七十元。這不算多，但比起從前，就不能同日而語。」[10]陳振瑞說。

從一九九〇年認識這三位宗親以來，深深感覺到他們的老實、認真和深情。但是我們這石盤頭卻流傳著一個關於我們先祖不頂光彩的傳說，和我這三位宗親的品質很對不上頭。

傳說入石盤立基的先祖的第幾代，鳩工建立祖厝，特地請來一位風水先生勘察地理。風水先生為我們先祖找到了一個「毛蟹穴」，奠基興工，預言家族世代鼎昌，將來代代「金盞銀箸」，永世榮華，並且相約等待發達之日，再來討禮。風水先生走後，陳家果然騰達，富甲一方，整個獨占和操縱了龍門墟一帶的米市。閱數年，風水先生來陳家，問起當年許諾是否應驗，準備收取豐渥的禮酬。不料傳說中的我們的先祖，心存貪吝，不但不承認發家，還埋怨風水不靈。風水先生識破東家的貪詐，佯稱再施法術，保證發家富貴。但見風水先生在宅後燒符作法，又在宅前大院破土開地，頓時有赤水如血汁湧流者竟日。「從此我們的風水破敗，石盤也一挫不起。」那位宗親笑著說，坐皆開顏，顯然已經沒有人相信這一則不知流傳多久的傳說了。

這是一個「風水師破上穴懲罰貪詐」的典型「論述」。類似而又稍異的各種版本，在台灣也常聽見人說過。引起我油然興味的是，中國人一向說到祖先，總要以尊敬的口吻，追述「宗功祖德」。而石盤頭的我的宗親，竟能這樣詼諧先人，想到這或者就是縉紳階級和貧困農民的祖先觀之不同，不禁莞爾。

源流

從帝舜算起，是百卅三世了。以二十年為一世，就有兩千六百多年。
11

這一回到祖鄉來，帶來父親交給我的一個任務。他老人家想要知道世元公在入安溪石盤肇基之前的流傳與垂統。這是一個幾乎無法完成的使命。在石盤頭，由於一位離休教師的宗親陳友拔先生和縣城文史辦葉清琳先生的熱心協助，先是在石盤頭的族譜的序文上找到這樣的句子：

吾始祖世元公，原銀同秦美素軒公之裔，開基清溪依仁里石盤……

葉清琳說秦美就是今日廈門的集美故名。集美有一個「姓氏源流研究會」，燃起了我的好奇和希望。離開安溪以後，聯繫到姓氏源流研究會的陳國良先生，居然不可思議地（當然並不是十分準確地）把開基於石盤的世元公接上了上銜於始祖帝舜以降、延綿幾乎三千年、計約一百二十代的宗族的大樹。

關於陳姓源流最早而可徵的記載，寫在《史記》的〈陳杞世家〉：「陳胡公滿者，虞帝舜之後也。……周武王克殷紂，乃復求舜後，得媯滿，封之於陳，以奉帝舜祀，是為胡公。」這胡公媯滿便以國為姓，生息衍續，是為天下陳氏家族的由來。而這陳地古名宛丘，就是今天河南淮陽，至今淮陽還保有胡公祠、胡公墓。一般說「天下陳氏出潁川」、「天下陳姓出義門」都不是原祖論，而是指一個來祖衍生的著名衍派。例如公元前六七二年，陳亡於楚，有陳完逃奔齊國，改姓田。四百多年後，齊為秦所滅，齊王建三子軫相楚復陳姓，移居潁川，即潁川陳氏，衍續而成中華望族，今人又推崇胡公四十八代孫，被陳文帝屢次追封、加封的陳實（潁川侯）為潁川派的始祖。

從舜到胡公媯滿計三十四世。從媯滿到潁川陳實公共四十八代，合起來就是八十二代。陳實以下傳到從河南南下入閩的「南陳」派系，各種族譜的說法不一，有不可避免的矛盾。但總之再傳十二世到「南陳」派始祖陳邕，合計就是九十四世。我家族譜中所記「秦美素軒公」，就是從陳邕再傳第十代的「光模公」。從這光模（素軒）再傳六世，就是到安溪石盤肇基的世元公，合計一百一十一世。

石盤世元公再傳十五世至陳百廟，渡台立基，是我家族系的台灣開基之祖，合計是第一百二十六世。百廟公而光侯公，而金山公，而清賽公，而寬公，而我的祖父陳耄公，計一百卅三世。父親一代有四兄弟。大伯父陳琳先生；二伯父陳九先生；三伯父，也是我的養父陳根旺先生和我的生父陳炎興先生。到了我這一輩，從帝舜算起，是一百卅三世了。以二十年為一世，就有兩千六百多年。

不過，以封建宗法財產關係為基礎的族譜思想，畢竟是以男性子嗣為中心的譜系。族系的繁衍，每一代、每一房都有他姓的女性參與這血緣網絡的擴大和形成，同時也有我姓婦女廣泛地參與他姓族系的拓展工程。把「血緣」列為民族形成的重要條件之一，從這個角度上去思考，就會有更為具體深刻的體會。

新祠

我這來自台灣的子孫，只見一片空曠的菜圃，心中漾起惆悵和緬懷的微波。[12]

今日保存在安溪石盤頭的族譜上，記載著更為翔實的祖籍地址：（大清國）福建省，泉州府，安溪縣，歸善鄉，依仁里，石盤頭，崎溝，福安厝。我的大伯父所記憶，就只少了鄉名，里名和地頭名「崎溝」。至於「樓仔厝」，大約是當地人依福安厝的樓房外型起的俗稱。從百廟公拜別石盤的祠堂和鄉井，渡怒海到今日三峽柑園一帶開山肇基以來，依原鄉族譜所記，一直到父親於一九八六年回到原鄉，子孫未嘗有一人歸省。而這神奇的祖籍地址竟能在台灣口口相傳近兩百年而不忘，終於由大伯父傳給我和其他的子孫。這些移民不僅口傳了地址，也口傳了原鄉祖厝的形象。「那樓仔厝門前，有一欉大松柏。」我曾聽大伯父的長媳這樣說，「你大伯常跟我們講的，講樓仔厝前，一欉大松柏仔。」

問起樓仔厝和松柏樹，族親陳友拔說確有其事。在前往新建祠堂的路上，陳友拔帶我看樓仔厝的舊址。如今早已經沒有任何遺址可尋，開成了菜園。畦上摘餘的油菜，紛綠鮮翠，和台灣農村的田畦毫無二致。「老松柏就長在那個角落。」他比畫著說。他說著的時候，心中一定還有那一棵兒時熟見的百年老松，但我這來自台灣的子孫，卻只見一片空曠的菜圃，心中漾起惆悵和緬懷的微波。

一九八六年父親歸省，和族親們共定了重修祠堂之議。族鄉經濟情況不好，慚愧的是我家在台灣也不是富商大賈，父親回台灣後，寄去微薄，做補貼鳩工之用。今天，祠堂已初見形貌，比我想像中者還要有模樣。祠堂是按照祖宗原來的建築構成蓋的。「有上落半座，無有下落」，前有庭，庭有圍牆，正牆中放大門，上落左右雙邊各開小門。族親們組織了「石盤頭建祖厝委員會」，由陳振瑞、陳生注、陳永發和其他族親組成。如果石盤在外的子孫有幾個豪商大賈，這祖祠應該早已落成。但是艱苦勤工建祠，也另具意義。因為數年於茲，祠堂之初具結構，主要是原鄉宗親們在建委會領導之下集腋捐集，加上村中全體族親用自己的勞動去打石材、運石材、闢地、奠基……上樑、覆瓦，工程因資金之斷續而斷續。我家在海外幾次捐獻，實在是杯水車薪，於心不安。但這樣用勤勞的勞動一寸寸新修的祖祠，就不像以往的中國各地祖祠，多半是族中豪門宦家，為加添自己一家的榮耀主修土木，而是族內勤勞農民自己親自擘畫，用自己的勞動和血汗集體修建，是原鄉宗親人民自己的宗祠。因此，我們的新祖祠就不再是長袍馬褂的族中豪強族權的中心，而成為石盤頭農民宗親在紀念族史祖德之餘，可以議事聚會、交流文娛，接待尋根謁祖的外地族親的社區公共場所，使祠堂擴大它的社會功能，這就很有意義了。

現在，覆瓦尚未收尾，圍牆、正門有待建立。石盤頭原鄉的鄉親基本上有信心依靠自己的力量，逐步完成宗祠的建設。但是，在原鄉宗親們已經勤工建祠，完成了主要建築的此時，散居在台灣和南洋各地的安溪石盤頭派下的子孫，若能動員起來，參與宗祠興建工程的剩餘部分，實為美事。凡海外宗親關心此事，可以寫信到福建省安溪縣龍門鎮金獅村給陳永發、陳振瑞兩位宗親聯繫。

一九九四年四月

謙遜

這宗族的歷史，又是整個中華民族發展史的縮影，也是中華民族發展史的一個組成部分。

13

新祠堂上落有一對花崗石柱，上面刻著這樣的對聯：

石堅擎日月　開基綿遠

盤固托河山　衍派澤長

然而，在綿遠的基業，澤長的衍派背後，是二、三千年興衰騰微、遷徙流離、安居發展和凋敝流亡疊相交織的宗族史。而這宗族的歷史，又是整個中華民族發展史的縮影，也是中華民族發展史的一個組成部分。

經歷兩宋的鼎盛，明清以後，安溪就在內憂外患、天災人禍中貧困化。今天，儘管內包著絕不可忽視的矛盾和問題，龍門嶺隧道的開鑿、漳泉鐵路的鋪設，都在明朗地預言安溪經濟長期停滯時代的終結，就像整個中國大陸，整個亞洲終於要宣告穿出長期陰暗停滯的隧道，迎向不可預知卻又必然的經濟發展時代一樣。一個高度城市化、資訊化、高教育和科技的亞洲（當然包括中國大陸）正要形成。那時候，從十八世紀以降到二十世紀三、四〇年代從中國南方向廣泛亞洲、東南亞和南洋地區移徙的華人——其中包括安溪石盤頭人和他們的資本，在新世紀經濟運動中所起的民族的、宗族的作用，毋寧是自然的結果。如果我們對「東方資本主義」還能把持起碼合理可能的願望，那就是歷數千年而未泯沒，在幾個古老文明中至今唯一能迎向再生的現代的文明，對新世紀亞洲經濟開發的更新和領導作用，能取代過去西方主導的、以帝國主義、殖民主義、戰爭、環境的崩潰、冷戰中的霸權與扈從為代價的成長。

恥辱、屈從、貧苦的亞洲就將過去。至今以作為白人扈從的傲慢，恣情輕賤和詛咒自己的宗族和血緣，一面又對外人極盡恭謹、怯懦和諂笑的人，在西方沒落，亞洲崛起的地圖中，不會找到自己的位置。

這是祖鄉之行一點謙遜的體會。

一九九四年四月十五日

初刊一九九四年四月二十三—二十五日《聯合報・副刊》第三十七版
收入二〇〇四年九月洪範書店《陳映真散文集1・父親》

1 本文依據初刊本、參酌洪範版校訂，文末寫作時間則據洪範版補綴。此文發表後，陳映真致函更正：「拙文〈安溪縣石盤頭〉（按：刊見八十三年四月二十四日《聯副》）中，有一個重要錯誤。我家一系來台開基祖是明遠公而不是百廟公。明遠公諱問津，字恆濟，與牖戶公、爾宇公三兄弟渡海到三峽橫溪一帶肇立基業。這是一個很不好意思的錯誤，請惠予更正，並向編輯、讀者和宗親們道歉。」見一九九四年五月十六日《聯合報・副刊》第三十七版「回音壁」欄目。

2 洪範版無此處引文。

3 洪範版無此處引文。

4 「共和」，洪範版為「共和國」。

5 「賣場」，洪範版為「集貿市場」。

6 洪範版無此處引文。

7 洪範版無此處引文。

8 「一群」，洪範版為「一系」。

9 洪範版無此處引文。

10 此處對於陳振瑞的引述範圍，洪範版將原於「村子每人年平均……」之前的上引號，移至「這不算多」句前。

11 洪範版無此處引文。

12 洪範版無此處引文。

13 洪範版無此處引文。

帝國主義者和後殖民地精英

評李總統和司馬遼太郎的對談[1]

帝國主義者司馬遼太郎

四月三十日起一連三天，《自立晚報》刊出了幸芳所譯日本《週刊朝日》上一篇日本著名歷史小說家司馬遼太郎與李登輝總統的對談。這是典型的帝國主義者與後殖民地精英間的對談，讀來苦澀不堪，感觸殊深。

司馬和李總統兩位知識分子，大概都是出生於二〇年代的人。一個生在二〇年代的日本。那個時候，日本已經在國家權力的推動下，同時進行了資本主義的發展和帝國主義的擴張，在日俄戰爭和日清戰爭中取得了勝利，併有了日本北方、台灣以及後來朝鮮等「新附」之領土和殖民地。二〇年代中後，日本陸續殘酷鎮壓日本本地、台灣和朝鮮的階級和民族解放運動。三〇年代，日本的鐵蹄縱橫中華大地，造成深重的苦難。四〇年代，日本帝國主義向亞洲太平洋擴大，在遼闊之東南亞、南洋地帶，留下了不能逭赦的戰爭罪行，而終於在一九四五年招來侵略的破局和敗北。

司馬和李總統，正是在這侵略與反侵略、加害與被害、支配與反抗的歷史中，完成了小學——公學校、高等學校和大學教育。但一個是殖民者日本人秀才，一個是殖民地的台灣人精英。一個成了日本著名的歷史小說家，一個在後殖民地台灣向美日獨占資本形成新殖民地依附過程中的台灣內部合作機制（internal colaborating machanism）「國際開發總署」——「農復會」的精英官僚，嗣後又被吸收到國民黨地方而中央的官僚系統，而成為後蔣時期台灣本土新的官商資產階級國家政權（state）的總統。

帝國主義和「無主之地」

在殖民主義母國擴張運動中成長的知識分子，不一定都是帝國主義者。但司馬遼太郎在這次與李總統對談中的言論，說明他是徹頭徹尾的帝國主義者。

他說台灣本是「無主之地」。對於一個侵略者民族——而且這侵略罪行才不過是四十年前的事——的知識人而言，這是不知以暴行和掠奪為恥的暴言。這樣的人，對於中華民族在台灣綿長的開拓史實，完全可以視若無睹，而到處看到「無主」的土地。從重商主義時代開始，帝國主義／殖民主義就不斷興奮地到處「發現」「無主」的陸洲而據為已有。一直到今天，主張「台灣地位未定」，主張台灣海峽「中立」，其實就是台灣原為「無主之地」的帝國主義論調現代版。正是在這新的「無主之地論」上，美日聯手炮製了《日台和約》，炮製台灣「地位未定」的論據，分裂中國，武裝占據台灣，干涉中國的內政。

司馬是一個文學家。他當然知道他所寫的文章中每一個關鍵辭真實的指謂。從台灣原為「無主之地」論開始，他說一八九五年以後的五十年間，「台灣曾是日本的領土」。他甚至不願意說「台灣曾是日本的殖民地」。司馬一句「台灣曾是日本的領土」，便無形中掩飾了一八九六年以至一九一五年前後台灣人民前仆後繼、犧牲數十萬人的反割讓武裝鬥爭，掩飾一九二〇年代台灣波瀾壯闊的文化、政治、社會抵抗運動，掩蓋一九三〇年台灣少數民族霧社抗日武裝鬥爭，掩蓋了日帝當局溫存半封建主佃關係，經由糖業資本主義壓抑廣泛台灣農民，並以警察權力鎮壓台灣人民的階級和民族解放運動，和以皇民運動驅策台灣人民充當日帝軍事擴張主義的炮灰，以慰安婦制度羞辱台灣婦女，強迫消除漢族語言、強令更改祖宗名姓……這些罄竹難書的暴力、掠奪和壓迫。

司馬引用梅棹的話，把兼併了韓民族的朝鮮和漢族的台灣所形成的帝國日本，無限懷思地說成「多民族國家」，卻又硬生生要從中國分離出一個「台灣人的台灣國家」；要對歷史長期凝聚而成的多民族統一的國家中國說三道四，說中國應該只有四川省那麼大是最好的……。

一九四五年日本戰敗，作為對日本戰爭責任的懲處，日本不能不歸還台澎予中國。但司馬卻把這贓物的償還，說成台澎從日本「分離」！司馬還責難日本人「（從一八九五年）直到一九四五年分離為止，在此（台灣）出生且受過教育的台灣人們，曾當過十足的日本人一事，我們（日本人）已經逐漸淡忘」！

「十足的日本人」論的侮辱

這是對於台灣人民的極大的羞辱與枉曲。

和一切殖民地、半殖民地一樣，台灣在日統下出過大大小小的親日派和漢奸。殖民當局通過這個和殖民主子合作的精英（elite colaborators）滲透到殖民地各階層，加強了控制，並且對殖民地人民起到「事敵者榮顯獲利」的典範作用。這些人上焉者是地主豪紳富商，如辜、林、陳、顏。下焉者是「三腳」教師、壯丁團長、保甲長、中下層警察。但這樣的「十足的日本人」，畢竟是極少數。事實上，連日本統治當局對於台灣人民抗日蜂起不斷尋找原因，而有這樣的結論：

台灣人的民族意識之根本起源，乃係源於他們是屬於漢民族的系統。本來漢民族經常都在誇耀他們有五千年傳統的民族文化，這種民族意識可以說是牢不可破的。台灣人固然是屬於這漢民族的系統，改隸雖然已經過了四十餘年，但是現在還保持著以往的風俗習慣信仰，這種漢民族的意識似乎不易擺脫，蓋其故鄉福建、廣東兩省與台灣，僅一水之隔，且交通來往也極頻繁，這些華南地方，台灣人的觀念，平素視為父祖墳墓之地，思慕不已，因而視中國為祖國的感情，不易擺脫，這是難以否認的事實。

——《台灣總督府警察沿革誌》

日本人自己對五十年日本統治下的同化政策的評價，基本上是負面的。一九〇五年，濱田正經在《台灣觀察報告》中說，台民在墓碑上刻清朝年號和清廷頒賜的勛爵，而謂日本「同化(論)者乍一聞之，必憤慨一番」。一九二八年，濱田恆之助在他的《台灣》中，看到島民恪奉中國傳統祭典，鋪張盛大，對台灣日本神社的大祭，卻乏人參拜，從而警惕到此一懸殊，「不是好現象」。一九四四年，中川正在《關於內台生活的交流》中指出，在食、住等具體生活中，台人不理會皇民化運動，仍然保持中國的生活方式，大為抱怨。

說台灣曾有五十年是「日本的領土」；說台灣人在這五十年間當過「十足的日本人」，司馬遼太郎和日本龐大的右翼一樣，一筆抹殺了日本殖民主義以暴力、殺戮、劫人財富、毀人文化、辱人人格所造成的，交錯了恥辱的屈從和壯烈亡身破家的抵抗、擴及全東亞和南洋的殘暴加害的歷史。這其實就是日本當局長期竄改日本歷史教科書中有關日本侵略與戰爭責任部分的史實，每隔一年兩年，就搞一次閣員參拜靖國神社，發表「南京大屠殺虛構」論，和「大東亞戰爭」是把亞洲從白人殖民主義下解放出來的「好的戰爭」論的根源所在。

日本是戰後台韓獨裁政權的受益人和共犯人

司馬著意強調了「台灣與日本分離後，中華民國就踏上了台灣」。他說和日本「分離」，被「中華民國」「踏上」後的台灣人，卻受到「中華民國」統治者的「差別」(歧視)和「壓制」。「曾經是日本領土」的台灣，因日本戰敗被迫「分離」出去，被中華民國占領，使「台灣人」受到「中國人」長期歧視和壓制——這樣的司馬的帝國主義邏輯，躍然紙上。但我們以輕蔑的橫眉對之，不屑一辯，倒是想談一談戰後台灣人民在「國家危害」中死難受害的歷史與日本的密切關係。

一九四九年底，代表舊中國地主、官僚資產階級和買辦資產階級的中華民國政府，在內戰中失敗，退守到以《波茨坦宣言》歸還中國的台灣。一九五〇年六月，韓戰爆發，冷戰形勢達於尖鋒，美國武裝強力干預中國內政、以軍事、經濟、外交、政治支持在台灣沒有社會和階級代表性的蔣氏政權。在鎮壓一九四七年二月間台灣人民要求民主政治的蜂起後，從一九四九年底開始，蔣氏政府又展開了長達四、五年殘酷肅清——司馬所謂的「國家危害」，夜不能安睡，憲警秘密逮捕……的「苦難」——建立了波拿帕式（Bonapartist）高度個人獨裁國家。

敗戰後的日本巧妙地利用了國際冷戰局勢，逃避了戰爭罪責的清償，以完全扈從美國在遠東的反共、帝國主義政策，換取了天皇體制和戰爭財閥、官僚與軍閥的延命。一九五三年，在美帝國主義一手導演之下，日本悍然拒絕和在日本侵華戰爭中付出最慘重犧牲的中國（大陸）人民媾和，而單獨與扈從美日的台灣訂立和約，留下「台灣地位未定」帝國主義把柄，並長期具體地在政治、經濟、外交上支持了台灣壓迫性政權。

這以後的三十多年間，日本緊隨美國，採取封鎖中國大陸，以新中國與人民為敵，支持蔣氏政權、強化兩岸對峙分裂的帝國主義政策。韓戰以後，美國採取重建日本資本主義以反共的政策，以美國自己的市場為日本工產品的銷售基地，並迫使朝鮮和台灣為日本資金、機器、半成品的傾銷市場，恢復朝鮮與台灣對日輸出農產品、輸入工業產品的舊殖民地經濟分工。日本無視台灣和南韓獨裁政權對人民的「國家危害」，長期支持兩個壓迫性政權，利用台韓「獨裁下的成長」，促成日本獨占資本對兩地的滲透，造成深刻的對日技術依附，無法自拔。今天，台灣早已成為專為日本潛水獲魚的鵜鶘，大量貿易剩餘，奉送給日本。

在五十年對台直接威暴性的殖民支配後，日本不但不知反省，又進一步扈隨美帝鞏固獨裁政權，造成對台灣人民的「國家危害」，在台灣掠取新殖民主義的利益，對台灣的人民犯下了罪惡的二次加害。在這醜惡的歷史之前，司馬遼太郎有什麼資格對戰後台灣獨裁體制對台灣人民的加害品頭論足？事實已經明若白晝：司馬遼太郎之流的日本和日本人正是那台灣黑暗時代的「國家危害」，讓四千人刑死，八千人投獄巨大犯罪的共犯人！

「單一民族國家」日本的虛構

司馬興奮地呼喊，「那個(國家危害的)時代結束了。蔣家的時代已落幕。難以置信的是本島人李登輝成為總統了。」

在帝國主義日本，日本本部叫作「內地」，朝鮮、台灣這些殖民地則叫作「外地」。從人的角度來看，日本人叫「內地人」，殖民地人叫「外地人」。在台灣這個島嶼殖民地，台灣人又叫「本島人」(hontoh zhin)，與殖民者日本「內地人」(naichi zhin)相對，有明確的政治、人格、階級、民族的歧視意義。司馬不用「台灣人李登輝」而刻意用「本島人李登輝」是用心深刻，心懷倨傲，對台灣、台灣人和李登輝總統個人深度鄙視的帝國主義侮辱心態的總暴露，殊可憎惡。

中心國家的擴張運動中，帝國主義者看到傳統的、邊陲社會和地域，總覺得人家是「無主之地」，不掠而得之，其心不悅。等到這些地區或國家抵抗外侮，取得了獨立，帝國主義者就說別人的主權概念有問題，別人的領土構成有問題，但是對於自己過去和現在的侵略的、霸權主義的主權意識和領土形成過程中的強盜歷史，則裝聾作啞。司馬的邏輯，就是典型的例子。

中華三千年的歷史，不僅在黃河流域，而在中華大地上許多文化發源中心自然形成了中華獨自的文化，在漢族和其他民族交替支配，相互融合中，自然形成一個多民族統一的國家。世界有兩千多個民族，一百來個國家，多民族國家的自然形成，是合理的結果。

但誇言「萬世一系」、「單一民族」的日本，其實是武力威壓沖繩和北海道少數民族而形成，一直到今天，只有本州、四國、九州才是日本本部。沖繩人稱這本部的日本「本土」；北海道人則稱日本本部為「內地」，成為日本境內的殖民地。

實則，日本的擴張，始於早在現代以前併有北海道、沖繩和千島之時，北海道的殖民地化過程中，日本人侵奪愛奴人的土地，剝奪其生活權，榨取其勞動，銳減其人民……對別人的主權和領土問題喋喋不休的司馬，可曾為日本對沖繩人民、九州人民……的「差別」和壓制說過一句話？而由這樣的司馬，說出台灣人「原本是漢民族，卻由於五十年的歷史，與其他的漢民族不同，而成為被歧視的民族」。這種「台灣民族論」與台獨的「民族論」何其相似乃爾！五十年異族支配，絲毫不曾改變台灣人作為中國人的習性、文化和生活，已如前論，不值再駁。只是讀司馬暴論，才知台獨的民族論原也不是什麼獨創，而是從帝國主義者那兒捧過來的東西。台獨「台灣人的悲哀」，何過於此！

荒唐的文明論

司馬遼太郎有一個荒唐的「文明論」。他以三個標準評價「台灣是文明國」：

第一，「早晨五點時會有牛奶放在牛奶箱內，不必養牛擠奶」。養雞取蛋，養牛擠奶，是農業尚未資本主義化一段長時期人類共同的文明。農業資本主義化（農產品高度商品化，高度資本主義市場取向）是經濟全體資本主義化的一部分。司馬的台灣文明論，簡單地理解為台灣的資本主義化。這裡無暇細論台灣戰後資本主義化的苦澀，要之，台灣資本主義化過程中內包著民族分斷，強迫性的對美日依附化，淪為其獨占資本的補充經濟邏輯，冷血支持台灣獨裁體制進行其積累……這些過程中的駭人的野蠻。這些野蠻還包括殖民地／新殖民地屈從和卑屈諂媚的延長，對殖民地／新殖民地傷痕的積累與發酵，等等。不要說到資本主義「文明作用」的另一面——野蠻和非人化作用之類的一般論，具體說到，美國新殖民主義在台灣的橋頭堡「農復會」主導過的自美進口牛肉牛奶，如何打擊了台灣畜牧農民，就是一本複雜、辛辣的帳本——野蠻的帳本。

第二，「不必擔心送牛奶的人會在途中被游擊手打死」。這是說，台灣在美日長期支持台灣反共獨裁政府，助其資本主義化以後，台灣已不存在反對帝國主義壓迫，為民族和階級解放而鬥爭的「游擊手」。司馬不知不覺地歌頌了一九四九年到一九五三年駭人聽聞，使青年李登輝「晚上不能好好睡一覺」的反共肅清行動。鎮壓反帝分子，肅清勞農階級民主運動家，拷問為勞農解放的活動家，對司馬這樣的帝國主義者，如同對日據下總督、警察、憲兵一樣，當然是「文明化」的標誌。

不過，這樣的「游擊隊」對於打死一個送牛奶的工人，不會有興趣，倒是很可能打死一個喝牛奶的，特別是為帝國主義拚命辯護的司馬這樣的人。如果司馬舉的這個例子，是說明台灣治安之良好，台北街頭上任何人都可以反駁司馬這一幼稚的「台灣文明論」吧。

第三，「早晨可以安全收到報紙，閱讀到世界大事」。在殖民地人民反抗怒潮中生活的殖民者，不免疑神疑鬼，司馬竟而疑心台灣有抵抗的partisans會去打死一個苦命報僮。這且不提，說一說報紙上的「世界大事」。台灣今天自衛星跨空而來的NHK、CNN、BBC所詮釋的

「世界大事」，帶來了多少大國中心的意識形態和偏見，而構成帝國主義在意識形態支配的野蠻，這肯定不是司馬之流的人所能理解的。

殖民地深刻的傷痕

在我們的李總統憤憤不平地怪罪被屈服的清朝將台灣割讓日本，而對割掠者日本帝國主義無一字之責怒時，司馬得意地說日本當局在割讓前夕，讓台民自由選擇了國籍，十分得意。以暴力威屈一個國家，割掠其土地，強制殖民地人以虛假的「自由選擇」形式，放棄自己民族的國籍，這本身就是可恥的犯罪。

依《馬關條約》相關條文，台灣割讓日本後，台灣居民不欲留在被割讓的台灣者，「得自由售其所有不動產退出（台灣）」，並在為期兩年的「猶豫期」後猶未離開台灣者，「得依日本國之決定，視為日本國臣民」。

這其實是台灣被日本割掠後，以強權規定台灣人民在放棄繼續居住台灣家園，或繼續留在殖民地當亡國之人兩者做出選擇。經過三百年的開發，墓園生計，盤根交錯，又如何能「不喜歡」為奴事敵就「可以離開」？在台灣易主，世局動亂的時代，如何「售其所有不動產」？當時兩百六十萬島民中，有力量和條件「退出」台灣回到原籍者不過四千五百人。司馬和李總統如果據此而謂絕大多數台灣人在自由選擇下留下來，當「十足的日本人」，那就真是皮相之見了（戴國煇，一九九四）。

其次，由於這強權下的國籍更易條件下，日本人為籍在台灣而居留日本和大陸閩南等地的台灣人以歧視性的日本籍——「台灣籍民」。尤其有一些不良不肖台灣人，便仗著這「日本臣民」——台灣籍民的背景，在大陸廈門、福州等地為非作歹，引起大陸人民深刻的反感與民怨，造成殖民體制和帝國主義下同族相仇相殘的悲劇，成為台灣強權下的國籍改隸，縱容少數台灣籍民（「台灣呆狗」）為日帝鷹犬。這是不知以暴力為恥的帝國主義伎倆，造成了深刻的傷害。

帝國主義者司馬遼太郎對日本五十年對台支配，在與李總統的對談中，始終沒有一句表示羞慚與謝罪之意，而且始終對日本帝國主義歷史津津樂道，驕慢自得，溢於言表。從文學者的立場看，這樣的歷史小說家而在日本享有盛名，和我認識的多位日本良識知識分子相形之下，不唯對司馬感到鄙棄與不齒，對養成司馬無知、狂妄的日本文化界和讀書界，深為失望。

而對從頭到尾唯唯附和、引伸司馬暴論（見《自由時報》中李總統的文明論），知識上破綻連連（例如將上述猶豫期兩年誤為一年，等等）的李總統，我們的感受，已不是失望，而是深沉無從排遣的悲傷了。

後殖民地合作精英李登輝

帝國主義在殖民地宰制的機制，是直接以武力介入殖民地社會，設置政治、經濟、軍事的直接宰制，以改造殖民地社經結構，使之符合帝國主義的利益，並形成對帝國主義經濟的依附。二戰後，舊殖民體制瓦解。新帝國主義對後殖民地的宰制，改而透過後殖民地社會的內部合作來介入新的改造過程——向著對帝國主義世界體系依附所進行的改造過程。

這種「內部合作」的機制，需要有「合作精英」(colaborating elite)的養成，參與和幫辦。李登輝總統戰後扶搖升晉的生涯和歷程，說明他是具有台灣特色的後殖民地合作精英(post-colonial colaborating elite)。

依附性的國家政權

台灣後殖民地合作精英的出場，有一個複雜的歷程。其複雜性又與國民黨國家政權(state)在中國革命、世界冷戰等支脈中複雜的嬗變相應。理解李登輝總統的「後殖民地合作精英」性格，不能不從國民黨國家政權的嬗變始。

歷史上，台灣自來不是一個國家。台灣的殖民地化，是作為中國國土之部分而被「割讓」出去。因此，一九四五年台灣光復之時，台灣當然沒有一個等待復權的政權。在國際承認下，代表舊中國官僚資產階級、地主和買辦資產階級的國家政權，以陳儀的「長官公署」的形式，接收並統治台灣。而一直到一九四九年，國民黨國家政權，雖然逐漸崩潰，卻一直有它的階級和下層建築的基礎。

一九四九年，共和國在一場大革命後宣告成立。國民黨國家政權遭到全面的顛覆。體現舊中國國家政權的階級和下層建築徹底瓦解，但作為國民黨國家的法政上部結構，隨敗軍流亡來台，在一個沒有階級和社會聯繫的台灣，設立中央政府。流亡來台的舊統治階級喪失了財產、土地、生產工具。至此，國民黨國家政權一無物質基盤，二不代表台灣社會的階級關係，從而成為一個「虛幻的國家政權」。

一九五〇年六月，韓戰爆發，美國軍經援助湧至，美第七艦隊封斷海峽，美國以強大外交和政治支持，使這「虛幻的國家政權」對外得以在國際社會立足，對內在一場殘酷肅清的暴力下樹立了高度個人獨裁的波拿帕式國家政權（Bonapartist state）。

和一切殖民地／半殖民地一樣，殖民地歷史嚴重破壞了台灣的國民經濟。光復以後，台灣只有規模數量皆不為大的地主，幾乎沒有現代產業資本家。而佃農、貧農的社會政治勢力早在三〇年代戰爭體制中被摧殘殆盡。

然而，正是在沒有社會下層建築的條件下，由於以美國國益為中心的帝國主義世界體系的需要，由上而下，由外而內地在台灣強行樹立了獨裁的國家政權。這就是雷依（P. P. Rey）所說，先樹立國家政權這個上層建築，再以這國家政權的權力，去打造社會經濟的下層建築這樣一個模式。這可以說是「上層建築決定下層建築」的特殊的國家政權形成範式。

然而，現實上又不能有一個沒有社會經濟下層建築的國家政權。那麼在沒有直接的社會經濟下層建築和資產階級諸派系（bourgeoise fractions）情況下，生出國家政權的母體又是什麼？弗里曼（J. R. Freeman）說過：「從依附的脈絡以觀，這國家政權的社會構造的基礎十分脆弱。一個依附性國家政權，實際上是世界資本主義體系的被造之物，並依附這體系而得以存在……」

韓國學者金詠鎬說，韓國和台灣的國家政權正是「世界體系的被造之物」。「而這世界體系者無他，正是美國霸權秩序（Pax Americana）」。

因此，作為美帝國主義所手造的台灣國家政權，便有了正負雙面性的「相對自主性」（relative autonomy）。

一方面，對於台灣社會各階級、各階層和人民，以蔣介石個人為代表的國民黨國家政權，擁有波拿帕式高度獨裁權力，即擁有近乎絕對的「相對自主性」。蔣國家政權以世界冷戰和國共內戰結構所炮製的、嚴峻的反共國家安全體系，秉承帝國主義世界體系的意志，保持安全隱定，防止工農階級的反亂，以國家干涉與跨國資本發展反共「富國強兵」的資本主義，創造跨國資本優良的投資環境。這樣，一個一度虛幻化的國家政權，以獨裁權力，培養、創造了公營獨占資本和私人集團企業，為自己打造社會經濟的下層建築，而蛻變為帝國主義世界體系炮製的、依附性國家政權。

另一方面，作為帝國主義世界體系的被造物，五〇年以降的國民黨國家對世界體系大幅喪失了「相對自主性」。全面依賴美帝國主義的政治、軍事、經濟和外交支持取得存在合法性的國民黨國家，成為美國馴服的扈從國家，為實踐美國國益——兼以為己延命——對以美帝為核心之世界體系的意志，一般地不敢稍有違拗，幾無主權可言。

正是在這一雙面性的國家政權相對自主性之下，形成了由跨國資本（世界體系）、國家政權（世界體系之手造物）、本地資本（世界體系和國家政權所豢養）所構成的「三邊聯盟」（triple alliance），成為新生台灣扈從性國家政權的宰制機制。一個幻想的國家政權，至此成為畸形卻具體的依附性國家政權。

而世界體系與其手造的國民黨國家政權間之意思、意志的傳達，便有賴於帝國主義體系在台灣內部設置的「合作裝置」（colaborating apparatus）——國際開發總署、中華開發公司、農復會、生產力中心，等等。這些裝置，地位特殊，有巨大的權力，深入介入到國民黨國家政權的權力核心，進行廣泛干涉、指導、命令、監督，並藉此改造國民黨國家政權，使之符合美國霸權下的秩序最大的利益。

而這些「合作裝置」中，招納了大量滿腦子美國價值和「現代化理論」，受過美國各種不同專業養成訓練和在職訓練，親美（日）、反共、反中共的本地後殖民地「合作精英」，由他們具體實踐和推動世界體系對於國民黨國家政權的各種意思和意志。他們地位特殊，有各種專業上的精英訓練，薪給高於其他政府機關，社會地位獨特，外（美）國背景顯著，在國民黨流亡集團由幻想性國家向依附性國家蛻變的長期過程中，自然形成一股獨特的集團和階層。

李總統的雙重生涯

李登輝先生生於日帝下一個地主．巡查（基層警察）的家庭。一九四五年日帝戰敗時，他幾乎要完成在日本的大學教育。四六年春，他參加了北京沈崇事件擴及台北學生運動的波紋。他也參與了四七年春二二八事變的學生活動。傳說他一度參加地下黨，不久以「性不適實踐，欲改志以馬克思主義研究台灣農村」為由，而正式脫黨。

青年李登輝的脫黨，使他倖免刑死於緊接而來雷厲的白色恐怖中。和他同時代從日本東京帝大、早稻田大、京都帝大、應慶大……回來的殖民地台灣精英，有多少人投入新民主主義的變革運動，不久紛紛在白色恐怖的暴風中仆倒。用日本話中的「轉向」（背叛原來的政治思想立場）來說李先生，也許太過於嚴酷。但李先生比誰都知道，他過去的同志們曾在最凶殘的拷問中信守了諾言。沒有人能想像年輕的李先生，在那絕對殘忍、冷酷的異端撲殺運動中，如何安然通過了偵探和劊子手的撲擊。但稍有白色恐怖的歷史知識的人都知道，要在「自新」、「自首」後全身而退，又能保存良心與靈魂的完璧，是何等困難，何等摧殘。

在那死白、荒漠的日夜，推想李先生經過了令人絕望和恐懼的約談偵訊，推想他在當時每天的報紙上讀到無數他所認識和不認識的同學、同儕、朋友，因「奸匪」罪名伏誅的消息，焦慮懼怕，夜不安枕。

無論如何，他奇蹟一般地，幸運地，以他九死一生的背景，完成了學業，進入農復會工作，到美國進修，並獲得博士學位，又進入國民黨國家政權的行政官僚系統，終於在台灣本地官商資產階級國家政權登場的歷史時刻，成為第一位台灣籍的總統。

然而，也正是李總統這漫長、神奇的雙重生涯——同時兼有以美帝國主義為核心的世界體系在台灣內部「合作裝置」官僚，和這世界體系手造的工具性國家政權——國民黨政府官僚的雙重身分那一種生涯，決定了李總統的思想不能不反映和體現這世界體系——和它的手造之物即國民黨國家的意識形態。

體現了世界體系對台灣的意志

正如巴雷特（R. E. Barret）所指出，一九四五年到七○年代初葉，美國政府支配了世界資本主義體系之財政的、貨幣的、軍事的以及國際貿易上的界域（parameter）。在具體戰後的台灣問題上，特別是韓戰以後，美國政府——美國資產階級、政治和軍事官僚——的意志，亦即世界體系的意志，可以綜合整理如下：

——為了維持和強化世界資本主義體系的穩定、發展及安全，必須圍堵共產主義的「擴張」。

——為了建立圍堵共產主義的太平洋島嶼鎖鏈並避免「骨牌效應」，必須「防衛」台灣，免其淪入中共之手。欲達到此目的，必須：

（在韓戰前）

（一）由美國軍事占領台灣；

（二）台灣交聯合國託管；

（三）倒蔣——建立一個非蔣、非共、親美的台灣「國家」。

（韓戰後）

（四）軍經援蔣，在深入監督及干涉下扶蔣；

（五）為反共及穩定，在台灣推動美國主導的「改革」，包括農地改革、促生私人資本主義企業、促進公營企業民營化……；

（六）武力干涉海峽、軍事進駐台灣；

（七）培植親美「自由主義」力量，必要時可隨時取代蔣介石、國民黨，繼續鞏固親美、非（反）共、反中國的台灣。

這世界體系對於台灣的意志，千條萬條，只有一條，那就是把台灣從中國分離出去，使兩岸民族分裂局面固定化、長久化，也使台灣對帝國主義世界體系技術、經濟、文化和政治、軍事的依附固定化和永久化。

其次，看一看這世界體系的意志所手造的國民黨國家政權的「意志」。

——恢復舊中國官僚資產階級、大地主階級、買辦資產階級和大資產階級的經濟、政治權力。

——「反攻復國」、打倒「共匪」、顛覆中國工農聯盟為核心的新生共和國。

——用世界冷戰形勢、服從戰後帝國主義世界體系上述意志和戰略，為階級復辟，不惜犧牲民族利益，重建高度權威主義的、對美扈從的國家政權。

為達到此目的，國民黨有這些措施：

(一)密集、全面推行極端的反共、反中共意識形態宣傳、教育和動員。

(二)掩蓋美台軍事協防條約隔海對峙僵持的內容，宣傳「反共統一」、「勝共統一」和「反攻復國」。這實際上就是反共拒和，反共拒統一。

(三)一九七〇年，台灣在外交上遭受嚴重挫折，台灣「國家」的虛幻性被揭破，蔣經國開始以有選擇、有控制地吸收台籍精英至權力周圍，來另行建台灣「政治實體」，為自己尋求合法性——逐步走向「一中一台」的框架，即民族分離主義的框架。

由此可見，四十年來，在有關具體的台灣問題上，帝國主義世界體系的思想和意志，是分裂中國，破壞中國的民族團結，使台灣成為帝國主義反對中國人民的前哨基地。而作為世界體系工具的蔣氏國民黨國家的思想與意志，基本上是為了階級復辟，完全臣服於世界體系的思想和意志。

在與司馬遼太郎「特別對談」中所見的李總統的思想、意志和意識形態，應該從李氏上述生涯歷程上，看到作為世界體系和國民黨虛幻國家的思想、意志之辯證法的統一，在李氏腦筋中的表現——即以兩個中國，一中一台，台灣獨立為內容的台灣獨立論。台灣獨立論至此正式成為後蔣時期李氏國民黨政權的官方意識形態，有重大意義。但是，這由蔣介石的「反共統一」到七〇年蔣經國

「企圖的台灣政治實體論」，到李登輝的官式「台灣獨立」論的歷史演變，是怎樣的一個過程呢？

官商資產階級國家政權的登場

作為帝國主義體系之炮製物的台灣國家政權之虛幻性格，已見前論。

正是透過了這「幻想的國家政權」，世界體系以強大的軍事、經濟、政治、外交支持，賦予高度的強制，清除島內工農階級新民主主義的變革運動，並以「反共圍堵」、「表現世界資本主義體制的優越性」為指導原則，一方面鞏固和發展「公營企業」，一方面發展私人集團企業，為國民黨「幻想國家」打造經濟基礎。

直如劉進慶所分析，這個戰後台灣資本主義中公營和私業的雙重構造的對立矛盾，在新生官商資產階級的興起，獲致辯證的統一。而應該特別指出，相較於殖民地台灣，國民黨國家政權在發展資本主義時，一般地、基本地沒有「省籍」歧視，沒有進行如總督府那樣公然以國家權力的法政體制抑制、限制台灣土著產業資本的累積與擴大再生產。今日五大集團資本中，只有位居第五的徐氏遠東集團是「外省人」資本，便是這歷史的結論。

只顧抓住政治支配權力，疏於直接發展自己的獨占性資本的國民黨流亡集團，正是由於沒有它們自己的產業資本為其社會基礎，而在蔣經國死後，迅速地瓦解，退出了台灣的政治舞台，把國家政權交給了以李登輝為代表的台灣本地官商大資產階級。三十多年來法政上層建築領域中「外省人」的絕對獨占，與經濟社會下層建築中本地官商資產階級的優勢地位所形成的矛盾，至李登輝政權的出台，而獲得了統一。一個完全地代表了台灣官商資產階級的「新的國家政權」，終於在李登輝這樣一個「後殖民地精英」的領導下登場。越來越多的台灣本地官商資產階級接管公營大企業、銀行、政府行政體系、軍部和情治機關的領導地位，形勢所趨，不可逆轉。一九四九年底逃亡來台、舊中國官僚資產階級、大地主階級、買辦資產階級的國民黨和它的國家政權，在實質上宣告了終結。

是繼承與延長

然而，蔣氏國民黨國家政權和李氏國家政權之間的關係，不但不是否定和揚棄的關係，而是辯證地統一的、延續的關係；是國民黨國家在當代的辯證統一，是公業官僚資產階級與私業依附資產階級的矛盾統一在國家政權上的表現。

韓國學者金詠鎬所說，沒有強有力的資產階級，依靠國家政權和跨國資本的推動，在帝國主義世界體系下進行「依附性經濟成長」的「第四代資本主義」——台韓資本主義，當然沒有資產階級市民革命的歷程。台灣資產階級，不但不反對國民黨權威主義政治，反而享受權威主義政治對工農的鎮壓，取得高額、迅速的資本積累。台灣資產階級放棄資產階級民主的要求，還因為他們僅僅依靠私下對國家政權官僚體系的「游說」，就可以達成使國家政權為資本積累和擴大再生產服務的目的。而這「游說」的具體內容，便是對官僚的賄賂、贈與和回扣等，用以換取在投資、價格與市場的獨占、貿易、融資的獨占及超額利潤。

在「地方自治」的領域，國民黨國家為了抵抗高度道德訴求的「黨外」，把地方民意代表候選人開放給台灣本地地方金牛，鼓勵以金錢對抗黨外的道德攻勢，保住地方政權，並以權錢交易，和加利酬償來補償國民黨金牛候選人在選舉運動中巨大的買票花費。一九八七年以後，中央民代開放普遍選舉，權錢交易的構造上升到中央政治，台灣資產階級更是以赤裸的權錢交易的腐敗機制直接參與中央民代的選舉，參與「國政」，藉以鞏固和發展自己的階級利益。

於是資本在其循環過程中，藉著私人性「游說」依託各級官僚（官）和民代（政）獲取特權和超額利潤以擴大積累；官僚和民代又將來自資本的巨大賄賂、贈與和回扣等轉投資而資本化，進行特權的積累，這就形成了在最近「陽光法案」中現身的這一代比「老賊」官政階層還要富有、財產以億萬計的李氏國家的官僚和民代。一個由本地「商」（資本）、「官」（官僚）、「政」（民代）

聯合的官商資產階級，已經迅速地形成，具體地以公營基幹大產業的本地董事、總經理等管理階層、集團大企業、私人銀行和土建資本為台灣新官商資產階級國家政權的統治階級。而且，同過去一樣，他們以國家權力，獨占了台灣島內市場，也與過去一樣，排除了日落西山的本地中小企業資本。

十分明白：李登輝的台灣本地官商資產階級國家政權，不是通過市民布爾喬亞革命對國民黨前此的國家政權的否定所產生。恰恰相反，它是過去冷戰結構下以妥協、機會主義、金權主義、特權掠占、在為世界體系而買辦「國際化」中，完全失去民族資本性質的台灣官商資產階級的產物，李登輝的「新」國民黨國家政權，恰恰是過去的、作為世界體系所炮製的國民黨國家政權「本地化」的延長與發展，而不是它的否定！

世界體系在台灣的第二次「國家塑造」

韓戰以後，資本主義世界體系依照它自己的需要和利益，在國民黨的「合作」下，炮製了台灣這個國家政權。世界體系的策略是兩手的策略。一方面以強大軍經資源支持「代表全中國」的中華民國，不搞形式、名義上的分裂，以防止中共全面倒向蘇聯。但另一方面，又毫不忌諱地支持「非（反）共」、親美、「自由主義」——包括形形色色的台灣獨立派——勢力，以備必要時取代蔣介石國民黨的國家政權。

這兩手策略，造成國民黨與形形色色的台獨派系間的緊張，形成兩者間的絕對性矛盾。一九七〇年，中共突破冷戰壓力，贏得國際社會更廣泛的外交承認。台灣作為虛擬的、工具性「國家」的性質揭露。蔣經國開始審慎地滑向「本土化」和「政治實體論」。而美國的另一手——扶助反中國、反共、反統一、親美的台灣「自由派」——開始產生預期的作用。台灣「黨外民主運動」支撐過高雄事件的壓力，帶著越來越明確的民族分裂主義登台。而蔣經國便是在美國另一隻手所製造愈形高漲的壓力——「黨外」「民主運動」的四面楚歌下，孤獨地死去。

然而，蔣經國之死，沒有引發台灣市民資產階級的民主革命，沒有引發任何學生的反亂，沒有政變，沒有任何否定長期權威主義支配、清算獨裁者的動亂。

在世界體系要求台灣「穩定」、「非共」、「親美」長期原則下，李登輝平安地登上台灣權力的頂峰地位。而世界體系繼一九五〇年以後第二次對台灣的「國家政權塑造」（state building）於焉展開。這就要大大地歸功於世界體系在台灣內部長期營造的橋頭堡——「內部合作裝置」。一九八〇年代後半，親美、反共、反華、「自由主義」、「現代化主義」的知識分子同各界精英，早已占據了台灣朝野各領域的領導部門，成為這第二次「造國運動」的堅強後盾。

「黨外」台獨運動，形成後蔣時代對國民黨舊勢力接受世界體系對台灣第二次「國家政權塑造」的強大的工具性壓力。在這強大壓力下，助成美國對台的兩手，在此關鍵時刻，合握為一——在反李煥、反郝柏村、反「老賊」的一波波政治鬥爭中，又一次由上而下，由外而內地塑建了一個堂堂然吸收和接收一九八〇年以降台獨意識形態和政治宣傳，蔚為己用的、新的台灣官商資產階級的國家政權。

而彷彿一夜之間，國民黨與民進黨的絕對性矛盾消失，代之而來的，是令人眼花撩亂的兩黨間宣傳口號的同一性。一個說「台灣命運共同體」，一個說「台灣生命共同體」。兩個都說台灣要有「國際活動空間」；都說台灣是「獨立政治實體」；都說歷來的一切台灣政權都是「外來政權」；都主張對立於中國人的「台灣人」；都主張針對中華民族的「台灣民族」和「台灣人的台灣」；都主張針對中國歷史的「台灣鄉土歷史」和針對中國普通話的「台灣話」……台灣獨立、台灣永世從中國分離出去！這就是目前階段世界體系手造的李登輝台灣國家政權的國家意識形態。而李．司馬對談，是這第二次「國家政權塑造」所公開的庸俗版本的「建國宣言」。李總統便是這樣順勢輕易地取得了台獨「建國運動」的主導權。

鄉土台灣真實的和平與解放：代結語

在進入結論之前，還要說一說李登輝總統的日本影響。一九三七年，日本帝國主義發動蘆溝橋事變以後，日本軍國主義宣傳動員逐次升高。迨四〇年代初，李登輝、司馬遼太郎皆為二十歲前後的熱血青年。他們一度沉浸在當時「八紘一宇」、「大東亞共榮」、「皇國日本」的法西斯狂熱，怕是很難避免的。這是一九二三年生的一輩殖民者日本人精英和殖民地台灣人精英共同的時代體驗。這說明了共有日制高等學校和大學教育體驗的「內地人」司馬和「外地人」台灣「本島人」李登輝，一旦見面，不禁興高采烈地用「高校」時代放言高論的日本語言做一番痛快的暢談的精神史的背景。

以美國帝國主義為中心的戰後世界體系在台灣的「內部合作精英」李登輝先生的民族分離主義思想感情，以他那一代後殖民地精英獨有的日本經驗與日本情懷表達出來。這當中的複雜性，可以從李登輝台北（日本）舊制高校畢業、京都帝大肄業、戰後台灣大學畢業、取得美國留學博士學位……的歷史，看出台灣後殖民地知識和精神歷史的曲折與憂悒。

現在讓我們做這幾點結論：

（一）從一九五〇年韓戰爆發迄今，以美國霸權為中心的世界體系，依照它自己的思想、利益，在台灣兩度炮製了台灣的國家政權（state）。兩次「國家塑造」，都採取由上而下，由外而內的過程，不論是蔣氏國民黨或李登輝指導下的本地官商資產階級的國家政權，都帶有它的締造者——世界體系的意識形態任務：親美（日）、非（反）共、反華、反統一，從而最終從中國分離出去。

（二）表現為舊國民黨「反共統一」、「一個中國：中華民國」論和表現為反蔣、親美（日）、反共、反華以至於各式台獨的「民主」、「自由」運動，其實是一個世界體系在台灣問題處理策略上的兩手。一九八七年，世界體系第一次炮製的蔣氏國家政權完成了它的使命，退出舞台。世界體系的兩手合握為一。台灣分離主義成為李登輝官商資產階級國家政權的意識形態（state ideology）。

於是不存在外省人、國民黨講「統一」、台灣人、在野黨講建國、講獨立的問題。台灣人資產階級國家政權與舊的國民黨權威主義國家政權是相互連續的發展，不是革命的揚棄與重建。

（三）因此，李登輝在與司馬對談的「台獨宣言」中，依據上文的分析，存在著大量的詐欺性。在「獨立」、「台灣人的台灣」論的背後，實際上存在著世界體系的深度支配，存在著嚴重的技術、市場……的依附化。在興高采烈的「建國」論背後，存在著作為世界體系手造物台灣的事實，存在著在舊國民黨威權主義政治下以敗德、機會主義暴得實利的台灣官商資產階級的支配問題。在「台灣民族論」背後，存在著混淆階級與民族的定義，掩蓋新的階級支配事實的問題。

這種詐欺，勢將在對台灣社會和歷史認真、嚴謹的、科學的自我認識運動中，被揭發而終至於瓦解。

（四）在帝國主義世界體系下，由國家政權和外資主導，沒有現代資產階級市民民主革命的資本主義化，帶來嚴重的「新興工業化經濟症候群」（NIEs Syndromes，涂照彥）：環境生態的破滅，全國性的賭博和投機；勞動及管理倫理的崩壞；社會道德系統瓦解，等等。這是依附性發展的歪曲性、依附性發展一定階段所帶來的政治退化（軍事獨裁，壓抑民主）中資本積累過程的敗德與不正義的構造有以致之。

因此，台灣的選擇，便是掙脫一九五〇年以降，蔣氏國民黨為階級自保與延命與世界體系進行的交易合同，從世界體系的邏輯求得解放，而探索一條自主的、尊嚴的發展道路。如果「新興工業化經濟症候群」是依附性發展的宿命的代價，那麼重建生態自然平衡，社會倫理的復建，教育、婦女、兒童、社區的民主、解放與發展的鄉土台灣，答案就在中國的自立、和平與統一。美國、日本、西歐經濟正在無可挽回地頹敗。世界資本主義體系正面臨一次重編的運動。中共也決定加入以GATT和IMF為骨架的世界體系，但卻對這體系保持了高度的相對自主性。過去四十年間一面倒地傾向中心國政治與文化價值的台灣，應該同在一次偉大革命中重建了獨立、自尊和對國際資本的相對自主性的中國」道，探索大小國家一律平等，以人為核心和目的的成長與繁榮的道路，並在這探索中做出台灣的貢獻。

認清一九五〇年以降台灣國家政權的本質，拋棄對李總統和一切以「台灣」、「獨立」、「建國」為言的運動的幻想，以科學的方法與態度，尋找能為鄉土台灣帶來真實的幸福、自主和平與解放之路——這是李登輝總統與司馬遼太郎對談紀錄發表後，台灣人民的新而重大的課題。

一九九四年六月二十日

初刊一九九四年六月、七月《海峽評論》第四十二、四十三期

1 本篇原本分上下兩部分別刊於《海峽評論》六月第四十二期、七月第四十三期。

故國相思三下淚

1

整整一百年前的今天，即一八九四年四月二十五日，賴和先生生於台灣彰化街一個以道師術士發家的地主家庭。他幸運地受到台灣殖民地化之後第一代現代精英知識分子的教育，畢業於台灣總督府醫學專門學校。在印度，同樣受到殖民者授予的精英教育的甘地，要等到他在南非被英國火車長攆下火車以後才知道起來反抗英殖民主義。但是，最近的研究說明賴和先生早在醫專時代就參加了國民黨前身的同盟會「在台外圍復元會」，為台灣復歸於祖國而鬥爭。

賴和先生早早就自覺地背叛他所自來的階級，背叛殖民地精英事敵以榮顯的角色，在文學創作實踐上，在醫療服務的實踐上，以及在殖民地台灣各種社會運動中，他始終如一地，百折不撓地，為反對日本殖民統治，為勞動者的解放而鬥爭，至死方息。

出生於台灣的賴和先生，在他短暫（一八九四—一九四二）的一生中，曾兩次去了祖國大陸。第一次是一九一九年到廈門至一九二〇年回台。第二次是一九三八年到三九年之間，賴和

一九九四年六月

遊日，順道赴中國東北遊歷。十年前，北京各界為賴和先生舉行過九十冥誕紀念會。今天，我們在這兒紀念他的百歲冥誕，在某種意義上，是賴和先生第三次和第四次回到他畢生「相思」而「三下淚」的「故國」(賴和有「故國相思三下淚」的詩句)。忝為台灣作家，從作家的立場，提幾點對於賴和先生一生志業給予我們的啟發。

(一)作為民族分裂時代的作家，賴和先生在殖民地嚴酷的現實條件下，不但保衛了民族文學的傳統，同祖國進步的文學和思想運動保持一致，並以具體的創作實踐，發展、提高了在台灣的中國民族文學與民眾文學。

賴和先生受過最高等的殖民地精英教育。但畢其一生，從來不曾以日本語文從事文學創作。他文學生涯的初期和晚期，都以中國傳統古漢詩的形式從事寫作，受到高度評價。他以思想和具體的創作實踐，在日本殖民地台灣發揚了祖國五四反帝救國運動在文學上的表現——白話文學。從而在殖民地台灣創建鼓舞、提高和鞏固了中國白話文學。

賴和先生以他艱苦的努力、傑出的作品為現代台灣文學樹立了民族文學和民眾文學的典範。對於殖民地、半殖民地，乃至新殖民地社會，民族文學主張反對帝國主義的壓迫，主張文學的民族特色和風格。民眾文學則主張文學為民族成員中最受壓迫的階級和階層，以及其他力圖顛覆殖民地、半殖民地構造的階級和階層所屬服務。

（二）賴和先生以反省和嚴厲批判的態度，面對自己作為殖民地精英知識分子的背景，保持了他終生為民族解放、為民眾自由而戰鬥的作家的角色。

出身地主階級，受過完整的殖民地高等教育，賴和沒有想要扈從在日本殖民體制下謀一己的功名利祿。他不以日文寫作。雖然艱難困苦，他堅持以自己民族的語言創作。廈門歸來，他辭去一切與日本統治體制相關的職銜，以獨立開業醫為生，全力投入抗日的文學和政治運動。他藉醫館為千萬殖民地忘我地服務，提攜後進，卻經濟窘迫，在貧病中辭世。賴和先生以自覺的實踐，和一般殖民地知識分子口操異族語，身著異族衣冠，依異國人生活習俗生活，脫離自己的同胞，以驕其妻孥族人，甚至為虎作倀的親日派精英資產階級知識分子斷然決裂。

（三）賴和先生既善於鬥爭，也善於團結。對於敵人，對於日本殖民主義，賴和堅持鬥爭，立場鮮明，始終如一。在陣營內部，他愛惜人才，獎掖後進。他對楊逵的愛護，楊逵對賴和的崇敬，傳為美譚。在基本上不喪失原則的條件下，賴和先生堅持維持與鞏固反帝統一戰線。他和改革後文協及因改革而分裂出去的民眾黨，都保持了良好的工作和人心聯繫，在民眾黨右翼進一步退化到自治同盟時，賴和才清楚明白地同他們斷絕了關係。他謙和謹慎，立場明確，善於團結大多數的風格，受到同時代人的敬重。

（四）賴和先生另一個令人崇敬的一面，是他的實踐的一生。作為文學家，他以艱苦認真的創作實踐，在非北方語系的台灣，實踐祖國白話文學，並取得開創性的成績，贏得「台灣現代文學之父」的美譽。作為革命者，他不是一個空言理想和理念而疏於行動的人。他有原則、有紀律、有組織地深入變革和抵抗運動的核心，兩度身陷囹圄，終至英年痍死。作為一個醫生，他是貧病民眾的仁醫，每天辛勞看病，深受人民的敬愛，因此死時巷哭路祭，哀慟逾常。不論作為文學家、革命家和醫生，他都是身體實踐的實行家。

最後，賴和是日本帝國主義割占台灣，台灣和祖國大陸隔海分斷的時代一位偉大的台灣作家。作為民族分裂時代的台灣文學家，他在文學創作實踐和在反日民族民主運動中抵抗不屈的一生，對於今日台灣文學界，有深長的啟發。

今天，我們在北京舉辦全中國性的、紀念這樣一位中華民族優秀的文學家，和民族、民主運動英勇的戰士，賴和先生的百歲冥壽，具有劃時代的意義。我有幸從台灣趕來參加這個盛會，倍感光榮，心情激動。我將永遠記得這意義深長的一天。

初刊一九九四年六月《海峽評論》第四十二期
另載一九九四年七月《四海：台港澳海外華文文學》（北京）總二十八期

1 本篇轉載於《四海：台港澳海外華文文學》時易題為〈賴和先生給予我們的啟發〉。由中國文聯主辦的《四海：台港澳海外華文文學》雙月刊，一九九八年起刊名改為《世界華文文學》。

〔訪談〕日本的戰爭情懷和台灣的日本情懷[1]

「皮肉」之論

陳映真（以下略稱「陳」）：記得大約在一九八六年吧，《人間》雜誌編輯部收到了你寄自日本的三篇稿子，總題是〈從「一億人總懺悔」到「一億人總結算」〉。讀了這些稿子，我很激動。因為第一，別說像你這一代台灣知識分子，連出生在三〇年代末的我這一代人，已經幾乎沒有分析、認識日本戰爭罪行加害於自己和遼闊亞太地區的歷史的能力了。其次，你到日本進修、執業，在當時也不過幾年。但你在思想和知識上的飛躍，叫人刮目相看。比起我知道一些經常發言的留日派，你的認識水平就很不同。

前幾日，我在一家報紙的投書版上，讀到你對日本《產經新聞》台北支局長吉田信行以〈台灣人的日本情懷與戰爭教訓：永野發言——在台灣看到的東方美德〉為題所做有力的駁論，很有同感。再等了好幾週，我沒有看到任何同你相呼應的對吉田那篇充滿了傲慢與嘲諷的投書的批判，我再度感到「生為台灣人的悲哀」了（笑聲）。

就只說這一年，台灣就出現了拾日本擴張主義餘唾，為權力幫腔的「南進論」，和《日本文摘》月刊「太陽旗下的台灣」專輯上表現出來的毫不知恥的皇民台灣史觀。吉田可以不顧日本人表面慣有的、在別人家裡時的客套，肆無忌憚地對台灣知識界的認識力大加「皮肉」（按：日語，即「嘲笑」、「諷刺」之意），應該不是沒有原因的。

因此，今天我們不妨就你的投書（六月七日《中國時報‧時論廣場》）中，限於篇幅所不能盡言者，進一步加以開展。

曾健民（以下略稱「曾」）：報紙的讀者投書版，自然有嚴格的字數限制。能像吉田那樣享受獨特的版面優待的人，絕不多見（笑）。說到我把稿子寄給你的一九八六年，正是日本在中曾根首相主持下進行所謂「戰後政治總結算」的時代。在這為了替日本對外擴張的「十七年戰爭」脫罪、合理化而在日本大吹翻案風的當時，我作為[2]一個住在日本的、來自前殖民地台灣的中國知識分子，受到很大的衝擊。當下日本以舉國的規模進行著為日本侵略戰爭徹底翻案的風潮，要求我做出一個中國人、一個殖民地台灣的兒子所應有的回應。從這素樸的民族主義出發，我開始廣泛閱讀史料，當然也讀了日本革新派、和平主義的學者的書，逐漸明白這「戰後政治總結算」的背後，存在著因為冷戰結構而得以延命，甚至繁榮和發展的日本舊戰爭財閥和官僚體系。正是這不曾遭到日本人民和亞太人民清算，寄生在日本戰後資本主義的跨國界擴張，在意識形態上表現為以中曾根首相親自參拜靖國神社為象徵的「總結算」。中曾根、奧野、藤尾以及最近的永野暴言，無非是這一戰後日本反動的政經構造為基礎的意識形態之發言人罷了。

作為在台灣的中國知識分子，他既同擔了日本侵華戰爭的被害，也背負了五十年日本殖民地歷史的傷痕。這樣的歷史根據，絕不容許我們對日本對台殖民和對華侵攻的歷史不做出根本的（radical）、整體的、科學的分析與認識，並在必要的關鍵時節，做出嚴正的發言……

「外省人反日・台灣人親日？」

陳：你在六月號《海峽評論》發表的〈略論皇民史觀〉，當然是你的這種發言意識的一個表達。對五月號《日本文摘》的〈太陽旗下的台灣〉，袞袞士林，至今沒有第二篇對這新皇民台灣史觀的批判。

現在讓我們來面向吉田信行投書的一些問題。

吉田以棒球為比喻，說歷來為戰爭責任飾辯的日本人，像是「特意投出一記敵隊強打者最擅打擊的好球」，徒然讓中國大陸、韓國——和「亞洲各國」痛批狠打，大揮全壘打。但與在台灣的外省人不同的是，「台灣人」對投來的好球「不太關心」，「在略為猶豫中」「揮棒」，「卻不是全壘打」，「僅止於二壘安打」。吉田還說，這猶豫的二壘安打，是「台灣人」「東方美德的惻隱之情」，讀來有刺骨的諷刺意味。

吉田說，在台灣的外省人對日本人為戰爭飾辯發言的反應，「基本上顯示了與中共、韓國相同的反應」。相形之下，「台灣人」有不同的「日本情懷」和「東方美德」。但事實則大謬不然。

在理論化之前，先說俯拾即是的事實。

蔣介石把大戰犯岡村寧次擅自赦免其在中國大陸令人髮指的戰爭罪行，長期秘密豢養在台灣，改其姓曰「白」，假借其在華北征討中共游擊隊的經驗，組訓蔣的反共、反攻軍隊。日本戰爭派官僚岸信介，和屢次發言否認戰爭責任的藤尾、奧野和最近的永野，以及自民黨大老椎名、金丸、兒玉（譽士夫）都是蔣介石的好友，都是親台反共的右翼新軍國主義分子，和台灣「外省人」國民黨歷史上的知日派、親日派，有難以告人的聯繫。

因此，「外省人」國民黨在一九五〇年以後，一直採行聯日、親日的政策。四十多年來，台灣沒有深入的反日國恥教育，沒有紀念七七事變的集會。而每有藤尾之流的為日本戰爭罪行飾辯的言論，台灣「外省人」國府，在全亞洲人民的日本批判壓力下，勉強、訕訕然地說幾句表示

「遺憾」的話，打出去的才是明顯放水的「二壘安打」。在保釣反日愛國運動勃發時，「外省人」國府一味袒護日方，才引起運動的擴大。日本右派口口聲聲不忘蔣介石「以德報怨」之恩，為蔣介石編寫、介刊過《蔣介石秘錄》以反共的《產經新聞》台灣支局長吉田，怎麼可以抹殺「外省人」蔣介石及其權力體長期來的「對日情懷」和「東方美德」呢？

和中曾根首相相形之下，當年西德總統赫佐格對德國戰爭罪行說了「凡對過去閉目不看的人，就無法真正理解現在」這樣深刻的話。日本堅不悔改謝罪，反而力求翻案，有戰後世界史的原因。

二戰以後，德國在歐洲文化中，不斷地遭到被害國的批評。以反法西斯鬥爭起家的東德共黨固不必說，即西德自身也在政府、非政府團體（NGO）、宗教團體等廣泛層次上，對戰爭責任進行深入的反省實踐。但日本就不一樣。二戰後，亞太地區編入以美國為首的反共「安全」條約網中，在二戰中從事反法西斯民族解放鬥爭的勢力，在冷戰結構中遭到鎮壓。亞太地區大部分親美反共政權，眼見在美國全力扶持日本的冷戰戰略中成為美國的寵兒，對於嬌坐山姆大叔膝上的戰後日本，不敢批判。日本在這沒有對它的犯行有所指責的環境中，恃寵而驕，自然養成「在太平洋戰爭中，日本只敗給美國，未曾敗給中國、朝鮮、印尼、菲律賓……」的狂妄。

此外，一個本質性的問題，就是你方才說的，日本戰後資本主義在沒有清算戰爭殘留體的基礎上，寄生美國國益中心的冷戰結構，迅猛地對它過去軍事侵攻的區域擴張。日本「援助」和「貸款」封住了東亞對美扈從政權（client states）的嘴巴。

因此，在亞太地區，只有在世界反法西斯人民戰線中起家，並且不在美國霸權下的秩序中的中國和北朝鮮，會對日本戰爭勢力迭次否認戰爭責任的暴言，老實不客氣地揮棒打全壘打。此外，整個亞太區，在美國為首的冷戰邏輯下，一般地表現為政權親日，人民反日的局面。亞洲戰後的日本批判主要來自民間，這是個特點。至於台灣，則表現為朝野皆親日——反共、反華的局面了。

「大東亞共榮」的宣傳動員

曾：你的高見，我甚表同感。所謂「外省」、「本省」只有戶籍意義，在戶籍上做文章，也是脫罪論的一種。真正原因，要從台灣內外政經結構中去找。

我想補充的是，南洋、東南亞各國由於在戰前長期在西歐殖民主義支配下（長可長達兩三百年），對於以反對白人殖民統治，解放亞洲為言的「大東亞共榮」主義，有一定的共鳴。日本對南洋、東南亞的侵攻，也沒有在各當地樹立總督直接統治，不能不說有些人曾經把日本的統治看成自己(從白人支配中)的解放。東京大審時，印度籍法官帕爾就批評大審是西方白人戰勝國獨擅下的審判……總之，這樣的歷史背景，是否也說明這地區戰後日本批判的闕如呢？

陳：我們說到一個複雜、有趣的歷史問題了。

如你所說，日本對東南亞、南洋的宣傳，表現了二戰是東西帝國主義內在矛盾，這樣一個本質。確實，日本軍部宣傳機器巧妙地利用了白人殖民主義與土著間的矛盾——廢止西方語言，提倡土著語為普通話，釋放獄中的民族主義抵抗分子，甚至在與日本親善條件下允諾來日的民族獨立。但總的說來，日本的宣傳動員並沒有成功，而原因是多重的。第一，日本殖民侵略的本質，表現在資源掠奪，人格不平等，對土著的拷問、強姦、暴行等，這使宣傳失效；第二，以菲律賓而言，美國早在日本侵攻前就佯允一個半獨立的體制——Commonwealth，助長了親美意識，對日本在菲律賓的支配，一直採取抵抗姿勢；第三，各地左翼反法西斯人民軍隊，尤其是以華僑為中心的左翼抵抗武裝，對日本統治，有較高的政治認識，能夠理解帝國主義的同質性。他們為戰後民族解放和國家獨立的目標，較有鮮明的誓約。因此，總的說來，日本的宣傳在這些地區遭到「面從腹背」的抵抗，有的(例如印尼)巧妙利用日本統治和動員，為戰後自己的民族獨立積蓄力量與條件。

總之，在戰後亞太地區的日本論，本質上取決於階級地位。統治的精英階級，特別在日本

「貸款」與「援助」中受益的親美、反共精英，一般不做日本批判。而在後殖民體制中處境不利的諸階級，則有批判的日本論。

曾：特別是在戰後，當日本人脫下軍裝，穿上西裝重返東南亞和南洋時，南洋人民體驗了日本資本所帶來的生態自然的破壞，經濟之掠奪和賣淫等道德損害，使日本占領期的傷痕反而擴大。方才提到的印度檢察官，也曾批判東京大審是以美國國益為主軸的「方便主義」，以歐西列強本位的缺陷審判。也許我們要在稍後專門討論台灣不分朝野皆缺少日本批判的視野的原因，但是為什麼同為美國扈從國家的韓國政府，常常表現出不亞於中共、北朝鮮的日本批判，也請你申論一下。

「戰爭世代論」的破綻

陳：一般人都說韓國「民族性強悍」，反日甚烈。我則不願意承認台灣人在「性格」上不重義理忠奸之辨。有一種說法：日本對主佃土地關係完整的台灣，是透過溫存、拉攏台灣地主士紳階級去完成對台統治的。日本對朝鮮統治，是直接接收李朝廣泛的封建「王田」，派出日本地主去經營，直接役使朝鮮貧困佃民。後者在階級與民族壓迫上的痛苦，遠比前者為大，生活遠為貧困，而抵抗與鎮壓亦有過之。殖民統治策略之不同，規定了兩地反日感情的強弱。我同意這說法。

而帕爾法官對大審判的批評——西方白人中心對日本的強權審判——在韓戰後，也暴露出這判決的偽善性。簡單地說，在東西冷戰下，許多重量級日本戰犯，都因反共和「陣營」的需要被縱放了。

其次，我們來談一談吉田投書中，被你著意批判的一點：日本為戰爭掩飾罪責的人，都是所謂「戰爭世代」。他們有許多親密同僚、同學、同庚、同袍在戰爭中殞死。「他們抱有難耐死者被罵為侵略者的憾恨」，所以必須「堅信」「戰爭中死亡的夥伴純粹是為國家正義奉獻……」。所以當這一世代「自社會第一線退下時」，這種（為戰爭責任飾辯的）情況就會「打上休止符」。

這是但問情誼不問是非義理的脫罪之詞，而你的駁論也是有力的……

曾：吉田的「戰爭世代論」，是把日本右翼為其「十七年戰爭」正當化的言論，輕鬆地看成類如「軍屬會」、「退伍軍人協會」的成員間的談論。我們當然不能這樣看。中曾根首相領頭到靖國神社參拜，體制地修改日本歷史教科書，藤尾、奧野、永野等歷次「暴言」，都在在說明其背後膨脹的戰後日本資本主義的擴張運動，日本資本超國界的流動，在意識形態的表現，絕不以世代限制它的代言人。這就是為什麼不屬「戰爭世代」的石原慎太郎和他的「青嵐會」（成員皆為更年輕的日本青年）和由戰後世代右翼國會議員組成的「國家基本問題同志會」也致力於為「十七年戰爭」塗脂抹粉，極盡曲辭狡飾之能事。很明白，即便永野一代退陣下去，絕不根絕的「青嵐會」、「同志會」也將輩出不窮。問題的根源在於擴張的日本資本，不在什麼「戰爭世代」。

陳：即使是戰爭世代，我見過參加侵華戰爭復員的人，在戰後深感罪孽深重，成為一個積極的反戰運動家，到處演講「三光」（殺光、搶光、燒光）政策的殘暴，聲淚俱下，發誓中日永不復戰的人。在中國戰場上有不少日本兵投向中國抗日人民軍隊，幫助向日軍策反的和平工作。矢內原忠雄教授甘受囚禁之苦也不憚於公開反對侵略戰爭。這些其實都直接反駁了吉田掩人耳目的只有「戰爭世代」才為戰爭飾辯的提法。

此外，你在對吉田投書的駁論中，引用了日本自己的出版品，有力揭發了吉田把中國在日本侵華戰爭中死亡人數縮小了十倍的斗膽謊言。最近，我看到在美華人向去訪的明仁天皇抗議侵華戰爭中殺害了兩千萬中國人，而不只是一千萬人……

竄改日本侵略戰爭的加害事據

曾：吉田所謂「戰爭世代」論、死傷人數論，都是日本侵略史論中的枝節問題，而不是本質論。但是既然談到數字，吉田的作假，毋寧也太過了。

吉田說日本人死了兩百五十萬人，比中國死亡總人數的一百五十萬還多！這是可怕的謊言。我順手拿了日本小學館出版的《日本大百科全書》查「日中戰爭」條（第十七卷，頁七九一），查出中國在日本侵華戰爭中死亡一千萬人；財產損失計五百億美元；四萬人被強擄到日本從事奴工勞動。在台灣，則以皇民化運動強迫台民說日語，強迫改人名姓。被徵調到南洋戰死的台灣人有數萬名。此外，在「滿洲」，日本七三一部隊以中國人活體進行病理實驗……

這和吉田說中國人死亡僅一百五十萬，相差有多大？吉田信行顯然是在放膽地為日本侵華歷史脫罪嘛……。

陳：日本人死二百五十萬，包不包括廣島、長崎死於原子彈的人數？

曾：如果包括廣島、長崎原爆死亡，總共是三百萬。這是「十七年戰爭」總死亡人數。在中國戰場上，日本人死亡數是五十四萬一千五百人。

陳：石原慎太郎也主張，南京大屠殺事件中，中國人死亡不過四、五萬人，而不是三十萬人。最近，報上說日本人搞了一個「調查委員會」，要確查南京事件中中國人被殺害人數，為南京大屠殺翻案，說南京大屠殺是中國人虛構、炮製出來的東西，不是真實……看來吉田把一千萬人縮水成一百五十萬，其實不是資料的問題，而是和石原慎太郎之流一樣，具體、公然塗改史實，表現了吉田對於日本侵華戰爭死不認罪的黑暗心靈。

曾：在自己曾加害的犧牲者的家裡，公然塗改史實，以不實的統計進行詐欺，吉田無疑深信「台灣人」對侵華史實漠不關心，甚至相信台灣之中，沒有人知道真相，不敢、也不能出來向他的謊言挑戰。這樣的居心，實在不可原諒。

「戰後日本和平與繁榮的基礎」？

陳：說到日本人對於戰爭歷史責任死不承認，我想到一個難忘的體驗。

日本和平主義的友人，特地邀我去名古屋的山根山看一個「殉國七士廟」。這廟的由來，是日本A級大戰犯東條英機、板垣征四郎、木村兵太郎、土肥原賢二、廣田弘毅、松井石根、武藤章等七人被處決火化後，有為日本戰犯辯護的律師三文字正平等人秘密偷取骨灰，私下祭祀，直到一九六〇年才公開立廟，供人參拜。廟門口大石柱上所刻「殉國七士廟」，是被美國縱放的A級戰犯岸信介的手筆。在中華戰場上縱橫馳騁，殺人越貨，姦淫擄掠無可計數的戰爭大罪犯，在日本卻儼然是忠義昭烈的「殉國之士」。「廟」內還有供奉曾經在中國大地、南洋、菲律賓征伐暴掠各日本部隊的戰功慰靈碑，碑上鏤刻各部隊赫赫戰功。另有石碑刻有中將戰犯大島浩在獄中聞上述七梟受死時寫的一首詩——

妖雲鎖獄朔風腥，昨夜三更殞七星。
暴戾復仇還太古，雪冤何日靖忠靈！

詩中飲恨含怨，堅不悛悔，冀有日雪恥復仇之情，真是躍然言表了。我慢步廟中，逐一閱讀「慰靈」石碑，心中澎湃著屈辱和悲憤，無法平抑。

我不曾去過德國。但我估計德國人不會為希特勒和他的侵略將軍們和特務們立碑建廟，公然祭拜吧。不知以暴力為恥的日本，在「殉國七士廟」中表露無遺。

但我注意到在這些可憎、可怖的石碑碑文中，有共同的、表面堂皇的語言，認為這些侵略將兵之死，「為戰後日本的和平與繁榮奠定了堅固的基礎」。吉田信行的投書中也間接引述了「戰爭世代」的這種邏輯。這是你所說的「為十七年戰爭搞合理化、搞神聖化」的說辭。果然日本侵略戰爭與戰後日本的經濟發展有正相關的關係嗎？

曾：這當然是為自己脫罪，誆騙日本人民的說辭。

歷來當戰爭失敗後，當初錯誤地主戰的元凶，一定要受到人民的清算，並在清算的過程中有集體的反省。日本並不是這樣。日本的戰爭勢力，狡慧地利用了冷戰局面，利用美國反蘇、反新中國的戰略，使自己逃脫了人民和歷史的清算，上自天皇，集體延命倖活下來，嗣後又充分利用了美國復興日本以為遠東抗共棟樑的政策，在美國保護傘下，迅速發展戰後日本獨占資本主義，並利用亞洲兩次內戰，即美國反革命干涉主義戰爭，吸人血脂而肥大。

不是戰死侵略沙場的日本將士為日本戰後繁榮打下基礎。日本戰後資本主義的復興，倒是由於美國反共國家利益的原則，被那些發動侵略戰爭又卑怯地倖活下來的官僚將軍巧為利用，以亞洲各地的內戰、環境破壞、道德敗壞為代價「發展」起來的。這才是真相。

陳：完全是這樣。

日本戰後資本主義在一九六〇年代進入高成長期。從六〇年代後半到七〇年代，全日本各地不斷出現頌揚和紀念戰爭的「慰靈碑」，上述的「殉國七士廟」便是其中之大者。

這之後從一九七一年開始，日本政府頒訂《海外慰靈碑建設要領》，到過去侵占之地去建慰靈碑！七六年，甚至搞「戰跡慰靈巡拜」！「殉國七士廟」發足於一九六〇，在七〇年至八〇年間逐漸完成目前規模。八二年，修改教科書問題爆發，引起亞洲各國痛烈的批判。

日本的戰爭肯定論、戰爭無罪論的發展，是這樣地與日本戰後資本主義的復興、高度成長和對外擴張同步發展的。

而相應於日本之為戰爭偽飾的運動，亞洲各國做出了回應。一九八五年，中共「南京大屠殺紀念館」開館。韓國則在天安設「獨立紀念館」。稍後，中共又在蘆溝橋設立「中國人民抗日戰爭紀念館」。同一九八五年，新加坡政府開辦一次「日本占領下的新加坡」。

日本人和亞洲人對於日本發動的戰爭，理解、感受和體驗上如此南轅北轍，至此一目了然。離開這個歷史現實，日本高唱「國際貢獻」，在亞洲的眼睛中，不能無疑。

沒有歷史反省的「國際貢獻」論

曾：說到日本以「國際貢獻」為辭，派遣人員到海外從事「維持和平行動」（PKO），也有一定的政治經濟學的背景。約而言之，在美國扶日反共的冷戰戰略下，日本資本主義快速地發展。日本的國民生產毛額應可占世界GNP的百分之二十強。日本軍事預算總額，占世界第二位。日本戰後資本主義積累與擴大再生產，早已跨出國境而「國際化」，不但深刻浸透到日本所曾經侵攻的亞太地區，而且直搗美國市場。在這樣的政經基礎上，日本統治階級自認日本已然世界大國，乃欲衝破戰後非戰憲法，高倡「國際貢獻」。

其次，我們也要從世界資本主義體系去看日本。為了世界資本主義體系的持續累積與擴大再生產，日本在冷戰結構下長期由美國代為繳納維持和發展世界體系的成本（軍備、「國際貢獻」費，等等）。如今世界體系呈現停滯，美國霸權地位鬆動，無力再為日本代繳費用，G7要求占有世界百分之二十GNP的日本，共同「分攤」世界體系維持和發展費用，壓力日增。日本統治階級巧妙利用國內反對破壞和平憲法，向外擴張的輿論，與G7討價還價，降低攤派金額，一面又利用國際要求分攤的壓力，向國民推銷「國際貢獻」論，為加入聯合國安理會，協助聯合國維持和平——從而取得在政治、經濟甚至軍事對外擴張取得合法性，創造國民的合意……

陳：在同一個邏輯，即日本獨占資本跨國境擴張的邏輯下，依照不同階段不同的戰略，表現為兩種口號。即六〇年代到九〇年代的「侵略戰爭無罪論」，到了九〇年代，又變成細川首相、羽田首相的公開承認戰爭歷史責任，向亞洲道歉的說法。這兩端看似互相對反、矛盾，實則背後的政治經濟根源是一致的。

但是當大陸蓋南京大屠殺紀念館、韓國蓋「獨立紀念館」、新加坡開「日本占領下的新加坡」；當整個亞洲為反對日本的PKO行動，為永野暴論而抗議之時，台灣卻有總統和司馬遼太郎喪盡民族風骨的對談；有肯定日本殖民統治的「太陽旗下的台灣」；有拾日本餘唾，謳歌「內地延長主義」的台灣版「南進論」——從而被吉田諷刺性地說成「台灣的日本情懷」和「東方美德」……

台灣是怎樣喪盡了日本批判的認識力？

曾：這確是令人悲傷的現實。讀完《日本文摘》雜誌的「太陽旗下的台灣」，我寫了〈略論皇民史觀〉加以批判，但內心是沉痛的。台灣知識分子思想知識上的「皇民化」，同樣會代代相傳，超越世代而殘留下來。這就表現出批判的必要性。

對於侵略戰爭打馬虎眼，規避批判的日本，到一九八五年就呈現為中曾根的〈戰後總結算〉。這「結算」書的要旨，不外(一)日本侵略戰爭無罪論；(二)日本受害論(特別指在廣島、長崎遭受原子彈爆炸之害)；(三)「大東亞戰爭」是有益的戰爭，是聖戰，云云。方才你也說過，和日本的這個「正當化」動向針鋒相對中共、韓國、新加坡和亞洲其他地方——台灣除外(笑聲)——出現了苛烈的對日批判。人們要問：台灣是怎樣失去了對日批判的視野的？簡單地說，我以為有以下的理由。一九三一年日本進軍我國東北，乘勢鎮壓台共、農組、文協等抗日力量，台灣抗日勢力重挫。一九四五年日本戰敗，台灣從殖民地「解放」的過程中，沒有主體的力量參與，呈現出被動的「解放」。這說明反帝抗日的島內人民力量受到重大挫傷於先。其次，一九四九年以後，由於國共內戰和世界冷戰的交疊，台灣抗日勢力遭到殘酷肅清，使台灣反帝勢力再受重創於後。最後，一九五〇年以後，依附美日維持傀儡性存在的國府，採行親日、媚日政策，與日本那些積極要否定侵略歷史的政經勢力苟合……，這些都是使台灣知識分子喪失日本批判的要因。

陳：很多人喜歡說，「台灣人」因為受國民黨獨裁惡政的統治，才會反過來懷念日本人「公正」、「廉能」的統治。戰後[3]韓國、菲律賓、印尼政權都有獨裁、壓制、腐敗問題，但人民並沒有因而親日，喪失日本批判的力量。你方才說的，才是事物的本質。

過去台灣抗日最徹底者莫非各個左翼陣線。一九四六年以後，抗日左翼，自然在內戰構造中，與中共地下黨發生各種聯繫。在戰後冷戰體制下，一九四九年底到一九五三年的殘酷肅清——「白色恐怖」中，台灣反帝抗日主體力量，滅絕性地仆倒在刑場上。而與此相反，日據時代的台灣漢奸資產階級，得以毫不受清算地與國民黨[4]權力野合，延命富貴至今。

其次，五〇年代白色恐怖不但殺人性命，也毀滅、禁絕了一套激進的歷史、知識、社會科學、哲學和文藝思想，同時也在對美依附的新結構中，大量培訓美國化的親美（日）、反共、反華精英。戰後台灣民主運動反蔣而同時反共、親美（日）、反中共的意識形態，是台灣（和日本的戰後一樣）在冷戰體制中沒有做好歷史清算的大背景下的產物。這說明台灣知識分子親美親日的另一面，同時存在著鄙惡中共的強烈因素。而這也最後地說明了台獨、獨台與反華、反共、親美、親日思潮並蒂相連共生的理由。

歌頌日本殖民統治、歌頌連日本人都要批判的「內地延長主義」、歌頌一九三七年後台灣的「工業化」，誇耀曾經當過「十足的日本人」……每一種這樣的「日本情懷」背後，都隱約著「台灣獨立」論，其原因也就不難理解了。

「共犯構造」

曾：我們看似花了不少時間，對吉田投書的思想進行外向的攻擊批判，實際上，話說到這兒，我們就有一份自我反省了。正因為島內這種「台灣的皇民史觀」、這種生活中實際存在的親日言行，島內知識界日本批判力的稀薄……才會招來像吉田信行那樣的侮辱性的投書。這是自取其辱。有時自取其辱而猶沾沾自得。一般不曾嚴肅清算的歪扭的歷史，留下了廣泛的親日論，成為台灣心靈不可見人的暗部和恥部。

陳：在日本批判的同時，要善於正確認識自己的這一恥部——用戴國煇教授的話，就是民族內部的「共犯構造」，並對之進行深入的批判。

曾：這就要求我們進行科學的自我認識。對歷史進行再研究與再認識，這當然包括對日本侵略戰爭史的再認識，也包括對台灣殖民地史的再認識，並聯繫到台灣戰後社會史的科學的建設。這是一切的根本。

陳：這不其實就是你所主持的「台灣社會科學研究會」的宗旨嗎？

結束我們的談話之前，我只做一點補充。在廣泛的亞太地區，在人民層次上，存在著反對新殖民主義，倡言保衛生態環境，反對權力對婦女、兒童的殘害，和平、共生的運動。這包括進步與和平的日本人在內。資本與壓抑的超國界，要求人民與人民（people to people）的團結。我們的反思與批判，就不應該忽略亞太區域超國界草根的民主與和平運動的動向……

初刊一九九四年七月七、八日《中國時報・人間副刊》第三十九版，署名陳映真、曾健民
本文依據手稿校訂

1 《中國時報》刊登版篇題為〈日本的戰爭責任和台灣的「日本情懷」：從吉田信行的投書展開〉，文前並有編按：「不久之前，甫上任的日本法務大臣永野茂門忽然對二次大戰發表了一番謬論，遭到亞洲各國的強烈反彈；永野也因此事件下台，日本人吉田信行隨後投書本報，大意是：台灣人由於有特殊的『日本情懷』，在永野事件中對日本有比較『同情』的處理與了解……吉田氏的『親台』言論，充滿了『反諷』，不免激起了更多的回響。今天適逢『七七』，本刊特別推出小說

家陳映真和評論家曾健民的對談，就日本的戰爭責任與台灣人的『日本情懷』兩大話題，由政經結構、文化意識形態各方面作出犀利的批判，希望提供讀者一個共同思考的空間。」由於初刊版多處刪修，本文按手稿校訂，唯少數幾處為求語意明晰，參酌初刊版修改並加註明。

2 手稿無「我作為」三字，此處據初刊版補入。

3 手稿無「戰後」二字，此處據初刊版補入。

4 手稿無「國民黨」三字，此處據初刊版補入。

善意的預警，時代的錯置

——為防殷宗文局長預言成真，為今之計是立即恢復《懲治叛亂法》，立刻停止兩岸一切交流，全面逮捕六、七年來曾從事兩岸經濟文化、旅遊交流的人，嚴刑拷訊……？——

日前國安局局長殷宗文透露立院中有中共的「代言人」，引起軒然大波，昨（九）日立院國防委員會特別請殷宗文報告「中共對我國會統戰作為」，引起廣泛的注目。

殷宗文在國防委會中實際上並沒有談到任何中共對台灣國會具體的「統戰」行為。他說所稱中共對「國會統戰」，不是當前的事實，而是對未來可能發生情況之「善意的預警」，令人啼笑皆非。

一九八七年以後，兩岸在絕對斷絕和對峙三十七年之後，恢復了經貿、探親和學術文化交流。台灣並且廢除了《懲治叛亂條例》和《動員戡亂法》。在這個新的歷史背景下，台灣情治系統猶迭次放出這些留言：台灣有吳三桂式的幾個集團；台灣目前已有「潛匪」數萬人，侍機而動。

加上這次「國會中有中共代言人」說，其實全是過去國際冷戰體制下，以《懲治叛亂條例》、《動員戡亂法》為中心的反共安全體制下「保密防諜」、「共匪陰謀」之類的宣傳題綱。「時代錯誤」的宣傳，竟一致於斯。

兩岸的貿易，到去年已超過了一百四十億美元，比一九八七年的近十七億美元，六年間增加了八倍多，使台灣在對日、美、歐出口的衰滯下，因對大陸出口的增加而得以維持了貿易上的活力。一九九三年後，由於大陸投資與市場條件有所進步，世界各大跨國資本開始大量、集中地投向大陸，爭相將大陸勞動和市場編入自己的系統。

面對這一局面，台灣中小企業幾已完成了對大陸的移出，而對失去下游買主的中大型企業造成了隨之移入大陸的壓力。世界大跨國資本的蝟集大陸，也使台灣資本對大陸失去了相對重要性，使台灣在兩岸經濟力學關係中快速被動化。大陸市場的強力渦漩效應下，世界資本主義分工正進行一次重要的整編。台灣經濟的前景，僅僅在於兩岸的和平與民族團結體制的建立，從而促成生產貿易互補分工而又合作的民族經濟。離開這一選擇，台灣經濟已經別無出路。而這樣一個選擇，在舊「冷戰-內戰」的框架下的「保密防諜」、「共匪陰謀」論下，是絕無可能的。

台灣社會是資本主義的社會，台灣政治中心立法院，基本上已越來越像是各大財團的辦事處。在其他的亞洲小龍——香港、韓國、新加坡在國家政策主導下，爭相到大陸投資貿易，以保證在各大世界跨國公司群集大陸進行世界新分工的鬥爭中繼續保持自己的經濟發展優勢之時，台灣各經濟團體為了求存求活，根本不需要按「中共某一高層統戰官員」的「統戰陰謀」，有一天就會在立院為了打破殷宗文局長「善意的警訊」而祭出殷宗文局長聽來果真是「為中共代言」的發言。為今之計，唯一的辦法，是立刻恢復《懲治叛亂法》，立刻停止兩岸間一切交流，全面逮捕六、七年來曾經從事兩岸經濟、文化、旅遊……交流的人嚴刑拷訊，恢復一九八七年以前全面性思想、言論、創作的檢查、停止一切集會、結社的自由。

我自己是從那個白色的時代倖活下來的人。在那個時代裡，在反共、「國家安全」的大義名分下，一個可以任意被套上類如為匪「代言」之類的罪名，遭到非法逮捕、拷問、審判、處決和投獄。保有一本書、一張名片、幫人送一封信，同人拍一張照片，賙濟過一個朋友——甚至完全無緣無故，就可能遭來破身亡家之禍。在大恐怖之下，謊言成為制度。為了保護自己和家人的安全，人們不能不犧牲良心和正義，攀誣別人，陷害朋友，逼使自己遠離被權力威暴陷於無助的親朋……。至於台灣經濟發展的前景，料想若國安局之類的政府機關，會有更好的解決之策吧。

初刊一九九四年七月十一日《中國時報・時論廣場》第十一版

誰在姑息養奸？

大量的數據顯示，日本曾對中國加諸的苦難；數十年後的今天，亞洲各國一片撻伐聲早已化為具體行動，台灣呢？沉默的台灣猶自緬懷日據時代的皇民思想，進而積極親善、交好那些曾讓我們創劇痛深的日本友人。

當權者何時方能醒悟，惟有義正辭嚴地展示決心，歷史的傷痛才有補償、癒合的機會；更重要的是——以此昭示我們不再姑息養奸！六〇年代，在冰天雪地的日本北海道地方，出現了蓬頭垢面的「野人」。逮獲之後，才知道是一個在戰時被日本皇軍依據內閣秘議從中國北方強擄到日本北方廠礦，從事奴工勞動，後因不堪飢寒苛虐，逃遁荒山已十數年，猶不知日本早已敗降的中國農民劉連仁。

劉連仁的出現，揭露了日本侵華戰爭中，日本國家權力對中國人民所犯的殘暴罪行。但是，當時的（戰犯）岸信介政府做出一臉無辜和茫然，否認日本在戰時強擄中國人伕的事實，以劉連仁「非法入境」的罪名，匆匆忙忙把劉送回中國大陸。日本人死不認帳，日本政府和戰爭企業「鹿島建設」（原「鹿島組」）一樣，長期堅決不承認「花岡事件」所內包的殘酷罪行。從七〇年代開始，日本政府堅定不移地要從歷史教科書中泯除日本侵略和加害的史實。否認、遮掩南京大屠殺的日本學者、政治人、官僚層出不窮。事隔二戰結束方五十年，日本的抵死不認帳、抵死耍賴沒有讓日本成功地逃避歷史的指責，要求謝罪賠償的聲音在全亞洲以更大的回聲響起，新的戰爭罪證猶接踵大白於天下（例如「從軍慰安婦」問題）。

早在一九五一年，德（西）國政府就明確地為了戰時對待猶太人所犯「難以言宣」的犯罪，所加於人的「無盡的苦難」，表示懺悔、表示德國人對此負有「道德的、物質的補償責任」，並且從此制定大量法律，主動進行全面、長期的賠償和謝罪，前後迄今共支付了八六五億馬克，預計到公元二〇三〇年，還要支出三三四億馬克。西德總統赫佐格在八〇年代中期，面對在波蘭的德國暴行遺跡，說出了「凡對過去閉目不看的人，就無法了解自己」而深自懺悔惕勵的話。兩相對照，德日兩個民族的精神和道德品質之高下，一目了然。觸目驚心的數字在日本人抵死不認、抵死狡賴的情況下，中國（當然包括台灣）的受害實況如何，中國人自己早有個譜了。一九九一年十月，中共國務院發表《中國人權白皮書》中，有最新的數字。依此，僅僅「日本全面侵華期間」（八年抗戰），中國人民「死傷二千一百餘萬人，一千多萬人遭到虐殺，九百三十個城市被占領，直接經濟損失約六百二十億美元，間接性經濟損失約五千億美元」。此中，僅僅東北地區就有兩百萬勞工被活埋，萬人坑八十餘所，挖出七十萬具以上的白骨。這些數目，基本上沒有包括戰費、紅區和台灣的具體損失。

據日本學者姬田光義的整理，一八九五年到一九〇二年，日本人在台灣鎮壓、刑殺了八千到一萬二千人。如果包括「雲林大屠」，總數就在三、四萬人。一九〇二到一九四一年，霧社事件殺了兩千個台灣原住民；噍吧哖事件屠殺五、六千人，合計在七、八千人之譜。從一九四一年到戰敗，台灣人以日本軍人、軍屬、軍伕、「從軍慰安婦」之名派出戰場者二十餘萬人，其中三萬三千人死亡，另有一一六人成了B、C級戰犯而遭處決。日本在對台灣殖民地支配過程中，台灣人民僅僅生命的被害，總計在七萬八千人左右。

至於殖民支配所造成精神、靈魂和文化各方面的深刻加害，已不可計量。可惜的是，由於蔣氏國府的親日和當前朝野一致的親日反中，對日帝危害台灣的歷史調查研究，沒有受到應有的鼓勵。

際此日本投降五十週年將屆之時，除了聲討日本反動派不知以戰爭犯罪為恥，沒有歷史責任意識，民族道德品質低劣之外，其實也應有一番反躬自省。當權者應有的省思，首先，當權者把內戰的利益提得比民族利益還高，把「消滅共匪」看得比向日本討回歷史正義還重要。因此，戰後漢奸沒有遭到徹底清算，抗日人士反而遭到全面誅殺；日本高級戰犯成了政府貴客；慷人民之慨，「放棄」戰爭賠償，壓抑人民反日和批判日本的運動。

其次，當權者把外國的國益和戰略利益看得比自己的民族利益還高。為了國際反共和國際冷戰的利益（當然也為了一黨一家之私），可以簽訂喪權辱國的《日華和約》，承認「台灣地位未定」；可以迎日本右翼、不承認侵華戰爭的政客、軍人為國賓；可以制止留學生反對把釣魚台「行政權」劃給日本；可以不推動日本侵華的國恥教育。使日本人更加驕慢，最後，由於內戰與冷戰的雙重結構，沒有做任何日據歷史之政治的、文化的、社會的結算，忠奸顛倒，是非不分，使得皇民思想逐漸復甦，發展成歌頌日本人、日本統治，說日本人誠實、知恥、文明、開化、公正、廉明，日本統治有貢獻、合理、現代化……同時仇視和歧視「支那」和「支那人」，從而自外於中國和中國人，視中國人為野蠻、落後、貧窮的象徵，認為「反日」是「中國人」的事，與「台灣人」不相干……凡此種種，當然適足以使日本人更加驕慢，更加覺得日本的「十五年戰爭」是「解放」亞洲，奠定亞洲戰後發展之礎石，奠定日本戰後走向「和平與繁榮」之國的「好戰爭」；更加覺得第二次大戰中日本人只敗給美國人，沒有敗給落後的「支那人」、「台灣人」、菲律賓人、泰國人……因此一點談不上要道歉賠償的「戰爭責任」。

姑息適足以養奸，因此，從嚴格的自我批判開始，我們才會有這樣的一天，義正辭嚴地站在日本反動派跟前，聽他結結巴巴地說他一定要謝罪和賠償……。

初刊一九九四年八月十六日《聯合晚報·天地》第十五版

短評〈翻漿〉

我給予〈翻漿〉高度的評價。〈翻漿〉，對我而言，可以當作短篇小說課堂中的教材。它的文脈極為完整。作者以每一個語言（對話）、行動和動作、動機，自然而藝術地堆砌而形成主角「賊娃兒」全體的肖像。

故事的敘述者和司機，在途中因一念之仁搭載了「賊娃兒」。在司機的疑心和敘述者的窺伺監視中，「賊娃兒」被判斷為一個騙子、竊盜。待到達了目的地，司機和敘述者斷然下了判辭，才發現這想像中的竊盜是個善良的鄉下人，對別人的幫助，充滿了感激。

動作、行為、窺伺、判斷、搜證、真相大白……這些一件又一件的事件，讓讀者一步步對「賊娃兒」、司機和敘述者做出不斷變動的結論，直至真相大白，竊盜嫌疑變成了誠實善良的鄉下人，而一路自扮檢察官和正義偵探的人，卻成了偏見者、歧視者和恣意枉曲他人的人。至此而人生中觸及靈魂的嘲諷（irony）油然而生，使小說境界又上一層。

一九九四年十月

三個人物自出場以至終場，皆有所發展、成長和感悟。「賊娃兒」在讀者的判斷中變化。司機和敘述者在真相大白時愧悟交集。作者的漢語冷靜、準確、優有個人風格，為台灣文壇所罕見。

〈翻漿〉結構嚴謹完整。司機和敘述者開車深入大漠，途中載生客，故事三人和旅途脈絡立刻整備。及途中猜忌、監視、對所見妄加判斷，呈現了賊娃兒與前座二人間的矛盾和矛盾不斷的升高。到達目的地，敘述者經迅速判斷而決心揭穿竊盜的內幕，使故事達到了爆炸性的危機（crisis）。待到後座搜證，才知道一路所見皆先入觀造成的偏見和冤誣，故事就達到了它的高潮。敘述者最後的一句話，表現了她的憬悟與悔懺之情，於是故事弛迴，在大嘲諷的意境中，使人低迴。結構之緊密自然，令人無從增減，想起類若莫伯桑〈項鍊〉一類的短篇小說古典極品。

今人泰半皆曰這種小說表現太過「陳舊」。但我深知逐「後設」、「後現代」、「女性主義」、「同性戀」……之流行而學語，遠遠不比寫好「陳舊」的現實主義短篇小說，需要更高的才華、創意和人文情懷。

恭喜作者寫了一篇好小說。也謝謝作者寫了一篇好小說。

初刊一九九四年十月二日《中國時報・人間副刊》第三十四版

日本戰債賠償　真能撫平傷口？

日本對它的戰爭罪行既不認帳也不認罪，更遑論道歉，對於補賠心不甘情不願討價還價，造成被害民族及個人的二次侮辱。

幾天前，日本參議員井上和板垣帶來了日本對台戰債賠償方案，但由於日本的三五〇億日圓與我方估算的二二．六四七億九千萬日圓相去太遠，無法取得協議。而所謂戰債，具體地指對原台籍日本兵和軍屬的欠餉和未付的郵政儲金、保險金和郵政年金等合計約二億二千九百萬日圓。從一九四五年算起，依物價指數變動，應為二億多日圓的七．七六五倍而不是此次日方提出的一二〇倍。

這不是日台雙方純技術上「計算方式」的差距。問題在於日本當局對日本侵略戰爭歷史的認識。日本戰敗後四十年的一九八五年，當時日本首相中曾根康弘到靖國神社，不惜破壞日本憲法中「政教分離」的原則，把日本侵略將校士兵當成「英靈」，以首相的身分進行悼祭。

同一年，西德當時的赫佐格總統則在德國戰敗紀念日的五月八日發表了講演，把戰敗後的四十年喻為《舊約聖經》中所說的「曠野」中的四十年，而諄諄告誡人們「刻骨銘心」地記住德國在戰爭中所犯的罪過。

同樣在二次大戰中犯下不可置信的滔天罪行的兩個民族，其對待自己犯罪歷史的認識，就有天壤之別。對於大多數日本人，戰爭只意味著從珍珠港事件到廣島和長崎挨原子彈的幾年。這種認識裡頭就不可能包括五十年對台殖民統治、三十六年對朝鮮殖民支配和十五年對華侵略……。赫佐格總統在上述的講演中就說：「凡是對過去閉目不見的人，就無法理解現在。」日本對自己過去戰爭犯罪歷史的認識，造成了今日日本人普遍相信「戰爭無罪」——戰爭使亞洲各國「獨立」和「現代化」，奠定了日本戰後「和平繁榮」的基礎，相信「南京大屠殺虛構論」。因此，戰爭結束了將近五十年的今天，日本一直對戰爭責任採取不認帳、不認罪的基本態度。既不認帳，又不認罪，何來「賠償」？萬不得已而非認、非賠不可，那就討價還價，低額補賠，造成對被害民族與個人的二次侮辱。截至一九九一年，德國已經主動為戰爭加害賠了七五八億多美元，而且還要繼續賠付下去。日本打算賠給台灣的三五〇億日圓，只合美金三億多美元。

德日兩民族對自己民族犯罪歷史的認識之不同，說明兩民族性格和心靈之不同。但除此之外，應該還要指出兩點：

第一，是日本戰爭集團巧妙利用了二戰後東西冷戰形勢，死心塌地充當美國霸權的扈從，從而躲避了戰爭罪責和廣泛亞洲太平洋各族人民之批判。對於中國，日本就秉遵美國的戰略利益，悍然拒絕與受害至深的大陸人民媾和，傲慢地與台灣訂立了「台灣地位未定」的、帝國主義的和約，並且具體介入了美國武裝干預海峽，分裂中國的罪行。

其次，在冷戰邏輯下，台灣不但沒有對包括台灣在內的中國漢奸罪進行應有的結算，反倒與之勾結，對日據以來堅決抗日之台灣民族民主運動家，進行了血的肅清。這種對「戰後」之政治、思想和文化的結算之闕如，便是李總統和司馬對談、學界，把今日族群矛盾的根源看成「日本化的台灣人」(！)與「抗日的外省人」的矛盾，強調日本領台的「文明作用」，主張重新「評價」皇民文學……這些光怪陸離現象的根本原因。

但是，日本之從來不對台道歉，做出羞辱性低額的戰債賠償和對原台籍日本兵賠償提案，卻成了今日台灣少數一些新皇民主義者和新的「內台一體」論者的當頭棒喝。代表台灣原日本兵到日本參加「亞太地區戰後補償國際論壇」會議的廖木全在會上發言，力言當年曾以皇軍的無比驕傲，決心為日而戰死，歷經辛苦。而戰後，日本當局對日本人極盡賠補安置之能事，而對同樣為帝國效命的殖民地人民卻表現冷血的歧視，言下極表憤慨。這種只看見賠償上「沒有與日本一視同仁」的批判，比起同論壇中對日本帝國主義戰爭罪惡本質發出銳利批判的菲律賓代表和韓國代表的發言，相較之下，讀來有十分痛苦而複雜的感受。

日本當局不認帳不認罪的政策，行之五十年，不但沒有讓被害各族人民忘卻慘痛的歷史，對日本戰爭罪行的控訴反而越來越高昂和淒厲了。來自南洋、台灣、朝鮮和中國大陸要求日本謝罪賠償之聲，隨著新罪行（慰安婦）的揭發，震動了世界輿論。在這個背景下，台灣方生未艾的親日反華的意識形態和被害者索賠的邏輯（即「同為天皇之赤子」，不應有賠償歧視論），正受到嚴厲的考驗。

初刊一九九四年十二月二十日《中國時報・時論廣場》第十一版

國家圖書館出版品預行編目（CIP）資料

陳映真全集／陳映真作. -- 初版. -- 臺北市：
人間, 2017.11
23冊；14.8 ×21 公分
ISBN 978-986-95141-3-2（全套：精裝）

848.6　　106017100

陳映真全集（卷十四）

THE COMPLETE WRITINGS OF CHEN YINGZHEN (VOLUME 14)

作者　陳映真
全集策畫　亞際書院・亞太／文化研究室
策畫主持人　陳光興、林麗雲
執行主編　宋玉雯
執行編輯　郭佳
小說校訂　張立本
版型設計　黃瑪琍
排版／印刷　中原造像股份有限公司

出版者　人間出版社
發行人　呂正惠
社長　陳麗娜
總編輯　林一明
地址　108台北市萬華區長泰街五十九巷七號
電話　886-2-2337-0566
傳真　886-2-2337-7447
郵政劃撥　11746473・人間出版社
電郵　renjianpublic@gmail.com

初版一刷　二〇一七年十一月
定價　一萬二千元（全套不分售）
ISBN　978-986-95141-3-2